Thomas Pregel

Am Ende wird einer die Nerven verlieren

Ein Holstein-Krimi

IMPRESSUM

Am Ende wird einer die Nerven verlieren

Autor
Thomas Pregel

Seitengestaltung
Größenwahn Verlag Frankfurt am Main

Schrift
Constantia

Covergestaltung
Marti O´Sigma

Coverbild
Marti O´Sigma: Holstein

Lektorat
Britta Voß

Druck und Bindung
Print Group Sp. z. o. o. Szczecin (Stettin)

Größenwahn Verlag Frankfurt am Main
März 2019

ISBN: 978-3-95771-244-8
eISBN: 978-3-95771-245-5

Für S. P.

Erster Teil
Gelber Alarm

Erstes Kapitel

Er konnte nicht still auf seinem Platz sitzen bleiben. Kaum saß er fünf Minuten, begann es in all seinen Gliedern zu zucken, als würde sich das Syndrom der unruhigen Beine über seinen ganzen Körper ausbreiten. Das hielt er nicht aus, die Untätigkeit, zu der ihn diese Fahrt im ICE verdammte, die elende Warterei machte ihn noch ganz kirre. Wer hätte denn gedacht, dass selbst ein Hochgeschwindigkeitszug, der mit mehreren hundert Sachen durch die Landschaft raste, so unendlich lange brauchte, um von München nach Berlin zu kommen? Er jedenfalls nicht. Und dann war das ja auch nur die erste Etappe seiner Reise, von Berlin aus würde es, ebenfalls mit dem Zug, nach Hamburg weitergehen und von dort aus entweder mit einem Auto oder dem Bus – an dieser Stelle war der Plan nicht so klar ausformuliert, hier musste er selbst ermessen, welches Fortbewegungsmittel bis nach Neumünster das Beste sein würde. Er wusste nur, dass er nach Neumünster musste, um dort aus der Nähe das zu tun, was ihm aus der Ferne nicht gelungen war. Er zweifelte keine Sekunde lang daran, dazu auch in der Lage zu sein, wenn er sich erstmal mit ihm in einem Raum befände.

Wut trieb ihn an. Wut und Enttäuschung darüber, sein ganzes Leben lang belogen und verraten worden zu sein. Diese beiden Empfindungen, seit frühester Kindheit genährt und nun zu zwei stattlichen, fette Früchte tragenden Pflanzen herangereift, waren es, die ihn auf Trab und seit zwei Nächten endgültig vom Schlafen abhielten. Ihre Glut versengte ihm sämtliche Nervenenden, sodass er weder Arme noch Beine oder auch nur die Augen ruhig halten konnte, weil ihm war, als würde sein ganzer Leib, von den Haarspitzen bis hinunter zu den Fußsohlen, brennen. Es war alles so ungerecht! Aber jetzt war er auf dem Weg, um die Gerechtigkeit wiederherzustellen, um sich zu holen, was ihm zustand.

Wieder musste er aufstehen und herumlaufen. Wie schafften es die anderen Reisenden in dieser rollenden Sardinenbüchse nur, einfach stundenlang auf ihren Hintern zu sitzen? Hatten sie denn kein Ziel, dass sie unbedingt erreichen wollten, erreichen mussten? Er kam ihnen suspekt vor, das merkte er wohl, wie er jetzt bereits zum Gott weiß wievielten Mal an ihnen vorbeistakste, den Mittelgang des Zuges von ganz vorne bis ganz hinten ablaufend und dabei unruhig zu beiden Seiten gleichzeitig aus dem Fenster schauend, immer auf der Suche nach den Anzeichen einer wirklich großen Stadt. Sollten sie doch schauen! Wenn ihr Leben so unwichtig war, dass sie die ganze Zeit einfach nur blöd rumsitzen, ihre Bücher lesen oder auf ihren Laptops und iPads Filme sehen konnten, sagte das mehr über sie aus als über ihn. Er hatte ein Ziel, er hatte eine Aufgabe, und das Einzige, was er bereute, war der Umstand, dass man leider immer noch nicht das Beamen erfunden hatte. Dann wäre alles längst erledigt.

Wenn er nur mit jemandem darüber reden könnte. Aber das war natürlich völlig unmöglich. Was er getan hatte und noch tun wollte, durfte er der Welt erst mitteilen, wenn alles getan war. Seit der Plan endgültig angelaufen war, galt für ihn absolutes Redeverbot. Das fiel ihm schwerer als gedacht, scheinbar war er nicht einfach nur ein meinungsstarker Mensch, sondern auch wirklich einer, der gern redete. Als er vorhin am Münchener Hauptbahnhof sein Ticket gekauft hatte, hätte er dem Typen hinter dem Schalter beinahe brühwarm erzählt, warum es nötig war, dieses in bar zu zahlen. Nämlich weil es Spuren, elektronische Spuren hinterlassen hätte, hätte er seine EC-Karte benutzt. Dann hätten sie ihn leichter verfolgen und am Ende vielleicht sogar am Vollbringen seiner Mission hindern können. Denn bisher hielt man ihn zweifelsohne für etwas ganz anderes als das, was er wirklich war. Das aber würde sich allen Leuten erst erschließen, wenn sein Werk vollbracht war und alle Karten, auch die gezinkten seiner Gegner, offen auf dem Tisch lagen. Dann würden sie sehen, dass es gerechtfertigt war. Bis es jedoch soweit war, musste er unbedingt den Mund halten, nicht einmal die kleinste Andeutung über das Ehrenhafte seines Tuns durfte ihm über die Lippen kommen. Und deshalb musste er herumlaufen, um den sich in ihm aufstauenden Energien zumindest ein kleines Ventil zu bieten.

Als er ein weiteres Mal durch das Bordbistro kam, entschied er, einen Kaffee zu trinken. Es war bereits sein dritter, obwohl die beiden ersten definitiv längst ihren Teil zu seiner Ruhelosigkeit beigetragen hatten. Er konnte trotzdem nicht anders. Er trank ihn schwarz und mit viel Zucker. Er ließ ihn sich in einem Pappbecher geben und nippte daran, während er weiter rastlos den Zug durchstreifte. Nachdem er ihn ausgetrunken hatte, drückte seine Blase. Auch nicht zum ersten Mal im Verlauf dieser Fahrt. Also suchte er sich eine unbesetzte Toilette, schloss sich ein und pinkelte endlos lange. Sein Urin roch nach Kaffee, als wäre das schwarze Gesöff einfach so durch ihn durchgelaufen. Er schüttelte sich angeekelt, obwohl das ja immer so war bei ihm, und spülte schnell. Er hielt seine Hände zu einer Katzenwäsche unter den dünnen, kraftlosen Wasserstrahl aus dem Hahn, rieb sie sich mit einem einzigen Papierhandtuch trocken, warf das feuchte Knäuel in den Müll, wandte sich der Tür zu und wollte bereits aufschließen und den engen Raum verlassen, als er plötzlich innehielt. Hatte es nicht eben in seiner Hose vibriert? Hektisch fummelte er das Smartphone aus seiner Tasche und gab den Code ein. Hatte er nicht eben eine Nachricht bekommen, eine Antwort? Ein Zeichen des Verzeihens und Signal, es gut und richtig gemacht zu haben diesmal? Nein, hatte er nicht. Er fühlte Enttäuschung, fühlte sich einmal mehr allein und von allen Menschen im Stich gelassen, und daraus entstand ein neuer Schub Wut. Viel fehlte nicht, und er hätte das Zug-WC mit seinen immer harten Fäusten zerstört.

Zweites Kapitel

Hauptkommissar Hans-Peter Arnstedt von der Mordkommission Neumünster hatte mal wieder richtig miese Laune. Er saß verschwitzt, die Haare fettig, den obersten Knopf seines zerknitterten Hemdes offen, geduckt, als würde er jeden Moment durch die Windschutzscheibe springen wollen, am Steuer seines Wagens und stierte stumm geradeaus. Mit den Verwünschungen und Flüchen gegen die unfähigen, faulen Kollegen war er durch, jetzt zog er nur noch an seiner Zigarette und sog den Qualm tief ein, dessen Gifte ihn langsam betäubten und wieder herunterkommen ließen.

Oberkommissar Daniel Freiwald, der neben ihm auf dem Beifahrersitz saß, blieb ganz ruhig und ließ seinem älteren Kollegen die Zeit, die dieser brauchte. Er hatte gelernt, mit den Marotten seines Chefs umzugehen. Seit etwas über einem Jahr arbeiteten sie nun zusammen, nachdem sie ihren ersten gemeinsamen Mordfall in Kaltsommer gelöst hatten. In der Zwischenzeit hatten sie ein paar weitere Fälle bearbeitet und sich dabei als immer besser funktionierendes Team erwiesen. Damit hätte wohl niemand zu Beginn ihrer beruflichen Beziehung gerechnet, denn Hauptkommissar Arnstedt war und blieb ein schwieriger Zeitgenosse, der zwar sein ganzes Herzblut in die Ermittlungstätigkeit, in das Schnappen von Mördern und Mörderinnen legte, aber dabei auf die Menschen in seiner Umgebung keinerlei Rücksicht nahm. Freiwald hatte das bei ihrem ersten Fall, der ihn zurück in sein altes Dorf, in seine Nachbarschaft und eigene Vergangenheit geführt hatte, am eigenen Leibe erfahren müssen und danach mehrere Monate mit dem Gedanken gespielt, sich versetzen zu lassen. Aber Arnstedt schaute nicht zurück, war ein Fall erst einmal abgeschlossen, und war nebenbei ein Ermittler mit geradezu genialischen Eingebungen. Er musste einen Verdächtigen nur anschauen, um erkennen zu können, ob dieser was mit dem Fall zu tun hatte oder gar der Täter war. Woher genau diese Fähigkeit kam, wusste Freiwald noch immer nicht mit Sicherheit, vermutete aber, es läge daran, dass sein Partner eben nicht an Menschen interessiert war, sondern nur an Motiven. Nicht wer jemanden umgebracht hatte, war dem Hauptkommissar wichtig, sondern einzig und allein das Warum, und Freiwald wollte gerne glauben, dass das der Grund dafür war, dass es dem Alten immer wieder mit so großer Leichtigkeit gelang, hinter die Fassade der Menschen zu blicken, sich von den Lügen, mit denen sie sich außen schmückten und von ihrem wahren Charakter abzulenken suchten, nicht blenden zu lassen und sofort ihr wahres Selbst zu erkennen, ihr wahres, abgründiges Selbst. Ich kann das noch nicht, wusste der junge Oberkommissar, und solange ich das nicht kann, werde ich mich auch nicht versetzen lassen. Das war der Deal, den er mit sich selbst geschlossen hatte, der ihn den oft schwierigen Alltag mit seinem Vorgesetzten ertragen ließ. Sobald ich das kann, bin ich weg, sagte er sich immer wieder.

Aber erstmal waren sie jetzt unterwegs zu einem neuen Fall. Zu einem Fall, der eigentlich gar keiner für sie war. Deshalb war Kollege Arnstedt ja auch so sauer und raste mit viel zu hoher Geschwindigkeit, obwohl kein Grund zur Veranlassung dazu, keine akute Gefahrenlage bestand, durch die holsteinische Pampa. Erst war er in halsbrecherischem Tempo über die B205 gebrettert und hatte in so manchem riskanten Überholmanöver dicke LKWs und Trecker passiert, während die Verkehrsteilnehmer auf der Gegenfahrbahn hektisch dazu mit ihrer Lichthupe grüßten, dann war er kurz hinter Rickling auf die A21 Richtung Kiel gebogen, wobei es sie fast aus der Kurve des Zubringers geschleudert hätte. Spätestens ab Rickling hätten sie auch über die Dörfer fahren können, viel länger hätte das ebenfalls nicht gedauert, aber Freiwald hatte seine Meinung wohlweislich für sich behalten. Und so oder so,

Trappenkamp war gleich erreicht, dann würde der dort auf sie wartende Kripo-Beamte aus Bad Segeberg sowieso erstmal ordentlich was zu hören kriegen und Freiwald wäre aus dem Schneider. Er konnte es kaum erwarten, aus diesem Auto zu kommen. Draußen herrschte flirrende Augusthitze, die von der Belüftungsanlage ohne echte Temperaturverringerung ins Wageninnere gesogen wurde und sich mit dem Rauch der Zigarette und dem Kokosgestank eines vom Rückspiegel baumelnden Duftbäumchens zu einer widerwärtigen Suppe verquirlte. Ja, auch Freiwald hätte sich an diesem Tag schönere Tätigkeiten vorstellen können.

Sie hatten bereits einen kniffligen Fall an den Hacken, eine Messerstecherei mit Todesfolge im sumpfigsten aller Verbrechensmilieus: einer Überschneidung aus rechtsradikalen, Rocker- und Mafiakreisen. Keins der drei Milieus zeichnete sich durch leichte Zugänglichkeit für Staatsbeamte aus, alle waren sie wie Sekten, streng hierarchisch organisiert nach innen und extrem hermetisch abgeschlossen nach außen. In ihrem konkreten Fall war ein junger Deutscher serbischer Abstammung in einem Wettbüro mit mehreren Messerstichen getötet worden, nachdem er offenbar mit drei deutschen Männern, die entweder der Neonazi-Szene oder den Hells Angels angehörten, der dritte im Bunde offensichtlich mit beiden Verbindungen, in Streit geraten war. Das Opfer war als Drogenkurier für die serbische Mafia polizeibekannt gewesen, deswegen waren sie schnell davon ausgegangen, dass es sich um Revierstreitigkeiten handeln musste. Nur hatte sie das den Tätern nicht wirklich näher gebracht, weil die längst abgetaucht waren, während sich zur gleichen Zeit die serbische Mafia anschickte, einmal mehr das Gesetz in die eigenen Hände zu nehmen und Selbstjustiz zu üben. Kurz nach der Bluttat im Wettbüro jedenfalls waren zwei weitere Hells Angels beschossen und ein anderer stadtbekannter Neonazi, der früher viel im Club 88, dem legendären und größten Neonazi-Treff

Norddeutschlands, verkehrt war, beinahe zu Tode geprügelt worden. Für eine kleine Weile sah es so aus, als stünden sie kurz vor dem Ausbruch eines echten Bandenkrieges, wenn der Zusammengeschlagene nicht so dermaßen die Hosen voll gehabt hätte, dass er ihnen, unter der Versicherung, danach pausenlos unter Polizeischutz zu stehen, alles verriet, was sie wissen wollten. Aber selbst danach war es schwierig gewesen, die potenziellen Täter dingfest zu machen, denn die hatten sich längst über die Grenzen abgesetzt, zwei wohl nach Holland, einer rauf nach Dänemark. Amtshilfegesuche mussten gestellt werden, der Papierkram nahm Überhand, und dass sie jemals diejenigen finden würden, die die Racheakte begangen hatten, glaubte sowieso keiner. Immerhin hatten sie nun einen Kronzeugen gegen die rechte Szene und die Rocker in der Hand, ein hässliches Vöglein, das um sein Leben sang. Und trotzdem, die Lage war weiterhin äußerst angespannt, in den entsprechenden Abteilungen rechnete man stündlich mit weiteren Gewalttaten, denn wenn in diesen Milieus die Spirale der Gewalt erst einmal in Gang gesetzt war ...

In solch auf Gewalt basierenden und ständig gewaltbereiten Kreisen zu ermitteln, hieß arbeiten in Lebensgefahr. Dass keinem der Beamten bisher etwas geschehen war, war ein großes Glück, und dass jetzt eine, wenn auch trügerische Ruhe herrschte, hätten sie eigentlich ausnutzen sollen, um sich zu regenerieren. Stattdessen war ein Anruf von der Dienststelle in Bad Segeberg gekommen mit der Bitte um Amtshilfe und der Anweisung von ganz oben, dieser Folge zu leisten. Dabei war bisher noch niemand gestorben – und das war es, was Hauptkommissar Arnstedt so auf die Palme brachte. »Jetzt soll ich meine Zeit also auch noch an Überlebende verschwenden«, hatte er gepoltert und: »Nicht einmal einen Briefbombenanschlag können die alleine aufklären, Herrgottnochmal!«

Bisher wussten sie Folgendes: In der Möbeltischlerei »Tisch & Stühle Frings« in Trappenkamp war es vor zwei Tagen zu einer

Explosion gekommen, als beim Öffnen der Post durch den Inhaber und Geschäftsführer Peter Otto Frings, 63, eine Bombe in dessen Händen explodierte. Der Brief war an ihn persönlich adressiert gewesen, man konnte also davon ausgehen, dass der Anschlag wirklich ihm gegolten hatte. Durch die Bombe hatte Herr Frings mehrere Finger und das linke Augenlicht verloren sowie teils schwere Verbrennungen an Armen, Oberkörper, Hals und im Gesicht erlitten. Dass sein Leben nun an einem seidenen Faden hing, lag jedoch nicht an diesen Verletzungen, sondern an dem schweren Herzinfarkt, der ihn, wohl als Folge des Stresses, noch im OP während der Operation an seinen verstümmelten Gliedmaßen und seiner verbrannten Haut ereilt hatte. Die Ärzte hatten ihn mit Müh und Not wiederbelebt und in ein künstliches Koma versetzt, um vorerst jede schädliche, unter Umstanden sogar tödliche Aufregung von ihrem Patienten fernzuhalten. Der Mann war somit nicht vernehmungsfähig. »Und wie sollen wir so an Informationen kommen«, hatte sich Arnstedt ereifert, »etwa durch eine Séance? Ach, das geht ja nicht, noch ist der Kerl ja nicht tot!«

Zunächst hatte der Staatsschutz die Ermittlungen an sich gezogen, diese aber schnell wieder an die zuständige Kripo-Dienststelle abgegeben, nachdem klar war, dass es sich nicht um einen terroristischen oder politisch motivierten Akt handelte. Dann wäre längst ein Bekennerschreiben eingegangen, wurde argumentiert, und auch sonst gäbe es keinerlei Anzeichen in diese Richtung. Also musste es sich um etwas Persönliches handeln, um eine zwischenmenschliche Angelegenheit, und für solch Profanes war man an niedrigerer Stelle zuständig. Das Dezernat in Bad Segeberg hatte daraufhin ordnungsgemäß seine Arbeit aufgenommen, war aber ganz offensichtlich nicht weit gekommen, obwohl man eine Unmenge an Zeugen, vornehmlich die Arbeiter der Möbeltischlerei, fünfunddreißig Personen insgesamt, vernommen hatte.

»Wieso sind das so viele?«, hatte Arnstedt beinahe schon empört gefragt. »Die stellen da Tische und Stühle her, dafür braucht man doch nicht so viele Leute!«

»Das ist nicht irgendeine Möbeltischlerei«, wollte Freiwald ihm erklären, »die Firma von Herrn Frings genießt über die Landesgrenzen hinaus einen sehr guten Ruf. Viele unabhängige Möbelhäuser hier in der Region verkaufen deren Produkte, außerdem kam man sie übers Internet bestellen, was wohl inzwischen Kunden aus immer weiteren Teilen Europas tun. Frings' Tische und Stühle zeichnen sich durch ihr besonderes Design aus, angeblich haben sogar schon mehrere Museen für Design und Kunstgewerbe Stücke bei ihm gekauft, weil sie irgendwo zwischen Bauhaus und ...«

Aber davon wollte sein Kollege natürlich nichts wissen, zumindest jetzt noch nicht. »Das sind Tische und Stühle, gottverdammt«, bellte er, »auf denen soll man sitzen und sie sich nicht in einem bescheuerten Museum anglotzen. Stühle im Museum, Herr im Himmel.«

Freiwald enthielt sich jeglichen Kommentars, jedes Wort wäre in dieser Situation das falsche gewesen und hätte nur einen neuerlichen Ausbruch nach sich gezogen. Stattdessen hatte er sich mit dem weiteren Verlauf der Arbeit der Kollegen in Bad Segeberg vertraut gemacht und wusste nun, warum die Alarm geschlagen und um Hilfe gebeten hatten. Nachdem sie nämlich nicht weitergekommen waren, hatte der Fall heute um die Mittagszeit neue Brisanz erhalten, als in der Privatpost der Familie Frings ein weiterer Brief gelegen hatte, wieder an Peter Otto Frings persönlich adressiert und ohne Absender; der Poststempel stammte aus München. Darin befand sich diesmal jedoch keine Bombe, sondern ein Drohbrief, per Hand in einer krakeligen Kinderschrift geschrieben, von der noch niemand sagen konnte, ob sie echt war oder das Produkt einer Verstellung, aber leider auch ohne jeden Fingerabdruck darauf. Lediglich der Falz des

Umschlags war mit Speichel angefeuchtet worden, um ihn zu verschließen, aber die DNS hatte keinen Treffer ergeben. Wer auch immer den Brief geschrieben und/oder abgeschickt hatte, er war bisher noch nicht erkennungsdienstlich erfasst worden, denn nur dass es ein Mann war, hatten die Fachleute im Labor mit Sicherheit feststellen können.

Der Brief – sie in Neumünster hatten ihn noch nicht in Augenschein nehmen können, das gesamte Beweismaterial wurde gerade erst zu ihnen gebracht – enthielt wohl im Wesentlichen zwei Drohungen, von denen die eine auf große Entschlossenheit und die andere auf einen wirren Kopf schließen ließ. Das allein war schon eine gefährliche Kombination, rechtfertigte die erhöhte Alarmbereitschaft und nötigte sie zur Eile. Die beiden Drohungen, untergebracht in einem Satz, lauteten in etwa: Frings, ich werde dich töten und dann aller Welt sagen, was du getan hast, du Schwein! Danach kam noch etwas über erlittenes Unrecht, das wiedergutgemacht werden müsse, war die Rede von Ignoranz, die nur mit Blut hinfort gespült werden könne, mit Strömen von Blut.

Auch ohne das Schreiben bisher mit eigenen Augen gesehen zu haben, nahm Oberkommissar Daniel Freiwald es automatisch ernst. Er hatte inzwischen genug Fälle bearbeitet, um ein Gespür für eine Gefahrenlage entwickelt zu haben. Sein steuernder und nun, da sie die Ortsgrenze von Trappenkamp endlich passiert hatten, wenigstens etwas abbremsender Kollege und Vorgesetzter normalerweise auch, wenn er denn wollte.

»Was ist denn, wenn der Brief von einem Trittbrettfahrer stammt?«, sinnierte der, nun schon etwas ruhiger. »Das sehen wir doch immer wieder, dass da irgendein Idiot kommt, der sich nur wichtigmachen will.«

»Das werden wir dann herausfinden«, antwortete ihm Freiwald so sachlich wie möglich. »Aber vorerst müssen wir davon ausgehen, dass beides, sowohl die Bombe als auch der Drohbrief, von ein und demselben Täter stammt.«

»Trotzdem«, grummelte Hans-Peter Arnstedt und bog in gesittetem Tempo in das kleine Gewerbegebiet am Ortsrand ein, »ich halte dieses ganze Gewese um den Fall für übertrieben. Die Kollegen hätten den Fall auch alleine lösen können.«

»Es besteht aber großer Ermittlungsdruck, nicht nur wegen des Drohbriefs«, erwiderte der Jüngere und entspannte sich etwas.

»Wieso?«

»Na, weil Peter Otto Frings ein durchaus bekanntes Mitglied der Gesellschaft ist und dadurch die Öffentlichkeit ein großes Interesse an der Aufklärung hat. Die Zeitungen jedenfalls berichten seit zwei Tagen von nichts anderem mehr.«

»Spinnen die denn?«, fragte Arnstedt mehr sich als seinen Begleiter. »Wer war dieser Frings gleich noch mal, sagten Sie, Freiwald?«

Der erklärte es dem Hauptkommissar noch einmal geduldig und war gerade fertig damit, als sie auf dem Parkplatz des mittelständischen Unternehmens neben einem anderen Wagen, dem einzigen weit und breit, hielten. Gleichzeitig löste sich aus dem Schatten, den die Fabrikwand auf den Schotter warf, eine Gestalt und kam auf sie zu.

Drittes Kapitel

Renate Frings wandelte wie verloren durch die langen Korridore des Friedrich-Ebert-Krankenhauses in Neumünster, in denen es noch immer frisch nach Grundsanierung und Neubau roch. Vorgestern war sie das erste Mal hergekommen, ungefähr eine Stunde nach ihrem Mann, der mit dem Rettungswagen eingeliefert worden war, nachdem ihn diese Briefbombe so schwer verletzt hatte. Gesehen hatte sie ihn an dem Tag aber nicht mehr, er war sofort operiert worden. Währenddessen hatte er dann den Herzinfarkt erlitten, wegen dem er noch immer auf der Intensivstation lag, versetzt in ein künstliches Koma, nicht ansprechbar. Sie hatte ihren Mann nicht mehr sehen dürfen vorgestern, stattdessen hatten die Ärzte ihr ein Beruhigungsmittel verschrieben und sie nach Hause geschickt. Ihre Tochter Gesine, genannt Sina, hatte sie abends aus dem Krankenhaus abgeholt und nach Hause gefahren. Sina und ihr Mann Michael waren auf direktem Wege von Düsseldorf, wo sie lebten, ins Krankenhaus nach Neumünster gekommen, hatten alles stehen und liegen lassen zu Hause, nur um bei ihr und Peter zu sein. Das war rührend gewesen, so rührend, dass sie dann doch noch ein paar Tränen vergossen und sich folgsam wie ein kleines Mädchen in ihr um- und ausgebautes altes Bauernhaus am Rande von Gönnebek hatte bringen lassen.

Es war eine unruhige Nacht gewesen, nicht zuletzt deshalb, weil Tochter und Schwiegersohn die ganze Zeit kein Auge zugetan hatten und ständig wie zwei Geister mit einem seltsamen Sinn für vorsichtiges Auftreten durchs Haus gepoltert waren. Aber wenn man wach liegt, hört man natürlich trotzdem alles. Am Morgen dann hatten sie alle müde, erschöpft und appetitlos um den Frühstückstisch herum gesessen und sich angeschwiegen. Außer Spekulationen über den Täter und die Gründe für die

Tat hätten sie eh nichts zu sagen gewusst, die aber hätten unweigerlich zu Gedanken über den kritischen Zustand des Familienvaters geführt und nur eine Lawine an Ängsten losgetreten, die nichts und niemand mehr im Zaum hätte halten können. Das übernahm dann außerdem die Polizei, die gegen zehn Uhr am Vormittag auf der Matte stand und jede Menge Fragen an sie hatte. Die Beamten kamen aus Bad Segeberg, und Renate Frings hatte das deutliche Gefühl, dass die ziemlich im Dunkeln herumstocherten. Ihre Fragen gingen in alle Richtungen gleichzeitig, versuchten jede auch noch so abwegige Eventualität zu überprüfen, Feinde, Neider, Spielschulden, Drogenprobleme, Affären und noch mehr von diesen Dingen, die sie alle mit Nachdruck verneinte. Ihr Mann Peter kannte nur eine Sache, über die er sich definierte, der er sich hingab, mit der er sich packen ließ, und das war seine Arbeit.

Was auch immer die Beamten alles in den blauen Dunst hinein vermuteten, eine junge Oberkommissarin namens Monika Gutbrodt legte hierbei ein ganz besonderes Engagement an den Tag. Renate konnte alle Fragen nur Stück für Stück verneinen. Nach über dreißig Ehejahren kannte sie ihren Mann aus dem Effeff, außerhalb seines Jobs produzierte er einfach keine Überraschungen. Trotzdem war die Befragung durch die Polizei so anstrengend gewesen, dass sie sich hinterher erstmal hatte hinlegen und schlafen müssen. Sina hatte vorher noch kurz mit dem Krankenhaus telefoniert, um zu hören, was es Neues gäbe, und anschließend nur zu berichten gewusst, dass alles beim Alten geblieben war: der Patient weiterhin im Koma, nicht ansprechbar und sein Zustand äußerst kritisch.

Am Nachmittag dann waren sie erneut ins Krankenhaus gefahren, um mit den Ärzten zu sprechen und vielleicht doch einen ersten Blick auf Peter zu werfen. Das Gespräch mit dem Chefarzt der Unfallchirurgie und dem Chefarzt der Kardiologie war wenig erfreulich verlaufen, beide prognostizierten, dass Peter, sollte er das alles überleben, wohl für den Rest seines Lebens ein Pflegefall sein und wohl kaum jemals mehr arbeiten würde können. Gesine war unter der Last dieser Nachricht zusammengebrochen, unter heftigem Schluchzen hatte Michael sie hinausgeführt und in einen Ruheraum gebracht, wo sie sich ungestört ausweinen durfte. Renate aber, die Ehefrau und Mutter, hatte die Fassung, hatte Haltung bewahrt und nur einen einzigen, unmissverständlichen Satz gesagt:

»Ich möchte ihn sehen.«

Die Ärzte hatten genickt und der Kardiologe geantwortet: »Ist gut. Es geht aber nur durch eine Glasscheibe, in seinem geschwächten Zustand lassen wir im Moment nur unser Personal an ihn heran und auch das nur in entsprechender Schutzkleidung und nach vorheriger Desinfektion. Wir können einfach nicht riskieren, dass er sich jetzt auch noch einen Keim einfängt.«

Sie hatte Zustimmung signalisiert und sich auf die Intensivstation führen lassen, auf der alles auf dem neuesten Stand der Technik war. Deshalb hatte der Rettungswagen Peter auch hierher transportiert und nicht nach Kiel oder Hamburg, weil das hier nun das Glanzstück der schleswig-holsteinischen Intensivmedizin war.

Sie dachte, sie wäre auf den Anblick vorbereitet gewesen. Sie war überzeugt gewesen, sie hätte einigermaßen gewusst, was sie erwartete. Sie hatte sich vorgenommen, auf keinen Fall die Beherrschung zu verlieren. Stattdessen verlor sie nicht einfach nur die Beherrschung, sondern gleich das Bewusstsein, als sie ihres Mannes ansichtig wurde, der aussah wie ein misslungener Versuch, bei lebendigem Leibe eine Mumie zu erschaffen. Bis zum Bauch wurde er von einer Decke verhüllt, darüber aber war alles mit weißen, von Jod und wer weiß was noch alles für Mitteln und Substanzen getränkten Binden bandagiert, die Brust, der Hals, die Arme, beide Hände und der gesamte Kopf. Die Hände waren so dick eingewickelt, dass man hätte glauben können, er habe gleich alle Finger verloren und nicht nur fünf, wie es ihr die Ärzte erzählt hatten. Durch die Bandagen hindurch waren Zugänge gelegt worden, in den Arm sowie in Mund und Nase, zu denen Schläuche führten, die diverse Flüssigkeiten und Sauerstoff in den Organismus hinein- und wieder hinauspumpten. Außerdem waren Elektroden an seinem Körper über Kabel mit Maschinen verbunden, die den Herzschlag und die Hirnströme maßen und sofort Alarm geschlagen hätten, sollte sich eins von beiden wieder einer kritischen Marke nähern. Überhaupt lebte Peter nur noch, weil diese ganzen Maschinen ihm halfen zu atmen, seinen Kreislauf stabilisierten und ihn mit Energie versorgten.

Sein Anblick war ekelerregend und abstoßend, erschreckend und zutiefst angsteinflößend. Von ihrem Mann war nichts mehr übrig außer seiner bloßen Existenz. Wie hatte das nur geschehen können? Dass eine Briefbombe ein solches Ausmaße der Verwüstung bei einem Menschen anrichten konnte, ohne ihn zu töten, das raubte ihr schier den Atem. Wenn der Anschlag nun mit einer Paketbombe geschehen wäre, mein Gott, wahrscheinlich wäre dann die ganze Fabrik in die Luft geflogen und richtig viele Menschen gestorben ...

Vielleicht war es dieser Gedanke, der Renate Frings besinnungslos werden ließ, vielleicht hatte aber der Anblick ihres Mannes allein tatsächlich auch schon dafür ausgereicht. Wie dem auch sei, als sie wieder zu sich kam, fand sie sich in einem Krankenhausbett wieder, ihre jetzt erst recht in Tränen aufgelöste Tochter neben sich und fühlte sich betäubt, bedröhnt recht eigentlich. Ein nicht falscher Eindruck, denn die Mediziner hatten ihr vorsichtshalber ein starkes Beruhigungsmittel gespritzt und ihr außerdem vorerst strikte Bettruhe verordnet. Die Nacht über musste sie zur Beobachtung im Krankenhaus bleiben, sie stünde schwer unter Schock, das dürfe man nicht unterschätzen. Anfangs hatte sie sich noch dagegen gewehrt, sie hielt das für überflüssig, erklärte, sie müsse sich um den Betrieb kümmern, viele

Arbeiter und deren Familien hingen nun von ihr ab, aber am Ende hatte sie sich dem ärztlichen Verdikt doch gebeugt, zu erschöpft, um weiter Widerstand aufbieten zu können. Also fügte sie sich zähneknirschend in ihr Schicksal, zumindest nachdem Sina ihr versprochen hatte, sie ganz früh am folgenden Morgen abzuholen und nach Hause zu bringen.

Aber Sina war nicht zur verabredeten Zeit gekommen, mittlerweile war es Mittag und Renate offiziell aus dem Krankenhaus entlassen. Bett und Zimmer waren längst an eine andere Patientin vergeben, die den Platz vermutlich nötiger brauchte als sie. Sie hatte beides nur zu bereitwillig geräumt und war mit dem Lift hinunter in die Lobby gefahren, wo Sina sie unmöglich verfehlen konnte. Dort hatte sie dann gewartet, bestimmt eine geschlagene halbe Stunde lang. Erst danach war sie irgendwann auf die Idee gekommen, ihre Tochter anzurufen. Also versuchte sie es erst auf ihrem Handy und dann bei sich zu Hause in Gönnebek, doch beide Male nahm niemand ab. Sie versuchte es ein zweites Mal bei Sina und, als sie wieder nicht dranging, bei Michael, ihrem Schwiegersohn. Sie ließ es lange klingeln, und am Ende meldete sich wieder nur eine Mailbox.

Allmählich machte sie sich Sorgen. Was hatte das zu bedeuten? Sie musste doch da sein – sie hätte längst hier sein müssen! War etwa schon wieder etwas passiert? Aber das war doch ganz unmöglich, wer sollte es denn auf ihre Tochter abgesehen haben? Allein der Gedanke war ja schon lächerlich. Gesine lebte weit weg in Düsseldorf ihr ganz eigenes Leben, besaß mit ihrem Mann zusammen ein eigenes Architekturbüro, das zwar noch im Aufbau begriffen war, aber bereits erste eigene Projekte realisiert hatte. Kinder waren geplant, wenn auch noch nicht sofort, erst wenn der Laden richtig lief. Und das war auch die richtige Einstellung, fand Renate, ihre Tochter und überhaupt die jungen Frauen heute, machten es richtig. Nicht so wie sie damals, die sehr früh geheiratet und gleich ein Kind bekommen hatte, ohne sich selbst die Chance gegeben zu haben, sich auszuprobieren, sich zu beweisen, herauszufinden, was sie sonst noch alles zu leisten imstande war.

Es wird schon nichts passiert sein, versuchte Renate sich zu beruhigen, wahrscheinlich ist sie nur von der Polizei aufgehalten worden, die ihr die neuesten Ermittlungsergebnisse mitteilen wollte. Wenn sie dann endlich kommt und mich abholt, wird sie mir auch alles gleich erzählen können.

Trotzdem hielt sie es auf ihrem Platz in der Krankenhauslobby nicht mehr aus, sie musste sich bewegen, nach den Ereignissen der letzten Tage befand sich einfach zu viel Adrenalin in ihrem Körper, das sie abbauen musste. Kurzentschlossen erhob sie sich wieder, warf einen letzten Blick nach draußen in das grelle Sonnenlicht dieses überhitzten Hochsommertages und ging zurück, hinein ins Gewirr der nach Krankheit und Desinfektionsmitteln riechenden Korridore. Ein festes Ziel hatte sie nicht, auch blickte sie nur selten auf, um sich zu orientieren, aber als sie sich plötzlich vor der Tür zur Intensivstation wiederfand, war sie nicht wirklich überrascht. Ich muss ihn einfach noch mal sehen, sagte sie sich, atmete tief ein, trat durch die Tür, machte sich bei den Schwestern bemerkbar, die ihr erneutes Auftauchen nach dem Vorfall gestern mit Wohlwollen und Skepsis gleichermaßen zur Kenntnis nahmen, und durfte ungehindert wieder vor die Glasscheibe treten, die sie, die Besucherin, von dem in Lebensgefahr schwebenden Patienten in seiner notwendigen Schutzhülle trennte.

Peters Zustand hatte sich offensichtlich über Nacht um keinen Deut verbessert. Nur sah er jetzt eher aus wie eine misslungene Mumie, bei der die Mumifizierer gerade versuchten zu retten, was noch zu retten war. Wieder schauderte sie bei diesem Anblick, eine Gänsehaut überzog ihren gesamten Körper und ließ ihn regelrecht zusammenschrumpeln, doch diesmal kollabierte sie wenigstens nicht. Diesmal gelang es ihr, die Fassung zu bewahren, indem sie tiefe Atemzüge machte und sich außerdem Halt am Holzrahmen suchte, mit dem das Fenster in die Wand eingelassen war. So konnte sie den Blick auf ihrem Mann ruhen lassen und ihm dabei zusehen, wie er entweder überlebte oder starb.

So fand sie kurz darauf Gesine, als diese endlich, endlich kam. Sie war unversehrt, ganz so, wie Renate es erwartet hatte, und dennoch wirkte sie zutiefst beunruhigt, ja verstört. Ihre blauen Augen waren tief in die Höhlen gesunken, sie hatte dicke Ringe unter den Augen, das Gesicht war bleich, die blonden Haare nur notdürftig zu einem Zopf zurückgebunden, gleich mehrere Strähnen waren den zähmenden Bemühungen der Hände entkommen und flatterten ihr nun um den Kopf herum. Hatte sie geweint? Das entzündete Rot ihrer Augen sah verdächtig aus.

»Sina, da bist du ja endlich«, begrüßte Renate ihre Tochter verunsichert und nahm sie kurz in den Arm. »Aber wo warst du denn so lange? Was ist denn los?«

Gesine brauchte einen Moment, bevor sie antworten konnte, und als sie antwortete, tat sie dies mit leiser, brüchiger Stimme und flirrendem Blick. »Mama, Papa hat wieder einen Brief bekommen«, sagte sie, »einen Drohbrief diesmal.«

»Was ...?«

»Irgendjemand droht Papa«, fuhr Gesine fort, von ersten Schluchzern unterbrochen, »zu kommen und ihn zu töten.«

»Aber warum denn? Was hat dein Vater denn getan?«

»Und dann will dieser ... der Mörder der ganzen Welt irgendeine Wahrheit erzählen. Irgendwas über Papa.« Sie weinte jetzt und verschluckte die letzten Worte beinahe. »Aber was denn für eine Wahrheit?«

Renate war verwirrt, sie wusste nicht, was sie sagen sollte. »Ich ... ich weiß doch auch nicht«, erwiderte sie und nahm ihre Tochter, die sich zusehends in Tränen auflöste, erneut in die

Arme. »Oh, komm her, Kleines. Nicht weinen und sag mir, was passiert ist, während ich hier im Krankenhaus war.«

Woraufhin Gesine vom Fund des Briefes vor zwei Stunden berichtete, den die Polizei, die ihre Post noch untersuchte, weil nicht ausgeschlossen werden konnte, dass es nicht zu weiteren Anschlägen mit Briefbomben kommen könnte, sofort als verdächtig eingestuft hatte, nachdem man den Stempel aus München entdeckt und gesehen hatte, dass kein Absender auf dem Umschlag vermerkt war. Der Brief war kaum nach allen Regeln der Sicherheitskunst geöffnet, da war auch schon Großalarm ausgelöst worden. Wieder hatten sie die ratlose Kripo im Haus gehabt, die jedoch auch heute nichts anderes konnte, als zur höchsten Vorsicht zu mahnen und sie alle unter Polizeischutz zu stellen.

»Deshalb bin ich auch so spät«, erklärte Sina abschließend, »das musste erst alles organisiert werden. Und ich bin auch nicht mit meinem Wagen da, sondern eine Zivilstreife – oder wie man das nennt – hat mich gefahren. Die bringt uns auch nach Hause, während hier gleich unauffällig irgendwelche Beamten Stellung beziehen werden. Mama, die nehmen das ernst. Papa … Papa …«

Wieder versagte ihr die Stimme, als die Angst um ihren Vater voll durchbrach, und auch Renate weinte nun, allein schon deshalb, weil sie es nicht ertragen konnte, ihre Tochter so schmerzerfüllt und voller Panik zu sehen. »Es wird alles wieder gut, es wird alles wieder gut«, murmelte sie und wiegte Sina in ihren Armen, wie sie es nicht mehr getan hatte, seit diese ein kleines Mädchen gewesen war. Das tat auch ihr selbst gut, die Mutterrolle beherrschte sie noch immer, und das gab ihr den nötigen Halt zurück.

»Wir fahren jetzt erstmal nach Hause«, sagte sie nach einer Weile, als sie sich beide wieder gefasst hatten und gegenseitig mit Taschentüchern die Tränenspuren aus den Gesichtern tupften.

»Und dann hoffen wir, dass die Polizei ihr Geld wert ist. Bisher haben die ja noch nicht so viel auf die Beine gestellt bekommen.«

Sina nickte zustimmend und sagte dann: »Ja, aber da wird wohl heute Nachmittag noch ein neuer Ermittler aus Neumünster kommen, der mit uns reden will.«

»Ein neuer Ermittler aus Neumünster? Was soll denn das?«

»Von der ... von der Mordkommission.«

Sina musste erneut schluchzen.

Viertes Kapitel

Die Hitze tat Hauptkommissar Arnstedt definitiv nicht gut. Freiwald hörte ihn unter ihr wie unter einer schweren Last ächzen und stöhnen, kaum dass er die Autotür geöffnet hatte und sich aus dem Sitz hinaus in den prallen, wie eine Faust vom Himmel hinabsausenden Sonnenschein schälte. Zumindest hat er seinen alten Trenchcoat heute zu Hause gelassen, dachte der Oberkommissar ohne große Erleichterung, sonst kollabiert der alte Mann mir hier noch mit einem Hitzschlag. Wenn das Wetter wenigstens einfach nur heiß gewesen wäre, ohne diese maritime Feuchtigkeit, die das Klima in Schleswig-Holstein zu jeder Jahreszeit so unangenehm prägte, dann wäre es um einiges erträglicher gewesen. Aber daran war einfach nicht zu denken, das kam ungefähr so häufig vor wie eine totale Sonnenfinsternis. Man fühlte sich wie in einer Dampfsauna, nur ohne den Dampf, und sehnte sich nach dem erlösenden Gewitter, das Abkühlung und Erfrischung gebracht hätte. Daniel sah einmal ringsum die Horizontlinie entlang und konnte keinerlei Anzeichen für ein Sommergewitter entdecken, nicht einmal die kleinste Schäfchenwolke. Dennoch mochte Daniel auch dieses Wetter, solange die Sonne schien, war er glücklich. Von Wolken hatte er nach seiner Kindheit in Kaltsommer entschieden genug.

»Guten Tag«, wurden sie von der Frau, die bereits auf sie gewartet hatte, begrüßt. »Danke, dass Sie so schnell kommen konnten.«

»Ja, Tag«, brummte Arnstedt nur und lief, einmal mehr die personifizierte Unhöflichkeit, schnurstracks an der ihm hingestreckten Hand vorbei in den Schatten.

»Hallo«, übernahm Freiwald also routiniert die Begrüßung, ohne dabei eine falsche Rücksichtnahme an den Tag zu legen, als er fortfuhr: »Bitte entschuldigen Sie den Hauptkommissar Arnstedt, er ist ein bisschen ... wetterfühlig.«

Zu seiner positiven Überraschung nickte die Kollegin aus Bad Segeberg nur und erwiderte trocken: »Ja, davon hab ich schon gehört.«

»Schön für Sie«, ließ sich der so Charakterisierte daraufhin vernehmen, ohne sich zu den anderen beiden umzudrehen, und musterte die graue Wand der Werkshalle.

Freiwald und die Kollegin grinsten sich an und stellten sich einander vor.

»Hallo, Daniel Freiwald«, sagte er und reichte ihr die Hand.

»Monika Gutbrodt«, erwiderte sie, diese schüttelnd. »Wir, also der Hauptkommissar und ich, hatten ja bereits am Telefon das Vergnügen ...«

»Wenn Sie das ein Vergnügen nennen wollen«, stänkerte der und verlangte dann, sich um das Kichern der beiden Oberkommissare nicht scherend: »Können wir nun endlich mal da rein gehen, bevor wir alle hier draußen schmelzen wie Kerzen in der Wüste!«

Freiwald nickte ihr unmerklich zu, woraufhin Gutbrodt sofort erklärte: »Ja, natürlich. Es ist ja auch wirklich heiß heute.«

»Heiß, ja ...« Arnstedt schüttelte wie tadelnd den Kopf. »Ich hoffe nur, da drinnen ist es kühler. Aber vermutlich ist da seit zwei Tagen auch nicht mehr gelüftet worden.«

Freiwald fürchtete, dass sein Chef mit dieser Vermutung richtig liegen könnte. Das Attentat auf den Besitzer dieser kleinen Möbelfabrik, Peter Otto Frings, war nun gut achtundvierzig Stunden her, in denen sie auch nachts tropische Temperaturen gehabt hatten. Gestern war wohl das letzte Mal die Spurensicherung hier gewesen, seitdem hatte die Halle verlassen, abgeschlossen und als Tatort versiegelt dagelegen. Er konnte nur hoffen, dass es in dem Gebäude eine Klimaanlage gab und diese auch eingeschaltet war, ansonsten würde sie gleich vermutlich etwas sehr Unschönes erwarten. Freiwald wusste zwar nicht ganz genau, wie viel Blut das Opfer noch am Tatort durch die Explosion und ihre Folgen verloren hatte, aber unter Umständen kochte das nun schon seit zwei Tagen irgendwo da drinnen vor sich hin …

Nicht zuletzt deshalb ließ er Gutbrodt und Arnstedt den Vortritt. Er fürchtete nicht um seinen Magen, der wieder einmal nur mit Currywurst und Pommes gefüttert, auch nicht um seine Nase, die schon so manchem äußerst schlimmen und ekelerregenden Geruch ausgesetzt worden war, seit er bei der Polizei angefangen hatte, trotzdem musste man sein Schicksal nicht herausfordern. Außerdem blieb ihm so noch etwas mehr Zeit, sich umzusehen und das Umfeld des Tatorts in sich aufzunehmen. Manchmal hielten sich darin bereits wichtige Hinweise auf den Täter oder zumindest die Tat versteckt, das hatte er im vergangenen Jahr an der Seite Arnstedts, der war wie das Wetter in Kaltsommer, nämlich ewig miesepetrig, schon einmal gelernt. Der Hauptkommissar war ein meisterhafter Beobachter, sein Auge so geschult, dass er sich noch die kleinsten, unwichtig erscheinendsten Details einer Umgebung auf den ersten Blick merken und später, wenn es darauf ankam, abrufen konnte. Wie ihm das möglich war, erzählte er natürlich nicht, aber dass es möglich war, war Freiwald Ansporn genug, es als Autodidakt ebenfalls zu lernen.

Hier allerdings erkannte er nichts, was ihm bei der Aufklärung eines Briefbombenattentats hilfreich hätte sein können. Bei dem Gebäude der Firma handelte es sich um einen rund sieben Meter hohen Flachdachbau, rechteckig im Grundriss und umkränzt von einer durchgängigen Reihe Oberlichter, die zurzeit alle geschlossen waren. Zwischen Gebäude und Straße befand sich der Parkplatz für die Angestellten und wohl auch Kunden, eine baumlose Ödnis aus Kies und Schotter, die bei jedem Schritt staubte. An der linken Grundstückseite lag, geschützt von einem Wellblechdach, jede Menge Holz, das bei der Hitze nicht einmal mehr ansatzweise nach Harz duftete. Ein Gabelstapler stand verlassen dabei und brütete in der Sonne vor sich hin. Die Nachbargrundstücke links und rechts beherbergten eine Autowerkstatt und eine kleine Druckerei, auf der Straßenseite gegenüber standen Wohnhäuser. Nichts daran war verdächtig, nichts ließ auf einen Zusammenhang mit einer solchen Tat schließen.

Um in das Gebäude hereinzukommen, mussten sie auf dessen linke Seite gehen. Dort gab es ein großes Tor, in dem eine kleinere, normalgroße Tür eingelassen war. Beide Zugänge trugen noch unversehrte amtliche Siegel, aber schon hatte Oberkommissarin Monika Gutbrodt von der Kripo in Bad Segeberg ihr Schweizer Taschenmesser gezückt, um das an der Tür mit einem sicheren Schnitt zu erbrechen. Arnstedt lehnte neben ihr an dem mit ochsenblutrotem Lack gestrichenen Holz, wischte sich mit seinem vergilbten Stofftaschentuch über die feuchte Stirn und sah sehr leidend aus. Die Kollegin dagegen wirkte, als könnte ihr die Hitze nichts anhaben. Sie trug eine weiße Bluse, eine dunkle Stoffhose und flache, aber elegante schwarze Schuhe; in den Ohren blinkte ein Paar goldener Stecker. Sie war klein und schlank und doch voller weiblicher Rundungen, wie Freiwald fand, besonders um die Taille herum und an den Oberschenkeln, die sehr kräftig waren. Aber auch ihr Kopf war klein und rund und noch dazu von vielen kleinen blonden Locken gekrönt, die möglichst kurz gehalten wurden, um die Trägerin nicht bei der Ausübung ihres täglichen Dienstes zu stören. Wahrscheinlich ist sie eine gute Sportlerin, dachte Daniel Freiwald und tippte auf Fitnesstraining im Allgemeinen und Kampfsport im Besonderen. Kampfsport war bei den Kolleginnen sehr beliebt, hatte er festgestellt, gerade bei den etwas kleiner gewachsenen. Attraktiv fand er sie nicht, wie er sachlich feststellte, sein Typ waren eher große, dunkelhaarige Frauen, aber sympathisch war sie ihm auf Anhieb gewesen. Allein schon die trockene, abgeklärte Art, wie sie auf Arnstedt, der sich mal wieder als quengelndes Riesenbaby präsentieren musste, reagiert hatte, hatte ihn für sie eingenommen.

Außerdem trug sie einen Ehering, der war ihm gleich als allererstes aufgefallen.

Nach dem Entsiegeln der Tür schloss Monika Gutbrodt die Tür auf und stieß sie schwungvoll auf. Aus dem Inneren kam ihnen ein Schwall heißer, aufgestauter Luft entgegen, in dem sich die Gerüche von erhitztem Beton und Teer, Lacken und Farben, Hölzern und Harzen sowie Staub und einem Hauch Verwesung mischten. Besonders einladend war das nicht, beides für sich genommen, die abgestandene Hitze ebenso wie der ungute Geruch, hätte jeden vernünftigen Menschen schon davon abgehalten, die Halle zu betreten. Aber sie hatten leider keine andere Wahl, das gehörte zu ihrem Job dazu.

»Halleluja«, ächzte Arnstedt, und Freiwald fragte sich ernsthaft, ob diese ewigen Himmelsanrufungen seines Partners in unmittelbarem Zusammenhang mit der vom Firmament auf sie herabbrennenden Sonne zu tun oder er heute einfach nur seinen christlichen Tag hatte.

Oberkommissarin Gutbrodt nahm es gelassen und ging voraus. Das war nur natürlich, immerhin kannte sie den Tatort bereits, hatte ihn als eine der Ersten überhaupt untersucht – und sie hielt es offenbar für unnötig, auf Kavaliere mit guten Manieren zu warten. Aber folgen in diese leere Handwerkersauna mussten die ihr ja doch, und diesmal ließ es sich der Hauptkommissar nicht nehmen, als erster den Schritt über die Schwelle zu tun. Freiwald, dankbar dafür, blieb noch einen Augenblick unter dem sengenden blauen Himmel stehen, ließ sich die Nüstern von einem tiefem Atemzug verbrennen und trat ebenfalls ein.

In der Werkhalle erwartete ihn die tiefe Stille nach der Panik und dem Chaos. Die Briefbombe war am späten Vormittag explodiert, kurz vor der Mittagspause, als alle an dem Tag anwesenden Angestellten auch wirklich gerade ihrer Arbeit nachgegangen waren. Als die Explosion dann das gesamte Gebäude erschütterte und sämtliche Scheiben in ihren Rahmen klirren ließ, hatten die

Arbeiter sofort alles stehen und liegen gelassen und waren nach draußen ins Freie gestürzt, ohne sich zuerst nach ihrem Ursprungsort umzusehen oder herauszufinden, ob es vielleicht Opfer gäbe, außer den von dem ohrenbetäubenden Knall fiependen eigenen Trommelfellen. Alle Kollegen, die im unteren Teil der Halle arbeiteten, dort, wo die Werkbänke standen, wo gemessen, gesägt, geleimt, gehämmert, gefräst, gedrechselt, geschnitzt und was weiß Gott noch alles gemacht wurde, hatten einfach nur schnell die Flucht ergriffen, aus Angst um ihr nacktes Leben. Zurück blieb ein Bild ersterbender Verwüstung aus jaulenden Maschinen, umgestürzten Holzstapeln, tanzenden Spänen und sich langsam niederlassenden Holzstaubflocken. Außerdem lagen gleich mehrere, zum Teil zersplitterte Kaffeebecher in getrockneten braunen Lachen und Wasserflaschen aus Plastik herum, eine davon von hastigen Füßen zertreten. Auch Papier sah Freiwald überall auf dem Boden verstreut, Blätter mit Entwürfen und detaillierten Arbeitsanleitungen, wie er nach einem genaueren Blick auf eins davon, das ein paar akkurat gezeichnete Piktogramme enthielt, anhand derer selbst er sich vermutlich erfolgreich als Handwerker versucht hätte, feststellte. Er hob es auf, betrachtete eingehend die filigranen Linien und klaren Formen und nickte bewundernd. In der unteren rechten Ecke stand in schnörkellosen Buchstaben ein unübersehbares Kürzel: POF.

»Frings, unser Opfer«, sagte er zu niemandem Bestimmten in die Halle hinein, aber davon ausgehend, bestenfalls von seiner Kollegin eine Antwort zu erhalten, »dieser Frings war ein ziemlich penibler Mensch, oder?«

»Definitiv«, erwiderte wie erwartet Monika Gutbrodt, »so gut wie alles hier trägt seine Handschrift.« Sie stand am Fuße einer Metalltreppe, die zu einer Galerie hinaufführte, über die man zu den Büros des Buchhalters, der Vertriebsleiterin und der zwei jeweils halbtags arbeitenden Sekretärinnen und dem des Chefs selbst kam. Seins war das ganz rechts, dessen große Fensterscheibe sich in ein dichtes Spinnennetz aus Rissen verwandelt hatte und scheinbar überhaupt nicht mehr aus Glas zu bestehen schien. Monika Gutbrodt ließ den Mordkommissaren Zeit, die Gegebenheiten des Ortes in sich aufzunehmen.

»Haben Sie überprüft, ob darin vielleicht ein Motiv liegen könnte?«, fragte Freiwald nach. »Hat sich einer der Angestellten übergangen gefühlt? War Neid im Spiel oder Ideenklau? Solche Sachen eben.«

Gutbrodt nickte und blieb verbindlich, obwohl in dieser Frage ein gehöriges Maß an Zweifeln an ihrer und der Arbeit ihrer Kollegen steckte. Das Abklären dieser Dinge gehörte zum Einmaleins der Polizeiarbeit, wie ihr ungefähr gleichaltriger Kollege wusste. Aber er hatte es nicht böse gemeint und sie es nicht als böse verstanden, und deshalb sagte sie: »Haben wir natürlich. Aber so penibel der Frings auch gewesen sein mochte, er galt allgemein als sehr guter Chef, der wohl besonders durch seine Hingabe und Begeisterungsfähigkeit für sich eingenommen hat. Auf jeden Fall hat keiner seiner Angestellten sich abfällig über ihn geäußert, im Gegenteil, sie haben alle für sein Wissen, seine Expertise, seinen überschäumenden Enthusiasmus geschwärmt, für das gute Betriebsklima, das er allein durch seine Anwesenheit erzeugt haben soll.«

»Na, darauf stehen solche Leute ja immer«, ließ sich Arnstedt vernehmen, dem, es war nicht anders zu erwarten gewesen, diese Lobhudelei natürlich gegen den Strich ging.

Freiwald und Gutbrodt zwinkerten einander zu.

Arnstedt hatte sich derweil unten in der Halle genug umgesehen. Er war alle Werkbänke und Maschinen abgeschritten, hatte jeden einzelnen Arbeitsplatz genauestens erkundet, alle Bilder erstmal einfach nur in sich aufgenommen und abgespeichert. Als würde in seinem Gedächtnis ein spezielles Programm ablaufen, wurden diese Bilder dort nun sortiert und nummeriert, um sie, sollten sie urplötzlich demnächst gebraucht werden, sofort abrufen zu können. So jedenfalls stellte sich Daniel Freiwald die Arbeitsweise des Hirns seines Vorgesetzten gerne vor, anders konnte er sich die Präzision, mit der dieser die Details eines Tatorts wiederzugeben wusste, nicht erklären. Der strebte nun dem Fuß der Treppe zu, auf deren erster Stufe Oberkommissarin Gutbrodt bereits stand, würdigte sie jedoch keines Blickes, sondern sagte, mit dem Kinn hinauf auf die Galerie deutend: »Und da oben sitzen also die denkenden Klassen?«

»Ja, genau«, antwortete die Beamtin, weil es sich so gehörte.

»Tja, hat ihnen nichts genützt«, meinte er. »Im ersten Stock ist man nur vor einer Sturmflut sicher, aber nicht vor einem Bombenanschlag.« Er stieg ächzend die Treppe hinauf, Gutbrodt hinter sich lassend, die zum ersten Mal eine genervte Reaktion zeigte, den Kopf schüttelte und einen leisen Seufzer hören ließ. Freiwald zuckte mit den Schultern und lächelte ihr tröstend zu. »Schon seltsam«, sinnierte derweil der Hauptkommissar vor sich hin, während er eine Stufe nach der anderen nahm, als gelte es, die letzten Meter eines Achttausender-Gipfels zu bewältigen, »schon seltsam, dass in einem Betrieb, der für seine Holzprodukte aller Art berühmt ist, ausgerechnet eine Metalltreppe steht. Das Mindeste, was man hätte erwarten dürfen, wäre eine aus Holz gewesen, eine große, breite, einladende, auf der man sich wie von selbst nach oben bewegt hätte …«

Die Oberkommissare Gutbrodt und Freiwald folgten dem Ranghöchsten ihres Ermittler-Terzetts in gebührendem Abstand. Erst als er oben auf der Galerie angekommen war, begannen sie, die Dame voran, ihrerseits den Aufstieg. Mit jedem Schritt, den sie dabei taten, wurde die Atmosphäre drückender, schwüler, dem Kreislauf feindlicher gesonnen, und auch die Nase nahm nun immer deutlicher einen süßlichen Geruch in der Luft wahr, der eindeutig aus dem verwüsteten Büro des im Krankenhaus um sein Leben ringenden Firmenchefs kam. Er muss viel Blut verloren haben, allein schon durch die ganzen abgerissenen Finger, kam es Freiwald in den Sinn, sehr viel Blut, das bisher niemand beseitigt hatte und nun seit zwei Tagen in diesem überhitzten Gebäude vor sich hin verweste.

Er war alles andere als erpicht darauf, das aus nächster Nähe zu sehen und vor allem zu riechen, auch wenn es nun einmal ein unumgänglicher Teil seines Jobs war. Er hatte auch schon wesentlich schlimmere Dinge gesehen, aber hier, in dieser stehenden, sich wie zu einer Bleidecke verdichtenden Luft, die sich auf ihn legte, als wollte sie ihn mit aller Macht zu Boden drücken, war das trotzdem keine schöne Aussicht. Deswegen war er auch sehr froh, dass Arnstedt erst einmal in die drei hintereinander gelegenen Büros der Sekretärinnen, der Vertriebsleiterin und des Buchhalters eintrat und sie inspizierte. Weder in dem einen noch in den beiden anderen war von Verwüstung eine Spur zu finden, offen herumliegende Ordner, die herausgezogene Schublade eines Aktenschranks, Teebecher, in denen Beutel vertrockneten, ein nicht sachgemäß wieder auf die Gabel gelegter Telefonhörer und ein umgekippter Stuhl deuteten lediglich auf einen etwas überstürzten Aufbruch hin. Anderswo sieht so der Aufbruch in den Feierabend vor einem verlängerten Wochenende aus, dachte Freiwald, ohne selbst darüber auch nur schmunzeln zu können.

Arnstedt verbrachte überraschend viel Zeit in diesen Räumen, die durch Glaswände voneinander getrennt waren, sodass man von der Galerie aus alle zugleich einsehen konnte. Die beiden Sekretärinnen hatten jede ihren eigenen Schreibtisch, obwohl sie kaum jemals zur selben Zeit anwesend waren aufgrund ihrer halben Stellen. Beide schienen sie aber sehr strukturierte, planvoll vorgehende Personen zu sein, denn unordentlich oder chaotisch sah es an keinem der beiden Arbeitsplätze aus. Allerdings auch nicht besonders persönlich. Die eine hatte zwei gerahmte Fotos auf ihrem Schreibtisch stehen, das eines Mannes und das eines Pferdes – »Die Frau reitet wohl gern«, lautete Arnstedts Kommentar dazu, bei dem sich Gutbrodt sichtlich auf die Lippen biss –, sowie ein paar kleine Plüschteddys rund um den Sockel ihres Bildschirms. Die andere hatte sich Bilder ihrer Kinder und ihres Mannes hingestellt und ein paar Karten mit lustigen Sprüchen, die alle auf die Arbeit als solche gemünzt waren und letztendlich dazu rieten, diese nicht allzu schwer zu nehmen, mit Tesafilm an strategisch günstige Stellen geklebt. Gemeinsam kümmerten sie sich wohl um die wenigen Grünpflanzen, die hier standen, drei Kakteen und ein Ficus, der in den letzten Tagen beträchtlich gelitten, beinahe alle seine Blätter abgeworfen hatte und in Kürze wohl ebenfalls zu den Opfern dieses Anschlags zählen würde.

»Hat die Spurensicherung hier irgendetwas Verwertbares oder zumindest Auffälliges gefunden?«, fragte Arnstedt Gutbrodt. »Irgendetwas, das uns einen Hinweis auf den Täter liefern könnte?«

»Nein«, antwortete die Angesprochene knapp, »ich fürchte nicht.«

Er ließ die Aussage so stehen und ging weiter in den nächsten Raum; die beiden Oberkommissare folgten ihm auf dem Fuß.

Im Büro des Buchhalters war es stickig wie in einem Treibhaus, nur wurden in diesem hier keinerlei Pflanzen gezogen, sondern lediglich Berge von beschriftetem Papier, die alle sorgfältig in dicken Ordnern abgeheftet waren. Persönliches, das einen tieferen Einblick in die Seele des hier arbeitenden Menschen gegeben hätte, war überhaupt nicht zu finden. Nirgendwo stand das Bild eines oder einer anderen, nichts deutete auf ein Hobby oder irgendeine besondere Vorliebe hin, hier gab es nur die Arbeit und nichts als die Arbeit mit Zahlen und Ziffern, Posten und Nummern. Aber vielleicht spiegelt sich gerade darin ja seine Seele wieder, dachte sich Freiwald. Immerhin fand er in einer der Schubladen des Schreibtischs, die er im Gegensatz zu seinem Vorgesetzten probeweise aufzog und oberflächlich durchwühlte, einen ganzen Berg an Süßigkeiten, vornehmlich Zartbitterschokolade. Das machte ihm den ansonsten völlig unbekannten Mann zumindest etwas sympathischer.

»Und hier«, riss ihn Arnstedt aus seinen Gedanken, »irgendwas Hilfreiches?«

Gutbrodt schüttelte erneut den Kopf. »Nein, gar nichts«, sagte sie bedauernd.

In Büro Nummer drei gab es ebenfalls nichts Auffälliges, auch hier schien ein Mensch zu arbeiten, der hauptsächlich hinter seiner Arbeit verschwand.

»Haben Sie denn auch die persönlichen Hintergründe der Angestellten überprüft?«, hakte Arnstedt skeptisch nach.

»Ja, natürlich. Alle sauber.«

»Alle fünfunddreißig?«, wollte es der Hauptkommissar nicht glauben. »Sie wollen mir sagen, dass es unter diesen fünfunddreißig Leuten kein einziges auch nur ansatzweise schwarzes Schaf gibt?«

»Zwei oder drei haben Punkte in Flensburg, einer zahlt regelmäßig Kreditschulden ab und ein anderer hat eine Vorstrafe wegen Körperverletzung.«

Arnstedt wurde hellhörig. »Körperverletzung?«

»Ja, Körperverletzung«, meinte Gutbrodt und ließ schon an ihrem Tonfall erkennen, dass auch dies offensichtlich in eine Sackgasse führte. »Schlägerei in betrunkenem Zustand nach einer Fete, zwanzig Jahre her und seitdem nicht wieder vorgekommen, eine Jugendsünde. Der Betreffende arbeitete auch vorher schon hier und war bei seiner Vernehmung voller Dankbarkeit gegenüber Peter Otto Frings dafür, dass der ihn nach diesem Vorfall nicht rausgeschmissen hatte.«

Freiwald bewunderte, mit welcher Gelassenheit Gutbrodt auf die Fragen Arnstedts antwortete, die alles andere als freundlich waren und aus denen man unter Umständen eine herbe Kritik an der Arbeitsweise der Oberkommissarin und ihrer Kollegen aus Bad Segeberg hätte ablesen können. Arnstedt hatte nach

Schwachstellen gesucht, die jeder Anfänger als erstes abgeklappert hätte. Aber die Kripo-Beamtin blieb ganz ruhig und ließ sich nicht aus der Reserve locken.

»Pah!«, machte der Hauptkommissar dann auch und verließ missmutig das Büro. Aber anstatt dieser Unmutsäußerung noch einen weiteren herablassenden Satz folgen zu lassen, blickte er nur verkniffen vor sich hin und machte sich nun endlich auf, das Büro des Chefs und Firmengründers, das bisherige Epizentrums des Falles, zu begutachten. Oberkommissarin Monika Gutbrodt wirkte dennoch verärgert über diese Reaktion, sie schien das Gefühl zu haben, persönlich für den Mangel an Informationen und Anhaltspunkten verantwortlich gemacht zu werden. Daniel Freiwald, nach bald siebzehn Monaten der Zusammenarbeit mit Arnstedt, wusste dagegen, dass das ein gutes Zeichen war: Der Hauptkommissar hatte endlich Lunte gerochen. Und gerade der Mangel an verwertbaren Spuren, dieses Stochern im Dunkeln bei anhaltend hoher Gefährdungslage dürfte es gewesen sein, dass seinen Kriminalisten-Instinkt erst gekitzelt und dann geweckt hatte. Er nahm die Herausforderung an, was besser nicht sein konnte, denn wenn jemand Klarheit in diese verworrene, weil an Informationen so dürftige, Lage bringen konnte, dann dieser ungnädige alternde Mann. Freiwald hätte das Gutbrodt gerne deutlich gemacht, um sie zu trösten, um ihr die Last von den Schultern zu nehmen, aber die hatte bereits ebenfalls das Büro der Vertriebsleiterin in Richtung Galerie verlassen. Er zuckte die Achseln, folgte ihr und war erleichtert, aus dem Kabuff aus Glas und Beton wieder heraus zu sein, denn verglichen mit der Luft da drin, war sie hier draußen in der größeren Halle wesentlich besser, ja geradezu angenehm. Er wandte sich nach links und sah, wie Arnstedt dabei war, die Hand auf die Klinke zum Chef-Büro zu legen, das Gesicht schon jetzt ein Ausdruck tiefsten Leidens ob des Angriffs auf seine Sinne, den er hinter dieser Tür zurecht erwarten durfte.

Wenn Daniel Freiwald einen Aspekt seiner Arbeit nicht mochte, dann war es der, immer wieder Tatorte besichtigen zu müssen. Es war nicht unbedingt so, dass diese Stätten der Verwüstung, der Gewalt und Brutalität ihn in seinen Träumen heimsuchten, aber sie machten ihn nachdenklich und manchmal auch schwermütig. Das lag weniger an der Kulisse, die sich ihm jedes Mal darbot, an dem Schauplatz des Verbrechens, das niemals dasselbe war und sich trotzdem ständig zu wiederholen schien. Er hatte schon bis zur Unkenntlichkeit zugerichtete Leichen gesehen oder auch völlig zerfetzte Körper, deren Einzelteile überall herumlagen und auf die er sogar, obwohl er sehr aufgepasst hatte, getreten war. Selbst Kinder hatte er in einem solch schrecklichen Zustand sehen müssen. Dennoch waren es nicht die unmittelbar ersichtlichen Spuren dessen, was Menschen einander antun konnten, die ihm zusetzten. Ihn beschäftigte eher die Metaebene der zwischenmenschlichen Grausamkeit, die sich hinter all diesen Blutspuren verbarg und die eine erschreckende, eine geradezu beängstigende Sprache sprach. Was bringt Menschen dazu, sich, seinen eigenen Willen einem anderen derart aufzuzwingen, dass dieser darunter buchstäblich zerbricht? Wie kann jemand so sehr das Maß verlieren, so ultimativ egoistisch sein? Wieso scheint es, ist eine bestimmte Grenze erst einmal überschritten, nichts und niemanden mehr zu geben, das dem Verbrechen Einhalt gebieten kann? Wieso dreht sich der Mensch am Ende immer nur um sich selbst und sieht selbst im besten Freund, in der Ehefrau, in den Eltern oder eigenen Nachkommen schließlich nur noch den Feind, der um jeden Preis vernichtet werden muss? Was treibt jemanden dazu, einem Mann, der scheinbar ganz für seine Kunst als Möbelbauer lebt, eine Briefbombe zu schicken und ihn lebensgefährlich zu verletzen und dann, als wäre das noch nicht genug, ihm auch noch den letzten Rest seines zerfetzten Daseins nehmen zu wollen?

Die alte Frage nach dem Motiv war es, die ihn antrieb, die ewig unergründliche Frage nach dem Motiv. Seine Arbeit bestand im Wesentlichen darin, diesen bodenlosen Abgrund auszuleuchten, der sich jederzeit in jedem Menschen öffnen und alles verschlingen konnte, was da war. Nur waren ihre Mittel leider sehr begrenzt, Freiwald kam sich oft vor wie ein verzweifelter Glücksritter, der mit einer flackernden Kerze in einem lange aufgegebenen Minenstollen nach Diamanten sucht. Denn selbst wenn das Motiv scheinbar offen auf der Hand lag, Neid, Hass, Missgunst, Enttäuschung oder Verzweiflung zum Beispiel, war damit für ihn, in seinen Gedanken der Fall noch lange nicht geklärt, hier endete lediglich die kriminalistische und später die juristische Aufarbeitung. Denn kaum hatten sie herausgefunden, dass der eine den anderen aus niederster Fremdenfeindlichkeit erschlagen hatte oder weil er sein Drogenrevier verteidigte, stellte sich Oberkommissar Freiwald unweigerlich die Frage, aus welcher Quelle nun wiederum sich diese Fremdenfeindlichkeit speiste oder die Ansicht, dass Drogen mehr wert wären als Menschen. Die hielt ihn oft nachts wach, wenn er, nur mit den drei Katzen an seiner Seite, grübelnd in seinem Bett lag und versuchte, sich einen Reim auf das zu machen, was er am Tag wieder alles erlebt hatte.

Die Zusammenarbeit mit Hauptkommissar Hans-Peter Arnstedt hatte seine nächtliche Nachdenklichkeit zuerst verstärkt, dann aber nach und nach gelindert, denn Arnstedt trieben ganz offensichtlich ähnliche Fragen um wie ihn. Alles drehte sich bei ihm darum, das Motiv für eine Tat zu finden, die Hintergründe zu klären, um so einen Einblick in den Kopf des Täters oder der Täterin zu erhalten, denn nur dort waren die echten Beweise zu finden, nur dort war das Geständnis versteckt. Das hatte er gleich bei ihrem ersten gemeinsamen Fall in Kaltsommer gemerkt und das hatte ihn, bei allem Widerwillen, den er damals wie heute für diesen zerknitterten Trenchcoatträger empfand, fasziniert. Natürlich hatten sie niemals darüber gesprochen, ob

Arnstedt manchmal ebenfalls nach Feierabend nicht abschalten konnte und sich das Hirn darüber zermarterte, woher diese Schwäche oder gar Schlechtigkeit des Menschen kam. Freiwald hatte gar nicht erst versucht, seinen Chef darauf anzusprechen, denn der hätte sowieso nur mit den Schultern gezuckt und irgendeinen zynischen Spruch vom Stapel gelassen. Trotzdem war Arnstedt im Verlauf des letzten Jahres zu einem echten, wenn auch wortkargen Mentor für ihn geworden, dessen Hang zur Rücksichtslosigkeit im Umgang mit den Verdächtigen ebenso wie mit Zeugen und Angehörigen auf ihn ebenso ekelhaft wirkte, wie es ihn anzog. Darin lag etwas Befreiendes, obwohl es nicht nur auf den ersten Blick die Grausamkeit des begangenen und nun von ihnen verfolgten Verbrechens zu wiederholen schien.

Nachdem Oberkommissar Daniel Freiwald das erst einmal begriffen und für sich akzeptiert hatte, war es auch nachts in seinem Kopf etwas ruhiger geworden. Das war ein Mittel, ein Werkzeug, den bohrenden Fragen des Kriminalisten, mit denen er andere verfolgte und die er sich stellte, als steckte auch in ihm ein Verbrecher, der überführt werden müsste, wenigstens etwas das Wasser abzugraben. Er wusste, sobald sie gleich den eigentlichen Tatort betreten hätten und die ekelhaften bis entsetzlichen Bilder auf ihn eingestürmt wären, würde er wieder über genügend Material für das Kopfkino in den kommenden Nächten verfügen, aber wenn er sich gleich nur dicht genug an seinen Vorgesetzten hielte, wenn er sich ein Beispiel an seiner kalten, methodischen Arbeitsweise nähme, könnte er sie im Zaum halten.

Fünftes Kapitel

Die Ankunft in Berlin brachte ihm keinerlei Erleichterung. Das lag hauptsächlich an der Hitze, die hier noch unerträglicher war als in München, was zum einen der Tageszeit geschuldet war und zum anderen der auf Hochtouren arbeitenden Klimaanlage an Bord des ICE, die das Gefährt fast schon in einen Kühlschrank verwandelt hatte. In Berlin stand die Luft bruttig in den Straßen, zusätzlich ihrer Frische beraubt durch den allgegenwärtigen Stein und Beton, der sich aufheizte, nur um dann ebenfalls Hitze wieder abzugeben; und auf dem Pflaster kochte die Hundescheiße. Wie man in so einem schweißtreibenden Gestank leben konnte, war für ihn, der fast sein gesamtes Leben lang auf dem Land gewohnt hatte, absolut unverständlich. Ihn reizte das, was seinen ohnehin schon von Wut, Enttäuschung und Aufregung angekratzten Nerven sicherlich nicht guttat. Je länger er gezwungen war, in dieser beschissen heißen Stadt Station zu machen, desto ungeduldiger wurde er. Aber das war nicht das Einzige, was ihm zu schaffen machte.

Er hatte einen der ersten Züge aus München Richtung Norden genommen, mit dem er gleich bis Hamburg oder sogar Kiel hätte durchfahren können. Die Versuchung war groß gewesen, das zu tun, allein sein Instinkt hatte ihm von allzu geraden Wegen in dieser Zeit abgeraten. Er bezweifelte zwar, dass ihm jemand auf den Fersen sein könnte, dafür hatte er viel zu wenige Spuren hinterlassen, und es gab auch sonst wenig, was auf ihn hingedeutet hätte. Seinem Instinkt vertraute er trotzdem, denn wenn er sich auf etwas immer hatte verlassen können in seinem Leben, dann war es sein richtiger Riecher für bestimmte Situationen. Wenn er den nicht gehabt hätte, säße er doch noch immer düster vor sich hin brütend in seinem heruntergekommenen Kämmerlein, seinem alten Kinder- und Jugendzimmer im Haus seiner Mutter, und würde weiter nach Strich und Faden von Gott und der ganzen Welt verarscht werden. Stattdessen war er jetzt unterwegs, gewisse gewichtige Dinge zu bereinigen. Die würden sich alle noch wundern über ihn, er würde es ihnen allen schon zeigen!

Wenn der Weg nur nicht noch so lang wäre. Und dazu diese unerträgliche abgestandene Hitze. Und der Hunger, den er immer stärker verspürte. Trotz Hochgeschwindigkeitszug hatte die Fahrt von der bayerischen in die Bundeshauptstadt sechs Stunden gedauert, sechs Stunden, in denen er nichts gegessen hatte, nachdem er auch zum Frühstück kaum etwas hatte essen mögen. Die Anspannung war zu groß gewesen. Jetzt war es Mittag und der Hunger rumorte in seinen Eingeweiden. Der Hunger und ein widerwärtiges Gefühl der Übelkeit, das ihm zugleich den Appetit verdarb. Am liebsten hätte er sich ein kühles Bierchen gegönnt, aber das hätte alles nur noch schlimmer gemacht. Er musste einen klaren Kopf behalten, Bier konnte er sich genehmigen, so viel er wollte, sobald diese Sache, seine Mission erfolgreich abgeschlossen wäre. Dann hätte er auch Grund genug, seinen Sieg zu begießen. Für den Moment hieß das aber, mit einem Döner und anderthalb Litern Cola vorlieb zu nehmen.

Er blieb im Schatten des Hauptbahnhofs – drum herum gab es eh nicht viel, nur eine seltsame Mischung aus Brachen und Baustellen, die nicht zum Verweilen einlud, schon gar nicht bei der prallen Sonneneinstrahlung –, während er aß und trank. Nachdem er aber aufgegessen hatte, war immer noch sehr viel Zeit übrig, bis der nächste ICE fuhr, der ihn nach Hamburg zum dortigen Hauptbahnhof bringen sollte. Das Ticket dafür hatte er schon in der Tasche, diesmal am Automaten gezogen, weil ihm die Warteschlangen im Reisezentrum definitiv zu lang für seine kribbelnden Füße gewesen waren. Zum Glück nahmen die Scheißdinger auch Bargeld an.

Um die überzählige, zähflüssige Zeit totzuschlagen, holte er sein Smartphone heraus und surfte durch das Internet. Natürlich nicht einfach so ins Blaue hinein, sondern zielgerichtet auf der Suche nach bestimmten Informationen: zur Berichterstattung über den Briefbombenanschlag auf den Möbelfabrikanten Peter Otto Frings. Bundesweit hatte der nur am ersten Tag für Schlagzeilen gesorgt, da hatten sogar die Boulevardmagazine im Fernsehen darüber berichtet. Er hatte sich die in seinem Hotelzimmer in München angeschaut. Schon gestern aber, am ersten Tag danach, hatte von dem Vorfall nur noch die Lokalpresse in Schleswig-Holstein etwas vermeldet, im Großen und Ganzen auf die Erkenntnis reduzierbar, dass es keine neuen Erkenntnisse gäbe und die Polizei im Dunkeln tappe, sowohl was den Täter als auch die Tathintergründe anginge. Immerhin hatten die Kieler Nachrichten noch vermeldet, dass das Opfer, wie die Journaille den Frings doch tatsächlich nannte, sich in kritischem Zustand auf der Intensivstation des FEK in Neumünster befände. Schuld daran seien weniger die direkten Auswirkungen des Anschlags, sondern vielmehr ein Herzinfarkt, den der Mann in der Folge erlitten hätte.

Diese Information immerhin entlockte ihm ein gehässiges Grinsen. Geschah ihm ganz recht, diesem verlogenen Arschloch! Das hatte der sich selbst zuzuschreiben. Alles, was passiert war, hatte der sich selbst zuzuschreiben.

Aber nicht deshalb war diese Information für ihn wichtig. Woran der Kerl letztendlich krepierte, war nebensächlich, solange er krepierte. Wichtig war ihm nur, dass der alte Sack noch lebte und – am allerwichtigsten –wo er ihn finden würde. Er kannte das Friedrich-Ebert-Krankenhaus zwar nicht sehr gut, er war nie drin gewesen, weder als Patient noch als Besucher, konnte sich aber nicht vorstellen, dass die Intensivstation so schwer zu finden sein würde. Das war ein Provinzkrankenhaus, und die waren doch alle überschaubar gebaut.

Eine Zeitlang lenkten ihn diese Gedanken von der sinnlosen Leere der Warterei ab. Außerdem fühlte er sich jetzt mit vollem Magen angenehm träge. Wenn es selbst im Schatten dafür nicht zu heiß gewesen wäre, hätte er sich einfach hingelegt und ein wenig geschlafen. Nur ging das natürlich nicht, und nicht nur weil er seinen nächsten Zug auf keinen Fall verpassen durfte. Er befand sich schließlich am Hauptbahnhof in Berlin, der Hauptstadt des Landes, und wenn ein Ort in jeder Stadt das zwielichtige Gesindel anzieht, dann ja wohl der und in besonderem Maße dieser. Er wusste genau, wovon er sprach, mit solchen Dingen kannte er sich aus. Also war es Essig mit schlafen und bald darauf auch wieder mit seiner inneren wie äußeren Ruhe. Ein paar Minuten zwang er sich noch dazu, an Ort und Stelle sitzen zu bleiben, dann aber wurde der Bewegungsdrang zu übermächtig und er machte sich auf, zurück in den Bahnhof, wo er noch ein wenig durch die Ladenzeilen schlenderte, bevor er viel zu früh zu seinem Gleis in den Bauch des Bahnhofs hinabstieg und dort von links nach rechts immer an den Schienen entlang stromerte.

Hin und wieder warf er einen Blick auf das Display seines Smartphones, sah nach der Uhrzeit und mehr noch, ob er nicht vielleicht eine Nachricht bekommen hätte. Aber da war nichts, und das missfiel ihm mehr, als dass es ihn beunruhigte. Eine gewisse Reaktion hätte er schon erwartet, dass so gar nichts kommen sollte, war ihm reichlich unverständlich. Das Werk ist eben noch nicht vollendet, versuchte er sich an einer Erklärung, erst wenn der alte Bastard wirklich tot ist, kann es weitergehen.

Als der Zug mit wenigen Minuten Verspätung endlich einfuhr, stürmte er als erster hinein, kaum dass die anderen Passagiere ausgestiegen waren.

Sechstes Kapitel

Freiwald wartete ein paar Sekunden, bis er Arnstedt folgte, nachdem dieser die Tür zu Peter Otto Frings' Büro geöffnet hatte. Auch der Hauptkommissar war nicht sofort eingetreten, sondern erstmal wieder kurz zurückgefahren, um die bösen Geister des Verbrechens, einen Schwall süßlich stinkender und stickiger Luft sowie eine Handvoll träger Fliegen und Brummer, entfleuchen zu lassen. Wie es im Büro selbst aussah, war von der Galerie aus nicht zu erkennen, da die Scheibe, die den Chef von seinen Angestellten im Wesentlichen trennte, von einem so dichten Netz aus Rissen durchzogen war, dass an ihnen jeder Blick hindurch in unbrauchbare Fragmente zerschnitten wurde. Die Wucht der Briefbombe mochte nicht zu stark gewesen sein, laut KTU wäre diese durchaus noch steigerungsfähig gewesen – was ganz eigene Fragen aufwarf –, trotzdem war ihr Ergebnis verheerend, nicht nur für das menschliche Opfer. Das Glas, das aussah, als würden seine einzelnen Scherben nur noch von den Fäden eines gewaltigen Spinnennetzes zusammengehalten werden, gab einen beredten Vorgeschmack darauf. Wie immer hätte Freiwald auch gerne auf den folgenden Anblick verzichtet, mochte es für die Ausübung seines freiwillig gewählten Berufes auch noch so essentiell sein, er begriff einfach nicht, warum die Menschen ständig so sehr zu Gewalt und Zerstörungswut neigten. Warum redeten sie nicht mal mehr miteinander? Warum trauten sie den Taten mehr kommunikatives Potenzial zu als den Worten? Warum galten Worte eher als lächerlich oder gerade Männern sogar als weibisch und damit schwach, während einer Tat, selbst einer solchen, oft eine gewisse Form von Anerkennung entgegengebracht wurde, obwohl alle im selben Atemzug das Leid bedauerten, das dadurch entstand? Waren das alles nur Krokodilstränen?

Besonders bei den Männern? Freiwald wusste es nicht, befürchtete es aber, und war sich im Übrigen sicher, es in diesem Fall mit einem männlichen Täter zu tun zu haben. Frauen übten in der Erreichung ihrer Ziele in der Regel nicht ein solch maßloses Maß an Gewalt aus, die brauchten den Kollateralschaden nicht als schmückendes Beiwerk.

Als er merkte, dass er alleine auf der Galerie stand, gab er sich einen Ruck und trat in den Türrahmen, um sich das Chaos anzusehen.

»Sieh an, der Kollege Freiwald stößt auch endlich zu uns«, begrüßte ihn sein Vorgesetzter, dem wie immer nichts entging, schon gar keine Möglichkeit, einen Spruch anzubringen. »Wie immer wälzen Sie erst die Theorie und gehen dann zur Praxis über. Was hat Ihnen Ihr kluges Köpfchen denn bisher über unseren Fall verraten, ohne dass Sie einen Blick auf den Tatort werfen mussten?«

»Das sage ich Ihnen, Herr Hauptkommissar, wenn ich die Praxis mit der Theorie verglichen habe«, antwortete Freiwald kühl, und beide Männer waren es zufrieden. Dieses Geplänkel gehörte mittlerweile zu ihrem Arbeitsalltag, ohne das wären sie sich vermutlich längst gegenseitig an die Gurgel gegangen. Für Außenstehende allerdings sah es oft so aus, als würden da zwei Alphatierchen ihr Revier markieren, damit sie sich nicht gegenseitig ins Gehege kämen. So jedenfalls ließ sich der Ausdruck in Oberkommissarin Gutbrodts Gesicht deuten. Daniel schenkte ihr ein halbes Lächeln und zuckte andeutungsweise mit den Schultern, um zu signalisieren, dass alles in Ordnung sei, dann widmete er sich endlich dem Ort des Geschehens.

Vom ekligen Verwesungsgeruch einmal abgesehen, der sich sofort in den Vordergrund drängte und von einer eingetrockneten Blutlache auf dem Boden und von Blutspritzern beinahe überall stammte, war Unordnung das bestechendste Merkmal, eine besudelte Unordnung. Sie rührte nicht nur von der Explosion her, sondern auch von den Ersthilfe- und Rettungsmaßnahmen der Sanitäter und Notärzte sowie dem Wirken der Spurensicherung. Das alles hatte seine Spuren hinterlassen, die sich nun überlagerten und durchdrangen und nur schwer wieder voneinander zu trennen waren, wodurch sich natürlich das Lesen des Tatorts erschwerte. Es war immer schlecht, der letzte Beamte an einem Tatort zu sein. Auf dem Boden lagen Unmengen von Papier verstreut, Skizzen, Entwürfe, aber auch Post und Formulare, die der Chef des Betriebs abzusegnen und zu unterzeichnen hatte. Zeichenmaterial wie Stifte, Lineale, Radiergummis und weiß der Geier was noch alles hatte es durch den ganzen Raum geschleudert. Hinzu kamen Splitter, die Freiwald teilweise den Einrichtungsgegenständen des Raumes zuordnen zu können glaubte, etwa dem Schreibtisch oder dem Aktenschrank, der eine ganze Reihe von Kerben aufwies. Vereinzelt blinzelten auch ein paar Scherben durch den ganzen Tatortmüll, die zur Schreibtischlampe und der Deckenleuchte gehörten. Auf all diesen Dingen ließen sich Blutspritzer finden. Ebenso auf dem Schreibtischstuhl, der umgekippt in einer Ecke des Raumes lag, mit großer Sicherheit jedoch nicht mehr dort, wo ihn Frings selbst, als er stürzte, mit sich gerissen hatte. Er war nachträglich beiseitegeschoben worden, eine kleine Schleifspur in dem Papierwust auf dem Boden zeugte davon. Hauptsächlich ließen sich nun die Spuren der Rettungskräfte finden, zumeist Plastikverpackungen von Spritzen, Kanülen, Verbandsmaterial, das achtlos weggeschmissen wurde in der Eile, das Opfer, das nun zum Patienten geworden war, medizinisch zu versorgen. Davon zeugte auch jede Menge von den Tritten mit schwerem Schuhwerk zerknülltes Papier. So nötig der Notarzteinsatz natürlich war, so verheerend für die Beweissicherung war er leider auch. Wie die Dinge, nachdem sie von einer Explosion aufgewirbelt worden sind, wieder zur Ruhe kommen, als wären sie neu dekoriert worden, sagt viel über die Art der benutzten Bombe, Sprengstoff, Verarbeitung, ja sogar über die Intention ihres Konstrukteurs aus. Dafür sollte aber nach

Möglichkeit außer den Spezialisten von der Spurensicherung erst einmal niemand den Explosionsort betreten, was am besten funktioniert, wenn es keine menschlichen Opfer gibt. Das fiel für diesen Tatort aus, und trotzdem hatte die Spurensicherung ihr Bestes getan, den ursprünglichen Moment gleich nach der Explosion so gut wie möglich wieder sichtbar zu machen. Überall waren noch ihre Markierungen sichtbar, wo sie auch noch den kleinsten Blutspritzer dokumentiert hatten. Außerdem zeigte das Chaos durch die Bombe nun noch eine zweite Schicht der Unordnung, immer dort, wo die Kriminaltechniker nach Teilen des Sprengsatzes gewühlt und diese auch gefunden hatten. An diesen Stellen hatten sich freie Flächen ergeben, die wie aus dem Zusammenhang, dem Muster der allgemeinen Unordnung gerissen wirkten, denn jedes Chaos hat doch seine eigene Ordnung, die man jedoch erst sieht, wenn diese selbst wieder gestört wird. Selbst einem solchen Chaos haftet dann etwas Zerrissenes an. Manche dieser Stellen waren noch immer gesondert markiert, andere nicht, aber ebenso erkennbar. An ihnen schimmerte plötzlich ein Stückchen des PVC-Bodens durch, wo ansonsten eine geschlossene Schuttdecke herrschte. Und das getrocknete Blut half dann auch mit, denn es hatte zumeist noch den Abdruck des aufgelesenen Teilchens bewahrt – und mitunter den Kadaver einer Made, weil es die Insekten zwar geschafft hatten, sofort Eier in den vergossenen Lebenssaft des Menschen zu legen, diese aber sich nicht schnell genug hatten entwickeln können, bevor die trockene Hitze in diesem Kabuff von einem Büro ihnen den Lebensraum wieder genommen hatte. Früher hätte sich Freiwald bei diesem Anblick der Magen umgedreht, inzwischen schaffte er es ganz gut, diese Ekelfakten zu ignorieren.

»Nun, die Damen und Herren Freiwald und Gutbrodt«, sagte Hauptkommissar Arnstedt schließlich zu seinen Untergebenen, als wäre er ihr Ausbilder auf der Polizeischule, »was sagt uns dieser Tatort?« Er hatte sich bis an den Schreibtisch vorgearbeitet, mehr darauf bedacht, sich nicht am Blut die Schuhe schmutzig zu machen, als eventuell noch vorhandene Beweise zu ruinieren, und mittlerweile eingehend umgesehen. Mit einer weiterhin demonstrativ an den Tag gelegten schlechten Laune, übergewichtig und den ihm völlig verschwitzt am Kopf klebenden Haaren wirkte er inmitten all der Zerstörung wie ein armseliger Verwandter des Gottes Shiva, der längst kein Interesse mehr daran hatte, der Vernichtung Neubeginn und Schöpfung folgen zu lassen, um den Kreislauf des Lebens am Laufen zu halten.

Monika Gutbrodt war nur wenige Schritte in das Büro eingetreten und dann am Rand stehengeblieben. Sie kannte diesen Tatort schon, für sie hielt er offensichtlich keine neuen Erkenntnisse bereit. Außerdem wollte sie sich nicht unnötig in das mit Worten ebenso wie mit Gesten und Körperhaltungen geführte Zwiegespräch der beiden Partner einmischen, um nicht plötzlich zwischen irgendwelche Fronten zu geraten. Das hier war zwar ebenso ihr Fall wie der der beiden Kollegen aus Neumünster, aber sie hatte längst gelernt, wann es ratsam war, sich bemerkbar zu machen, und wann nicht. Also überließ sie Freiwald gerne den Vortritt, auf die Frage des Hauptkommissars zu antworten.

Der schien immerhin den richtigen Ton zu treffen, als er knapp antwortete, dass die Aussagekraft dieses Ortes eher geschmälert sei, da zu viele Personen ihn seit dem Vorfall betreten und damit verunreinigt hätten. Arnstedt jedenfalls gab daraufhin ein Grunzen von sich, das man durchaus als Zustimmung gelten lassen konnte. Freiwald schien sich nun ermuntert zu fühlen, sich etwas weiter aus dem Fenster zu lehnen und stellte die Behauptung auf: »Wahrscheinlich hätten wir uns den Ausflug hierher auch sparen und uns stattdessen mit dem Bericht und den Bildern der Spurensicherung begnügen können.«

Doch das war offensichtlich falsch, zumindest wenn man den plötzlich so kritischen wie spöttischen Ausdruck in Arnstedts

Gesicht richtig deutete, besonders die gehobene Augenbraue, in der zudem noch ein gerütteltes Maß an Herablassung mitschwang.

»Sind Sie auch dieser Meinung, Kollegin Gutbrodt?«, fragte der Hauptkommissar die Segebergerin.

»Da ich den Tatort nicht zum ersten Mal sehe und ihn ja auch unmittelbar nach dem Vorfall gesehen habe«, antwortete sie abwägend, »kann ich Kollege Freiwalds Meinung jetzt durchaus nachvollziehen. Inzwischen überlagern sich die Spuren hier so sehr, dass es mit bloßem Auge schwierig ist zu erkennen, was woher stammt.«

Arnstedt dachte über diese Antwort nach, und die beiden Oberkommissare warteten geduldig auf sein Urteil.

»Aber sind wir denn nur hier, um etwas über den direkten Tathergang zu erfahren?«, fragte er schließlich, weiterhin den Ausbilder mimend. »Kann man einen Fall denn nur dadurch lösen, dass man die Tat einer eingehenden Betrachtung unterzieht? Es gibt doch auch ein Opfer, und in der Regel ist das nicht zufällig ausgewählt. Jemand hatte aus gutem Grund – oder in dem Glauben, einen solchen dafür zu haben – diesem Herrn Frings eine Briefbombe geschickt. Und dann schickt er auch noch einen Brief hinterher, in dem er droht, irgendeine Wahrheit über Frings zu verbreiten. Das klingt nach einer Verletzung oder Beleidigung, die der Täter eben durch diesen Frings einmal erfahren hat, ob nun real oder nur eingebildet. Aber daraus ergibt sich automatisch eine Verbindung zwischen Täter und Opfer, und die funktioniert immer in beide Richtungen. Also kann es durchaus lohnend sein, sich das Opfer einmal ganz genau anzusehen, selbst wenn wir es dafür regelrecht unters Mikroskop legen oder es gar sezieren müssen. Das ist oft eine nervige Fusselarbeit und führt nur allzu oft in eine Sackgasse, aber manchmal kommt man so auch nur über einen kleinen Umweg direkt zum Täter.«

»Dann halten Sie das hier für eine Beziehungstat?«, fragte Freiwald, mehr pflichtschuldig als alles andere, denn sein Kollege hätte ihm das, was er dachte, so oder so mitgeteilt. Arnstedt hatte jetzt endgültig Lunte gerochen und würde den Fall erst wieder hergeben, wenn er gelöst wäre.

»Nein, nicht unbedingt. Was wir wohl ausschließen können, ist ein politisch motivierter Hintergrund. Ich denke, da können wir der Einschätzung der Kollegen vom Staatsschutz vertrauen. Eine Beziehungstat ist dagegen möglich, es kann sich aber auch um ganz profane Dinge wie wirtschaftlichen Neid und Missgunst handeln, darum, einen Konkurrenten auszuschalten. Der Täter wollte ja nicht nur das Leben von Herrn Frings angreifen, sondern hat es ganz offensichtlich auch auf die Zerstörung seines guten Rufes, seiner Stellung in der Gesellschaft abgesehen. Darauf sollten wir jetzt ebenfalls sehr achten.«

»Und das heißt? Wie geht es für uns konkret weiter?« Freiwald stand in den Startlöchern, jetzt käme der wirklich spannende Teil der Arbeit, gerade an der Seite des alten Griesgrams Arnstedt.

Der zuckte mit den Achseln und wandte sich Monika Gutbrodt zu: »Stehen Sie mir während dieser Ermittlungen uneingeschränkt zur Verfügung?«

»Ja, ich kann mit Ihnen nach Neumünster kommen und Ihnen helfen.«

»Das ist gut. Nur weil Sommer ist, meint ja mal wieder alle Welt, unbedingt in den Urlaub fahren zu müssen. Wir können jede helfende Hand gebrauchen, zumal ja auch noch dieser Drogen-Rocker-Nazi-Krieg da im Hintergrund schwelt, den wir nicht außer Acht lassen dürfen. Mein Gefühl sagt mir, dass die Sache auch noch nicht ausgestanden ist.«

»Und das heißt konkret?«, brachte Freiwald seinen Chef ungeniert wieder auf Kurs.

Der lächelte milde. »Das heißt, dass Sie beide sich draußen noch ein wenig die Beine vertreten dürfen, während ich mir noch einmal allein und in aller Ruhe Frings' Arbeitsplatz anschaue. Danach fahren wir dann nach Neumünster, wälzen Berichte und lassen uns von Frau Gutbrodt alles erzählen, was Sie an Fakten über den Fall weiß. Und wenn das gemacht ist, sind hoffentlich schon die Angehörigen unseres Opfers eingetroffen, damit wir sie vernehmen können. Einverstanden?«

Das war eine rhetorische Frage.

Siebtes Kapitel

Oberkommissar Daniel Freiwald wäre gerne mit seiner Segeberger Kollegin Gutbrodt nach Neumünster zurückgefahren. Nachdem Arnstedt sie beide vor die Tür geschickt hatte, um sich noch ein wenig allein die Spuren des Verhängnisses anzusehen, in das die Briefbombenexplosion Peter Otto Frings gestürzt hatte, hatten sie sich ein wenig näher beschnuppert. Daniel gefiel die freundliche, offene Art der Oberkommissarin, eine positive Grundeinstellung, die nur schwer zu erschüttern zu sein schien, zumindest nicht von einem alten Brummbären namens Hans-Peter Arnstedt. Dass der sich eine Extrawurst briet, während sie draußen in der Sonne auf ihn zu warten hatten, focht sie nicht an. Stattdessen hatte sie Daniel, kaum waren sie aus der stickigen Fertigungshalle nach draußen in die flirrende Mittagshitze getreten, die trotzdem erträglicher war als die Luft da drinnen, am Ärmel gegriffen und mit sich hinter das Gebäude gezogen. In diesem Moment war Daniels Fantasie kurz mit ihm durchgegangen, doch bevor er selbst so ganz begriffen hatte, worauf die eigentlich mit ihm hinauswollte, hatte ihn die Realität schon wieder eingeholt. Hinter der Halle befand sich das Lager der Firma, unter langen Überdachungen stapelten sich die Hölzer, die hier verarbeitet wurden; die edelsten Gewächse waren noch zusätzlich mit Gittern gegen Diebstahl gesichert. In einer weiteren kleineren Halle, die sich gleich an die Rückseite des Hauptgebäudes anschloss, standen die fertigen, auslieferungsbereiten Möbel. Trotz der alles niederdrückenden Hitze roch es herrlich nach dem oft tropischen Werkstoff.

Auch das Lager war polizeilich versiegelt. Das ganze Gelände war durchsucht worden, nach Spuren, Indizien, weiteren Bomben, und noch nicht wieder freigegeben. Mit größter Selbstverständlichkeit hatte Gutbrodt das Siegel zerschnitten und ihn in das Möbellager geführt, wo im Dämmerlicht die längst verkauften, höchst wertvollen Produkte des Designers und Möbelbauers Peter Otto Frings ihrer Auslieferung harrten. »Frau Gutbrodt, wo führen Sie mich hin?«, hatte Daniel nicht ganz so scherzhaft gefragt wie beabsichtigt, und sie hatte ihm doch tatsächlich geantwortet: »Wollen wir uns nicht duzen? Den alten Arnstedt würde ich nicht mal duzen, wenn er mir Geld dafür gäbe, aber bei uns beiden ist das doch was anderes.« – »Ja, klar, gern.« – »Super! Monika.« Sie reichte ihm die Hand. »Hallo Monika, ich bin Daniel.« – »Hallo Daniel, schön, dich kennenzulernen.« Sie kicherten beide, und Daniel fragte sich immer ernsthafter, was wohl als nächstes geschehen mochte. Monika suchte offensichtlich nach irgendetwas, sie tastete mit der einen Hand die Wand ab, während sie gleichzeitig mit den Augen das Zwielicht zu durchdringen suchte, was Daniel automatisch dazu veranlasste, sich zu fragen, ob diese Firma auch Betten herstellte. Ihm wurde jedenfalls plötzlich noch heißer als ohnehin schon. Das war natürlich nicht sehr professionell, aber ihm im Augenblick auch scheißegal. »Ich muss dir unbedingt was zeigen«, sagte Monika und drückte, noch bevor er endgültig etwas Falsches hätte sagen können, den Lichtschalter, der die gesamte Szenerie mit grellstem Neonlicht ausleuchtete. »Ah«, machte sie und lief ihm sofort davon, zielstrebig in Richtung rechte Hallenwand. Dort stand aber kein Bett, sondern Tische und Stühle, Esszimmergarnituren, wenn er, für den Möbel letztendlich nur Mittel zum Zweck waren, es richtig deutete. Elegante Möbel, keine Frage, mit hohen Lehnen, die einen leichten Schwung aufwiesen, was ihnen etwas von der kompakten Schwere nahm, die das Holz aus sich selbst heraus ausstrahlte. »Das wollte ich dir unbedingt zeigen«, erklärte Monika mit vor Stolz ganz weich werdender Stimme, »das sind Stücke aus der Reihe »Fringsiana«, dem Klassiker aus der Hand des Meisters Peter Otto Frings. Mit denen ist er berühmt geworden, und die verkaufen sich bis heute wie geschnitten Brot. Ich hab die auch zu Hause stehen, den Tisch und acht Stühle. Die haben wir uns zur Hochzeit gegönnt.« Sie strich liebevoll mit der Hand über die glatte Oberfläche eines der langen Tische. »Es gibt auch noch Kommoden, Anrichten, Buffets dazu«, fuhr sie verträumt fort, »die will ich auch alle noch haben.« Daniel nickte in ihrem Rücken. »Und was kosten diese Teile?« – »Das willst du gar nicht wissen.« Womit sie voll ins Schwarze getroffen hatte. Also fragte er lieber, ebenfalls wie sehnsüchtig über eins der Stücke streichend: »Was ist das für ein Holz?« – »Palisander. Unheimlich hart und widerstandsfähig. Besonders gut, wenn man zwei kleine Kinder zu Hause hat, die so richtige Rabauken sind.« Sie hatte ihn mit einer Wärme angestrahlt, die selbst ihn, obwohl sie nicht ihm galt, erreichte und seine Enttäuschung zumindest etwas milderte. »Und woher haben sie das, dieses Rabaukentum?«, fragte er, woraufhin sie, versonnen lächelnd antwortete: »Also von mir mit Sicherheit nicht. Das müssen sie von ihrem Vater haben.«

Kurz darauf hatte Arnstedt sie gerufen. Neben dem saß Daniel nun im Auto, und der trat den Bock wieder einmal, als wolle er die Schindmähre zum Abdecker treiben, bevor sie noch Zeit hätte, tot auf dem Asphalt zusammenzubrechen. Monika in ihrem Fahrzeug hatten sie längst abgehängt. Trotzdem weilten Daniels Gedanken bei ihr oder dem, was er sich kurzfristig mit ihr imaginiert hatte. So etwas passierte ihm ab und an, zumeist bei Kolleginnen, weil er sonst eher wenig Kontakt zu anderen Frauen hatte. Schon vor seiner freiwilligen Versetzung nach Neumünster, seit der so schmerzhaften Trennung von Sabine, hatte er mehr und mehr für seine Arbeit gelebt, für die Arbeit und seine drei Katzen, mit denen er hauptsächlich die Feierabende verbrachte. Aber ein Date hatte er schon ewig nicht mehr gehabt. Allerdings verspürte er in letzter Zeit wieder verstärkt den Wunsch nach einer Frau an seiner Seite. Was erstmal ein gutes

Zeichen war. Nur kam er nicht zu Potte, was das anging, entweder verfolgte er einen Fall oder er bekam den Arsch nicht von der Couch – weil der zusätzlich noch von einer Katze beschwert wurde, die auf seinem Schoß ruhte, in der Regel seine liebe Montezumas Rache. Solchen Abenden konnte er sehr viel abgewinnen, wenn er nur seine schnurrenden Stubentiger um sich hatte, fühlte er sich ziemlich wohl. Das Problem war eher tagsüber auf Arbeit, wenn er sich plötzlich dabei ertappte, wie er einer Kollegin zu sehnsüchtig nachstierte oder eben seine Fantasie mit ihm etwas durchging. Das war peinlich und könnte ihn leicht zum Gespött der Kollegen werden lassen. Besonders des einen, der immer alles sah und bemerkte, der gerade neben ihm am Steuer seines Wagens saß und natürlich etwas sagen musste.

»Was halten Sie von dieser Gutbrodt, Freiwald?«

»Warum fragen Sie?« Der Oberkommissar sah so unbeteiligt wie möglich durch die Windschutzscheibe auf die Straße.

Arnstedt schwieg und wartete auf seine Antwort.

»Sie macht einen recht kompetenten Eindruck auf mich.«

Arnstedt nickte bloß.

»Warum? Was soll die Frage?«

Jetzt deutete der Hauptkommissar ein Grinsen an und sagte schließlich: »Es kann gut sein, dass wir sie bald dauerhaft in Neumünster haben werden.«

»Wieso?«

»Die Dienststelle in Bad Segeberg soll geschlossen werden, bis spätestens Ende des Jahres. Einsparungsmaßnahmen. Und ich weiß, dass sich die Gutbrodt für Neumünster beworben hat. Ihre Chancen stehen wohl auch nicht schlecht, weil sie zwei Kinder hat, die so nicht aus ihrem gewohnten Umfeld gerissen werden müssten. Ist wohl so eine Art Mutterschutz, Sie verstehen?« Aber nicht einmal Arnstedt selbst lachte über seinen kleinen Witz.

»Aha«, antwortete Freiwald nur.

Sie schwiegen, bis sie auf der B205 durch das südliche Gadeland nach Neumünster einfuhren. Auch um seinen Partner etwas von der üblen Flucherei über den gar nicht allzu dichten Mittagsverkehr Richtung Innenstadt abzulenken, rang sich Freiwald zu der Frage durch, zu welchen Erkenntnissen Arnstedt denn noch gekommen sei, als er allein in Frings' verwüstetem Büro gewesen sei. Er musste die Frage zweimal stellen, damit der ihm endlich antwortete.

»Einiges über den Charakter des alten Meisters.«

»Geht`s etwas genauer?«

»Nun, dass dieser Frings ein sehr penibler und akkurat arbeitender Mensch ist, der wohl eher noch der alten, analogen Schule zugewandt ist und mit dem neumodischen Kram nicht viel am Hut hat. Seine Entwürfe fertigt er immer noch am Zeichentisch an, überträgt sie dann aber scheinbar selbst auch in den Computer, zumindest um eine weitere Möglichkeit zu haben, sie abzuspeichern.«

»Und was sagt uns das über den Fall?«

»Das werden wir sehen, wenn wir die anderen an diesem Fall beteiligten Personen befragt und unter die Lupe genommen haben.«

Freiwald stöhnte. »Herr Arnstedt, Sie wissen doch, wie ich es hasse, wenn Sie immer nur diese blöden Andeutungen machen!«

»Die sind nicht blöd«, wies der Hauptkommissar seinen jungen Partner daraufhin zurecht, »sondern zeugen von penibler Polizeiarbeit. Ich stelle hier keine Behauptungen auf, die ich nicht belegen kann, zumindest noch nicht. Das tue ich nie, das sollten Sie inzwischen gelernt haben – in jeder Hinsicht. Ich weiß, Sie fühlen sich an Tatorten nie wirklich wohl, aber das müssen Sie unbedingt endlich überwinden, wenn Sie ihren Job ordentlich machen wollen. Sie müssen anfangen, einen Tatort genauestens zu lesen, denn Leute zu verhören, ist nur die halbe Miete. Wie wollen Sie den Zeugen oder Verdächtigen die richtigen Fragen stellen, wenn Ihnen dafür das Grundwissen fehlt? Das finden Sie aber nur an einem Tatort, anfänglich zumindest. Mit dem Tatort beginnen wir, er ist zuerst alles, was wir haben.«

Freiwald ließ diese Predigt kommentarlos über sich ergehen. Er hörte sie nicht zum ersten Mal und musste leider zugeben, dass sie einen wahren Kern enthielt. Die Tatortanalyse war nicht seine Stärke, eben weil er sich tatsächlich am Ort des Verbrechens nicht wohl fühlte. Dabei hatte er schon viel von Arnstedt in der Zeit, die sie jetzt zusammenarbeiteten, gelernt, allerdings mehr im Bereich der Zeugenbefragung. Ihren Aussagen, den darin enthaltenen Widersprüchen und, oftmals unbeabsichtigt geäußerten, Hinweisen nachzugehen, das machte ihm schon richtig Spaß, sich wie ein Spürhund durch den Dschungel der Worte zu pirschen, bis man am Ende die Beute schlagen konnte. Aber der Tatort mit all seiner bedrückenden Gewalttätigkeit, nein, das war immer noch nicht seins, so sehr er sich auch bemühte. Wenn Arnstedt nur ein besserer, geduldigerer und offenerer Lehrmeister wäre, wäre vermutlich vieles einfacher. Wenn der Mann nur nicht immer so ein Ekelpaket wäre, so überheblich ...

»Na gut, und wie geht es jetzt weiter?«, fragte er, sich jedes weitere Lamentieren verkneifend. Er wusste, Arnstedt roch so etwas, selbst wenn es als innerer Monolog daherkam, und nutzte es als weitere Angriffsfläche. »Wie sieht Ihr Plan für den Nachmittag genau aus?«

Diesmal machte der Hauptkommissar zum Glück keinerlei Anstalten, sondern antwortete klipp und klar: »Nachdem wir die Berichte durchgesehen haben, die die Kollegen in Bad Segeberg und vom Staatsschutz angefertigt haben, befragen wir die Angehörigen des Opfers. Die wissen vielleicht nichts über den Täter, können uns aber sicherlich einiges über ihren Ehemann, Vater und Schwiegervater sagen, womit zumindest ich mir mein Bild von diesem Peter Otto Frings vervollständigen kann. Mehr haben wir ja erstmal nicht, aber vielleicht bringt uns das schon etwas weiter.« Arnstedt ließ den Seitenhieb ein wenig einwirken, dann fragte er ganz sachlich: »Sind die Angehörigen denn schon informiert oder vielleicht schon unterwegs, damit sie noch ein wenig in meinem Warteraum vor sich hin schmoren können, unter meiner weisen Aufsicht, versteht sich?«

»Ja, das ist alles veranlasst.«

»Sehr gut.«

Arnstedt lächelte, als er sein Auto in die Tiefgarage des Parkcenters lenkte, wo es für die Beamten der Mordkommission Neumünster reservierte Parkplätze gab. Daniel hätte gerne noch auf Monika gewartet, um sie nach oben zu begleiten und ihr alles zu zeigen, aber der Hauptkommissar hatte es nun offensichtlich eilig. Nicht weil ihn die Akten gereizt hätten, wie Daniel aus Erfahrung wusste, sondern weil er mit deren Studium durch sein wollte, wenn Frau Frings mit ihrer Tochter und dem Schwiegersohn eintraf, damit er sie noch ein Weilchen beobachten konnte, bevor er sie endlich befragte – auch das eine Eigenart und Ermittlungsmethode, an der Freiwald inzwischen Gefallen gefunden hatte.

Achtes Kapitel

Als sie die Dienststelle betraten, erwarteten die Herren Arnstedt und Freiwald gleich zwei Überraschungen. Beide hätten gerade den Hauptkommissar mit seinem Hang zur Mäkelei eigentlich gefallen müssen, stattdessen ließ die eine ihn völlig kalt, als handelte es sich dabei um eine Selbstverständlichkeit, während die andere nichts anderes als Ärger in ihm aufwallen ließ. Freiwald hielt sich wie immer aus solchen Situationen heraus, eine Einmischung seinerseits hätte nichts besser gemacht, außerdem hatte er so das Mitleid und die Sympathien der Kollegen, ständig mit diesem Chef zusammen sein zu müssen, auf seiner Seite.

Was Arnstedt die Galle hochkommen ließ, war die Nachricht, mit der Polizeimeister Hermann ihnen plötzlich den Weg in ihre Büros verstellte. Der Mann schwitzte in seiner Uniform, die Klimaanlage funktionierte nicht richtig, die feuchte Hitze setzte ihm augenscheinlich sehr zu, trotzdem strahlte er über das ganze Gesicht, als er verkündete: »Herr Arnstedt, Herr Freiwald, gute Nachrichten aus Düsseldorf: Die Kollegen von der Bundespolizei haben unseren wegen der Messerstecherei mit Todesfolge gesuchten Rocker in Kleve in Nordrhein-Westfalen bei dem Versuch gefasst, zurück in die Bundesrepublik einreisen zu wollen. Sie erhielten einen Tipp von den niederländischen Kollegen in Nijmegen, die auf unser Amtshilfegesuch hin tätig geworden sind. Der Kerl ist wohl über die grüne Grenze geschlichen gekommen, hat dann aber ohne Umschweife einen für seine Kontakte in die Rocker-Szene bekannten Mann aufgesucht, und zwar am helllichten Tag, ohne sich auch nur im Mindesten zu tarnen.«

»Okay, der Typ ist also ein Idiot«, unterbrach ihn der Hauptkommissar unwirsch, »aber das hatte ich sowieso schon vermutet. Die Frage ist jetzt eher, warum Sie mir das alles erzählen, Hermann? Wissen Sie, wir haben gerade einen Bombenanschlag mit anschließender Morddrohung aufzuklären, und das rasch. Also, was wollen Sie mir wirklich erzählen?«

Der jedoch verstummte verlegen, wie so viele, die sich Arnstedts unbegreifliche Verärgerung zuzogen. Wenn eines Tages mal jemand eine Krankheit, die allein die Zunge befällt und lähmt, entdeckt, beschreibt und benennt, dachte Freiwald im hitzeflirrenden Kämmerlein seines Oberstübchens, dann wäre es angebracht, diese Krankheit nach Hans-Peter Arnstedt zu benennen.

»Nun, Hermann, was ist?«, bellte der jetzt drauflos wie ein gereizter Hund. »Ich gehe davon aus, dass der Verdächtige bereits zu uns überstellt wird. Solange der aber noch nicht hier ist, interessiert er mich einen Dreck. Ich habe Wichtigeres zu tun, als mich mit solchen Nebenkriegsschauplätzen herumzuschlagen. Sorgen Sie nur dafür, dass der Kerl in die hinterletzte Zelle gesperrt wird, weit weg von allen anderen Gefangenen, und lediglich von seinem Anwalt Besuch bekommt. Ich will nicht riskieren, dass er bereits in der U-Haft einem Racheanschlag zum Opfer fällt. Verstanden?«

»Ja«, stammelte Polizeimeister Hermann, »aber ... aber es gibt da ein Problem ...«

Arnstedt verdrehte theatralisch die Augen. »Ach ja?«, ätzte er. »Was für eins soll das denn sein? Also ich kann keins erkennen.«

»Die Dienststellen da unten sind alle gerade so stark unterbesetzt, also wegen der Sommerferien und einiger Großereignisse, die entweder schon stattgefunden haben, zurzeit stattfinden oder demnächst stattfinden werden ...«

»Hermann, kommen Sie zum Punkt!«

Der seufzte, dann sagte er: »Die Kollegen haben gerade keine Kapazitäten frei, deshalb müssen wir ihn entweder selber holen oder sie bringen ihn erst in ein paar Tagen.«

In einem Cartoon, kam es Freiwald in den Sinn, der unsagbar glücklich darüber war, dieser Szene nur als unbeteiligter Zuhörer beiwohnen zu müssen, in einem Cartoon hätte man jetzt sehen können, wie sich Arnstedts Kopf in einen Kessel verwandelt, der sich immer stärker aufheizt, bis er schließlich rot glüht und nicht einfach nur pfeifen, sondern gleich explodieren würde, während alle anderen panisch versuchen, in Deckung zu gehen. Weil das auf einer Dienststelle der Mordkommission jedoch schlecht möglich war, mit einem witzigen Zeichentrickfilm hatte die Arbeit insbesondere unter diesem Chef tatsächlich wenig zu tun, verdrückten sich nur alle nicht unmittelbaren Ohrenzeugen hinter ihre Schreibtische, in die Teeküche oder auf die Toilette, um der verheerenden Druckwelle der anstehenden Detonation zu entgehen. Nur er konnte das nicht, er musste bleiben, wo er war – und natürlich der arme Polizeimeister Hermann. Der siedete inzwischen im eigenen Saft.

Hauptkommissar Hans-Peter Arnstedt enttäuschte niemanden. »Die haben doch nicht mehr alle Nadeln an der Tanne!«, geiferte er los, dass ihm so mancher Speicheltropfen von den ewig spröden Lippen flog. »Wir sind hier auch unterbesetzt, und nicht nur wegen dieser scheiß Sommerferien. Bei uns stapeln sich die Fälle, weil die benachbarten Dienststellen zu blöd sind, ihre Fälle alleine zu lösen. Wie soll ich da zwei Beamte entbehren, die einen ganzen Tag unterwegs sein werden, nur um einen schmierigen Kriminellen von A nach B zu befördern. Wenn die überhaupt reichen und wir nicht einen Hochsicherheitstransport daraus machen müssen, weil zu befürchten steht, dass bei den beteiligten Milieus sowohl mit kopflosen, aber gewalttätigen Befreiungsversuchen oder ebenso kopflosen, aber gewalttätigen Racheaktionen zu rechnen ist. Für so einen Zirkus haben wir derzeit nicht die nötigen Kapazitäten frei. Wir haben hier genug zu tun. Wenn dieser Frings wirklich so eine Berühmtheit war, wie mir von allen Seiten immer wieder unaufgefordert versichert wird, dann muss der Fall jetzt nicht nur erstmal Priorität haben, sondern wir brauchen dann auch alle verfügbaren Leute hier vor Ort.« Arnstedt schnaufte, die Tirade hatte ihn sichtlich außer Atem kommen lassen. Das hieß jedoch nicht, dass er schon fertig war, es fehlte noch der Arbeitsauftrag an seinen Untergebenen Hermann: »Also rufen Sie gefälligst die Kollegen in NRW an und verklickern denen, dass es ihr Bier ist, unseren rechten Rocker so schnell wie möglich in unser beschauliches Neumünster zu transportieren. Der soll mir noch heute Abend hier auf der Matte stehen, sonst werden alle noch ihr blaues Wunder erleben!«

Oberkommissar Freiwald schob es auf die Temperaturen, dass sein Vorgesetzter und Partner derart die Contenance verlor, heftiger als üblich jedenfalls. Außerdem tat ihm der Hermann leid, der ausbaden musste, was er nicht verbockt hatte. Zu guter Letzt kam ihm, während er seinem Chef zuhörte, eine geradezu salomonische Idee, wie sich eventuell der gordische Knoten des allseitigen Personalmangels zur ebensolchen Zufriedenheit lösen ließe. Und weil Arnstedt noch immer schnaufend schwieg und der Polizeimeister sich nicht von der Stelle rührte, mischte sich der Oberkommissar endlich ein und sagte: »Vorschlag zur Güte: Beide Seiten entbehren je ein Zweierteam und kommen sich entgegen, sodass auf halber Strecke eine Übergabe gemacht wird und wir alles in allem nicht so viel Zeit verlieren. Dann dürfte der Verdächtige bis heute Abend hier sein und wir nur kurz auf das Personal verzichtet haben.«

Arnstedt sah ihn erst an wie ein zum Abschuss freigegebenes Wildtier, doch dann besann er sich, als erkenne er nur ganz langsam, wer da zu ihm gesprochen hatte, schüttelte sich und grummelte: »Wenn`s denn nicht anders geht, meinetwegen. Hermann, regeln Sie das.«

»Wenn es für Sie okay ist, Herr Arnstedt«, hielt Freiwald den sich bereits in Bewegung setzenden Beamten auf, »dann werde ich das kurz regeln. Ich denke, wir werden mehr Erfolg haben, wenn jemand mit einem höheren Dienstgrad diesen Vorschlag macht – nichts für ungut, Hermann.«

Der schüttelte nur abwehrend den Kopf.

Der Dienststellenleiter dachte kurz darüber nach, dann nickte er knapp und sagte laut aufseufzend: »Ja, vermutlich. Also machen Sie es so, Freiwald. Aber beeilen Sie sich, wir haben wichtigere Dinge zu erledigen. In fünf Minuten sind Sie in meinem Büro.«

Daniel Freiwald verzichtete auf eine Antwort und setzte seinen eigenen Vorschlag in die Tat um. Neun Minuten später betrat er, ein nicht zu breites Siegerlächeln auf den Lippen, Arnstedts Büro. Dort erwartete ihn die zweite Überraschung: Monika Gutbrodt studierte mit dem Hauptkommissar zusammen die Berichte und Beweise, die sie mit ihren Segeberger Kollegen zu diesem Fall bereits gesammelt hatte. Der Oberkommissar war sich sicher, dass sie nicht gekommen war, während er telefoniert hatte.

»Seit wann bist du denn hier?«, fragte er verdutzt.

»Ich war schon vor euch da«, grinste sie.

»Die Dame hat scheinbar einen Bleifuß, Freiwald«, mischte sich Arnstedt ein, ohne von den Beweisen aufzusehen. Trotzdem war sich Daniel sicher, dass sein Vorgesetzter die neue Vertraulichkeit zwischen ihm und Monika zur Kenntnis genommen hatte. »Nehmen Sie sich an ihr ruhig mal ein Beispiel. Und jetzt kommen Sie her und helfen Sie uns, so etwas wie eine Spur in diesem ganzen Zeug zu finden.«

»Ja, Sir«, erwiderte er vernehmlich und genoss das spitzbübische Lächeln der Ermittlerin aus Bad Segeberg.

Neuntes Kapitel

Dorota, ihre polnische Haushaltsperle, hatte ihnen etwas zu essen zubereitet, einen Salat, angemacht mit ihrer berühmten Vinaigrette, deren exakte Zusammensetzung sie niemals jemanden verraten würde, mit gebratenen Hähnchenbruststreifen, dazu gab es frisches Brot vom Bäcker. Leichte Kost, dem Tag in jeder Hinsicht angemessen, und doch rührte außer ihrem Schwiegersohn Michael niemand seinen Teller an. Der konnte immer essen, Probleme drückten ihn im Schlaf, aber nicht auf den Magen, was man heute ganz besonders sah. Er wirkte schwammig und aufgedunsen und hatte dunkle Ringe um die Augen herum. Sollte er doch essen, wenn er sich dadurch besser fühlte, Renate Frings missgönnte es ihm nicht. Trotzdem verursachte ihr sein Anblick, tief über den Tisch gebeugt, mit der Nase fast in das grüne Bett aus Salatblättern stoßend und spachtelnd, spachtelnd, spachtelnd, Übelkeit. Sie musste das Esszimmer verlassen, bevor ihr noch ganz schummerig wurde. Als sie ins angrenzende Wohnzimmer ging, spürte sie sowohl Dorotas als auch Sinas Blick in ihrem Rücken, die ihr damit sagen wollten, dass sie doch etwas essen, sich stärken müsse, schließlich hatte sich jeden Moment die Polizei angekündigt, um sie erneut zu befragen, und dafür müsse sie Energie haben, um nicht zu kollabieren ... Renate Frings widersprach ihnen auch nicht, sie ließ sie einfach stehen, ihre Lippen ebenso versiegelt wie ihr Magen.

Im Wohnzimmer ließ sie sich auf das Sofa sinken, jedoch legte sie sich nicht hin, wie sie es ursprünglich vorgehabt hatte, sondern blieb aufrecht sitzen und sah mit starrem Blick nach draußen. Vor dem Fenster standen Bäume und Sträucher in einem schmalen Vorgarten, den eine Hecke zur Straße hin begrenzte, die genaugenommen nichts anderes als ein offizieller

Wirtschaftsweg war. Ob seiner vielen Kurven nannte man ihn Säuferweg, und er führte von Gönnebek direkt zur B430, in die er direkt gegenüber dem stets nebel- und wolkenverhangenen Schlund der großen Lindenallee von Kaltsommer mündete. Jenseits des Säuferwegs schloss sich eine Weide an, auf der bis gestern Kühe gestanden hatten. Am Abend waren sie auf eine frische Koppel geführt worden, damit das Gras auf dieser nachwachsen konnte. Der Großteil des Grundstücks lag hinter dem Haus, bestehend aus baumbestandenen Rasenflächen und ein paar schmalen Blumenrabatten sowie aus einem kleinen Schuppen, der nichts als Dinge enthielt, die sie im Laufe der Zeit als unbrauchbar ausgesondert hatte, und einer großen Scheune. In der hatte sich Peter seine private Werkstatt eingerichtet, sein Holzlabor, wie er es selbst nannte, und in der es beinahe schon wild nach Harz, ätherischen Ölen und trockenen Spänen duftete. Dort bekam er seine besten Ideen, nicht in seinem Kabuff von Büro in der Firma in Trappenkamp, hier entwickelte er sie, fertigte er die Prototypen an, ließ er den Einfall zur Wirklichkeit werden, um zu schauen, ob das entstandene Produkt am Ende auch wirklich taugte. War dies der Fall, ging es in die Produktion, wenn nicht, dann nicht.

Sie hatten das Gehöft am Rande Gönnebeks Mitte der 1980er Jahre gekauft und unter Peters Anleitung liebevoll restauriert. Die Firma startete gerade so richtig durch, ein Jahr zuvor war die Linie »Fringsiana« auf den Markt gekommen und hatte den inzwischen weltweiten Ruhm ihres Mannes begründet. Geld war kein Problem gewesen, sie hätten sich auch ein anderes Objekt in anderer, sonnigerer Lage, etwas mit Seeblick etwa in Börnhöved, Schmalensee, Belau oder weiß Gott wo noch in dieser seenreichen Gegend leisten können. Aber es war dieser viel zu kleine und darum schon lange nicht mehr konkurrenzfähige Bauernhof gewesen, der es ihrem Mann angetan und mit dessen Vision von einer Wiederauferstehung er auch sie angesteckt hatte. Im

Angebot mitinbegriffen war sogar die kleine Koppel auf der anderen Seite des Säuferwegs gewesen, die aber hatte Peter nicht mit erworben, da er für sie keine Verwendungsmöglichkeit wusste und nicht auf die Wünsche der damals noch kleinen Sina hören wollte, auf ihr ein Pferd oder ein paar Ponys laufen zu lassen. Stattdessen hatte sie später ein Jahr lang Reitunterricht auf einem Hof auf halber Strecke zwischen hier und dem Firmensitz in Trappenkamp genommen, bis ihre Interessen sich wandelten, weg von den Tieren und hin zu Büchern, Skizzen, Formeln und Zeichnungen, die immer konkreter ihren späteren Berufswunsch der Architektin erahnen ließen.

Um diese Klarheit im Leben hatte sie Sina immer bewundert, in den letzten Jahren sogar mitunter geradezu beneidet. Die Tochter ebenso wie der Vater hatte immer ganz genau gewusst, was sie werden, was sie mit ihrer Zeit anfangen wollte. Renate selbst war diese Klarheit, diese beinahe an Bestimmung grenzende Bestimmtheit dagegen stets abgegangen. Schon in der Schule war sie eher mit dem Strom geschwommen, anstatt ihr Leben selbst zu steuern, und hatte, aber das bemerkte sie eben erst viele, viele Jahre später, mehr die Sehnsüchte anderer kopiert als überhaupt erst eigene zu entwickeln. Ihre Noten waren Durchschnitt gewesen, ohne dass es sie gestört hätte, ihre Berufswahl – Bankkauffrau – keine Überraschung und ihre Karriere, so man überhaupt davon hätte sprechen können und nicht Laufbahn der bessere Ausdruck für ihr Arbeitsleben gewesen wäre, vorhersehbar. Ihre Eltern waren zufrieden mit ihr, die hatten in beruflicher Hinsicht niemals Großes von ihr erwartet. Ihren Freundinnen war es ähnlich ergangen, sodass auch in dieser Hinsicht kein Neid hatte aufkommen können, und so schickte die Zeit sich an zu vergehen. Erste Ehen wurden geschlossen und Kinder geboren, Renate hatte immer den einen oder anderen Verehrer, hätte vielleicht sogar den Avancen ihres Kollegen Andreas Wirth damals nachgegeben und wäre die Frau eines Bankkaufmannes geworden, wenn nicht eines Tages in ihrer Filiale ein junger Mann mit blitzenden Augen aufgetaucht wäre, dessen Hände rau und wund waren und der zwar nicht nach Schweiß roch, so doch aber nach rohem Holz und einen Kredit für die Gründung einer Möbeltischlerei beantragen wollte. Sie war sofort Feuer und Flamme für ihn und er ihren Flirtversuchen gegenüber sehr empfänglich, und zumindest ihrerseits war das nicht einfach nur Liebe, sondern auch ein Abenteuer, sich auf diesen ihr und ihrer bisherigen Lebenswirklichkeit vollkommen artfremden Mann einzulassen, aus der sich das Glück speiste. Nach sechs Monaten machte er ihr einen Heiratsantrag, nach sieben weiteren ließen sie sich trauen, und zwei Jahre später schließlich kam ihre Tochter Gesine zur Welt.

Renate wurde Hausfrau und Mutter und kümmerte sich nebenbei um die Finanzen der noch jungen Möbeltischlerei »Tisch & Stühle Frings«, bis die Firma zu groß und der Job zu einer Vollzeitstelle wurde. Peter hatte ihr diesen damals angeboten, wenn man so wollte, drückte sich darin sein Sinn für Familie aus, als wollte er so die vielen Stunden eigenbrötlerischen Herumwerkelns in seinem Werkstatt ausgleichen, in denen seine Frau und Tochter ihn kaum zu Gesicht bekamen. Aber das war eben seine Welt, in dieser Tätigkeit ging er voll und ganz auf, das hatte sie akzeptieren müssen. Deshalb hatte sie das Angebot ausgeschlagen, um ihre Wirkungskreise nicht unzulässig zu vermischen. Firma und Werkstatt waren sein Bereich, Haus und Familie ihrer. Durchaus mit Stolz hatte sie ihm diese Rollenverteilung dargelegt, als sie ihm ihre Ablehnung begründete.

Aber Sina wurde größer und brauchte immer weniger Aufmerksamkeit oder gar Pflege, gleichzeitig nahm ihr Wohlstand solche Ausmaße an, dass sie sich eine Haushälterin leisten konnten, die ihr die meisten Arbeiten abnahm. Außerdem ließen sich der öffentliche, der Arbeit zugehörige und der private Bereich auch nicht so einfach voneinander trennen, denn wenn etwas am

Haus zu machen war oder ganz besonders an der Inneneinrichtung, dann redete Peter nicht nur ein Wörtchen mit, sondern bestimmte letztendlich, was gemacht wurde. Jedes einzelne Möbelstück in diesem Haus war angefertigt von seiner Hand, nicht nur das, es handelte sich bei allen um Einzelstücke, die er mit viel Liebe zum Detail nur für sie erdacht, entworfen und ausgeführt hatte, wobei jeder Raum des Hauses ein eigenes Gesicht bekam. Das Sofa, auf dem sie gerade saß, sowie alle anderen Möbel im Wohnzimmer waren filigrane Meisterwerke aus Walnussholz. Die Einrichtung des Esszimmers etwa bestand aus repräsentativem Mahagoni, die Küche aus massiver Birne, ihr Schlafzimmer aus Kirsche und Sinas altes Kinder- und Jugendzimmer aus unverwüstlicher Douglasie. Sie hatte die Möbel lediglich arrangieren dürfen, bis es nichts mehr zu arrangieren gab, bis alles seinen endgültigen Platz gefunden hatte. Ihr Haus war zu einem Museum geworden, um dessen Exponate sich die entsprechenden Museen der Welt inzwischen reißen würden, von privaten Sammlern der Möbelbaukunst des Peter Otto Frings einmal ganz abgesehen. Gerade jetzt, nach diesem grässlichen Unglück, das ihrem Mann vermutlich in den nächsten Tagen das Leben nehmen würde, mussten die Preise dafür durch die Decke schießen. Sie bräuchte nur die Türen zu ihrem Heim zu öffnen und einen Ausverkauf ausrufen und würde im Nu ausverkauft sein. Zurück bliebe sie in einem komplett leeren Haus, das einzige Stück, das niemand haben möchte, mit dem niemand etwas anfangen kann ...

»Mama?«

Renate Frings schrak aus ihren Gedanken auf und sah ihre Tochter an, kaum fähig, sie wirklich wahrzunehmen.

»Mama, alles okay?« Sina musterte sie tief besorgt.

»Ja«, antwortete sie schließlich und räusperte sich. »Muss ja.«

Gesines Sorgen lösten sich nicht auf.

»Was ist?«, fragte sie ihre Tochter deshalb.

Sie schluckte. »Die Polizei ist da ...«

»Dann bitte sie herein.«

»Die wollen uns mitnehmen nach Neumünster, zur Mordkommission.«

»Was? Aber wieso?« Renate spürte, wie sie plötzlich bleich wurde. »Ist dein Vater etwa ...«

»Nein, nein«, beschwichtigte Gesine sofort, obwohl auch sie nicht verhindern konnte, dass sich ihre Augen mit Tränen füllten.

»Aber warum denn dann? Wir sind doch schon befragt worden, zweimal sogar, von diesen Staatsschutzleuten und den Bad Segeberger Beamten. Was wollen die denn noch von uns?«

»Ist wohl eine Anweisung von diesem anderen Kommissar, der jetzt die Ermittlungen übernommen hat«, antwortete Sina und wischte sich die Tränen mit dem Handrücken weg. »Die Beamten sagen, sie nehmen uns mit und fahren uns später wieder her.«

Renate fasste sich. »Na dann«, meinte sie und erhob sich, »auch wenn ich nicht weiß, was das alles bringen soll. Mehr als noch einmal das gleiche sagen, können wir doch auch nicht. Aber wenn denen das weiterhilft, bitte. Ist ja deren Zeit, die damit vergeudet wird. Und Steuergelder. Wir dagegen haben alle Zeit der Welt, wir können sowieso nur darauf warten, dass ...«

Ob sie den Satz jemals zu Ende gesprochen hätte, wusste sie selbst nicht zu sagen, aber ein plötzlicher Schwindelanfall ließ sie verstummen. Ihre wurde schwarz vor Augen, sie schwankte und spürte gleich darauf Sinas festen Griff an ihrem Arm, der sie hielt.

»Leg dich lieber wieder hin«, hörte sie ihre Tochter sagen, »ich sage den Polizisten, dass du nicht vernehmungsfähig bist und dass sie entweder später wiederkommen sollen oder diesen neuen Kommissar herschicken müssen, wenn sie dich wirklich noch mal befragen müssen.«

»Nein, lass«, widersprach Renate ihr jedoch entschieden, schüttelte sich und ihre Tochter ab, stellte sich aufrecht hin und entschied: »Bringen wir es hinter uns.«

Zehntes Kapitel

Wieder war es Polizeimeister Hermann, dem das schwere Los zufiel, in die konzentrierte Arbeitsruhe in Hauptkommissar Arnstedts Büro eindringen zu müssen, um die Nachricht zu überbringen. Nachdem er sich vorhin schon diesen heftigen Anpfiff seines Chefs eingefangen hatte, war er alles andere als glücklich darüber. Das sah ihm Oberkommissar Freiwald an der bleichen Nasenspitze an, der als einziger der drei Ermittler im nach Zigarette und schaler Luft stinkenden Büro von den Akten aufsah, als der Uniformierte zögerlich anklopfte und seinen Kopf zur Tür hereinsteckte. Sein Blick blieb dankbar an dem Freiwalds hängen, der nicht erst seit vorhin, als er sich so heldenhaft zwischen den heute besonders reizbaren Arnstedt und seinen Untergebenen geworfen und Luft aus dem Kessel gelassen hatte, einen Stein im Brett bei den meisten Kollegen auf der Dienststelle hatte. Wenn man mit einem Typen wie Arnstedt zusammenarbeitete, konnte man sich leicht jedermanns Sympathien erwerben, solange man sich vom Auftreten und Verhalten her sofort als dessen Widerpart präsentierte und nicht versuchte, sich durch Anbiederung nach oben bei seinem Vorgesetzten lieb Kind zu machen. Was das anging, hatte Oberkommissar Daniel Freiwald sein erstes Jahr bei der Mordkommission Neumünster vorbildlich für sich genutzt. Die Kollegen schätzten ihn, weil er kein unterwürfiger Schleimer war, auf dessen Schleimspur die unter ihm Stehenden reihenweise ausrutschten, sondern einer mit Rückgrat, der dem Chef auch mal Widerworte gab und – das wog noch wesentlich stärker – eigene Ideen entwickelte und vortrug. Daniel war längst die Schnittstelle zwischen der Dienststelle und ihrem Leiter geworden, ohne die die Prozesse in ihr nicht so reibungslos ablaufen würden. Eine erfreuliche Entwicklung, mit der Daniel selbst vor gut einem Jahr, als er an Arnstedts Seite zu seinem ersten großen Mordfall für die Mordkommission Neumünster nach Kaltsommer hatte ausrücken müssen, nicht so ganz gerechnet hätte.

»Ja?«, sagte er, obwohl nicht Inhaber dieses Büros, und wischte sich den Schweiß von der Stirn.

»Entschuldigen Sie die Störung«, begann Hermann und wischte sich ebenfalls Schweiß von der Stirn, »aber ...«

»Was denn?« Arnstedt, mit tief über die Akten gesenktem Kopf aussehend wie ein Stier unmittelbar vor dem Angriff, sah nicht einmal auf, um den Beamten zur Eile zu gemahnen. »Sind meine Zeugen endlich eingetroffen?«

Hermann wurde rot und wäre am liebsten im Boden versunken. »Nein«, musste er zugeben, »und ja.« Jetzt sah Arnstedt doch auf, und man konnte sehen, dass Hermann das nicht beabsichtigt hatte. Er fuhr schnell fort: »Vorne hat sich eine Frau gemeldet, die meint, Informationen zum Fall Frings zu haben.«

Die drei Kommissare wechselten überraschte Blicke.

»Und wer soll das sein?«, fragte Arnstedt, sein Interesse jetzt erst recht hinter Grantigkeit verbergend.

»Eine gewisse Frau Anette Ramstein.«

»Was will die denn hier?« Monika Gutbrodt rutschten die Worte heraus, bevor sie ihrer Verwunderung Herr werden konnte. Ihr Temperament war eher impulsiv, das glaubte Freiwald bereits erkannt zu haben und fand es sehr erfrischend. Sie sagte, was ihr durch den Kopf ging, ebenso ungefiltert wie unerschrocken, er hingegen bemühte sich, zumindest in Gegenwart Arnstedts alles mindestens zweimal zu durchdenken, bevor er den Mund aufmachte, um den Alten nicht unnötig zu verstimmen.

Der reagierte auf die Einlassung der Segeberger Kollegin überraschend zurückhaltend, als genösse sie entweder so etwas wie Welpenschutz oder, und das war weitaus wahrscheinlicher, der Hauptkommissar hatte sein Mütchen bereits zur Genüge an

Polizeimeister Hermann gekühlt. Nur Freiwald sah, wie der erleichtert in sich zusammensank, als sich die drückende Aufmerksamkeit des Chefs von seinen Schultern hob.

»Sie kennen die Frau, Kollegin Gutbrodt?«, wandte Arnstedt sich ihr zu und zog dabei eine schweißfeuchte Augenbraue hoch.

»Ja, natürlich«, antwortete die, sprach jedoch nicht weiter, sondern suchte plötzlich hektisch in den vor ihr ausgebreiteten Unterlagen herum.

Arnstedt ließ sie kurz gewähren, ohne sie dabei auch nur eine Sekunde lang aus dem Blick zu lassen, bevor er mit einer genüsslich zelebrierten Herablassung meinte: »Ach, wirklich, ist das so natürlich?«

Doch die Gutbrodt ließ sich davon nicht aus der Ruhe bringen, zog endlich ein paar zusammengeheftete Blatt Papier hervor und erklärte: »Hier ist es: Anette Ramstein, arbeitet mit Unterbrechungen seit neunundzwanzig Jahren bei der Firma von Peter Otto Frings als Reinigungskraft.«

»Mit Unterbrechungen?« Arnstedts Interesse war geweckt. »Unterbrechungen weswegen?«

»Zuerst wegen Schwangerschaft und Mutterschutz, das gleich nach einem Jahr«, referierte die Oberkommissarin, »und später hat sie dann noch einmal für eine kurze Zeit in einer anderen Firma gearbeitet, ist dann aber vor einundzwanzig Jahren zu ihrem alten Arbeitgeber zurückgekehrt und seitdem nicht mehr woanders gewesen.«

»Und Sie haben sie auch schon befragt, oder?«, hakte Freiwald nach.

»Ja, wie alle anderen Mitarbeiter der Firma auch.«

»Und da wusste sie nichts zum Fall beizutragen?«

Gutbrodt nickte nur.

»Aber jetzt weiß sie auf einmal, wer es getan hat«, ätzte Arnstedt und richtete sich zu seiner vollen krummrückigen Größe auf. »Das Gedächtnis der Menschen ist unergründlich – und in der Regel reine Zeitverschwendung.« Er seufzte theatralisch und im vollen Bewusstsein, die ganze Aufmerksamkeit für sich zu haben. Er seufzte ein zweites Mal. »Hermann«, fuhr er dann im Befehlston fort, der diesen augenblicklich strammstehen ließ, »bringen Sie diese Frau Anette Ramstein in den ... Nein, warten Sie. Bringen Sie sie mir in den Verhörraum 2 – und vergessen Sie nicht wieder, die Kameras einzuschalten. Und wenn dann hoffentlich bald mal die Angehörigen von diesem Frings hier eintreffen, setzen Sie die in den Warteraum, dann können die sich noch ein bisschen sammeln, bevor sie zur Vernehmung gerufen werden.«

Alle anderen Anwesenden, Monika Gutbrodt nicht ausgenommen, Arnstedts Ruf war ihm weit, weit vorausgeeilt, wussten nur zu gut, dass das nicht der eigentliche Grund war, warum zur Vernehmung Geladene in den Warteraum gebracht wurden. Jeder wusste inzwischen, dass Beobachtung ein wesentliches Element von Arnstedts Ermittlungsarbeit darstellte. Auf Leute, die den Hauptkommissar dabei noch nie aus der Nähe betrachtet hatten, wirkte dieser Aspekt, der sich inzwischen wie eine Legende um seine Person rankte, nach wie vor äußerst faszinierend, Daniel Freiwald konnte das sowohl Polizeimeister Hermann als auch Monika Gutbrodt an den Gesichtern ablesen. Ihn selbst irritierte das mitunter stundenlange Gestarre bis heute, obwohl er Sinn und Nutzen darin jetzt schon oft genug erlebt hatte. Trotzdem hatte er auch das Gefühl, dass darin ein sadistischer Zug Arnstedts zum Ausdruck käme, nicht nur nicht ablegen können, sondern dieses war in ihm mit der Zeit immer stärker geworden. Es war, wie Arnstedt selbst es damals bei ihrem ersten gemeinsamen Fall gesagt hatte, als ihr Arbeitsverhältnis weniger das von Partnern und noch nicht einmal das von Vorgesetztem und Untergebenem gewesen war, sondern eher noch das von Ausbilder und Polizeischüler. Damals hatte Arnstedt erklärt, dass sie als Ermittlungsbeamte zwar nicht foltern dürften, aber auf die Folter spannen schon – und Arnstedt spannte gern, definitiv.

»Nun los, Hermann«, kam es vom Hauptkommissar, jedoch weniger böse als vielmehr spöttisch, denn er selbst wusste natürlich ganz genau um die Wirkung seiner speziellen Vorliebe auf seine Mitarbeiter. »Husch, husch, die Waldfee!« Hermann ging ab. »Und wir«, er wandte sich seinen beiden Oberkommissaren zu, »wir packen hier zusammen und beginnen endlich mit der wahren Ermittlungsarbeit.«

Ihm war deutlich anzusehen, wie sehr er sich darauf freute.

Elftes Kapitel

Hamburg, endlich. Von hier war es nur noch ein Katzensprung nach Neumünster. In unter einer Stunde könnte er schon dort sein. Aber das war zu früh. Er wollte nicht im Hellen dort ankommen, Tageslicht war zu verräterisch. Er wollte lieber wie ein Geist durch die anstehende schwülheiße Sommernacht streifen, um sein Werk zu vollenden. Wenn nur seine Geduld von der langen Reise nicht schon längst überstrapaziert gewesen wäre! Nicht dass Geduld jemals zu seinen Stärken gezählt hätte, er selbst sah sich eher als der zupackende, handelnde Charakter, als ein Macher. Nur Schlappschwänze warteten ab, bis was passierte, und mussten dann in aller Regel zusehen, wie ihnen die Felle davonschwammen. Wenn dem nicht so wäre, hätte es zu nichts von dem hier kommen müssen. Ohne sein Wissen hatte er selbst lange, lange schon gewartet, und deshalb war ihm so viel durch die Lappen gegangen. Das Leben, das ihm eigentlich zugestanden hätte, war ihm absichtlich vorenthalten worden. Aber damit war es jetzt vorbei! Er hatte die Zügel selbst in die Hand genommen, und seitdem waren die Dinge gehörig ins Rollen geraten. Sicher, der Zufall hatte ihm geholfen, ihm den entscheidenden Hinweis und Schubs gegeben, das änderte jedoch nichts daran, dass alles das, was in den letzten paar Tagen geschehen war, allein durch ihn geschehen, allein sein Werk war. Nur so bekam man, was einem sowieso gehörte. Nur wer sich nahm, was seins war, erhielt es auch, ansonsten versuchte alle Welt in einer Tour, dich zu bescheißen.

Wenn nur dieses elende Wetter nicht wäre – und sie endlich mal wieder ans Telefon ginge!

In München und Berlin war es ja schon unerträglich heiß gewesen. Aber das war eine andere Hitze als diese hier in Hamburg, im Norden überhaupt. Da unten im Süden hatte es sich eher angefühlt wie in einem Backofen, im Norden dagegen, in diesem zwischen Wassermassen eingeklemmten Streifen Land, kam man sich permanent vor wie in einer Dampfsauna, der lediglich der Dampf fehlte. Die Luftfeuchtigkeit ließ jeden Schritt, jede auch noch so kleine Bewegung zur Qual werden. Man musste nur flach ein- und ausatmen, damit einem das Hemd schon feucht am Körper klebte. Dazu die stechende Sonne, die man als nordische Bleichhaut sowieso nur schwer ertragen konnte. Selbst jetzt am Nachmittag schien sie nichts von ihrer Kraft verloren zu haben, nur ihr Farbton war ein wenig dunkler geworden. Dafür schien die Atmosphäre noch mehr Feuchtigkeit zu enthalten und die Luft schwerer zu machen, um sich wie ein krankheitserregender Film auf die Haut und die Atemorgane zu legen, besonders in der Nacht, wenn alle Welt sich selbst hinlegte, um Schlaf und Erholung zu finden ...

Zum Glück war das nicht das, was er in dieser Nacht suchte. Er würde seine Jagd fortsetzen und endlich, endlich seine Beute erlegen. Die Rechnung begleichen, die im Hintergrund seines Lebens unwissentlich zu einem gewaltigen Betrag angewachsen war, den ihm bisher niemand hatte auszahlen wollen. Natürlich könnte sich die tropische Hitze für sein Vorhaben noch als hinderlich erweisen, als zusätzliche Erschwernis, weil sie die Menschen unruhig und ruhelos werden ließ. Trotzdem konnte er sich nicht vorstellen, daran zu scheitern, denn diesen Nachteil würde er durch seine Ortskenntnis mehr als nur wettmachen können. Man mochte von dieser Region und ihrem speziellen Wetter denken, was man wollte, aber ihm war das alles sehr vertraut, für ihn war das Heimat. Er fuhr nach Hause, und das war ein unschlagbarer Vorteil.

Er musste sich nur noch etwas gedulden. Auf die Dunkelheit warten. Und sich vielleicht nach einem anderen Beförderungsmittel umsehen als Zug oder Bus. Sein Instinkt sagte ihm, dass es vielleicht nicht ratsam sei, am Bahnhof oder ZOB anzukommen, beides mitten im Stadtkern gelegen und – die Möglichkeit durfte er nicht außer Betracht lassen, ein Unterschätzen seiner Gegner wäre grob fahrlässig – eventuell längst überwacht. Zumal er nicht an eine Verkleidung gedacht hatte, der Gedanke daran war ihm erst im ICE von Berlin nach Hamburg gekommen. Also könnte es besser sein, auf anderem Weg in die Stadt zu kommen, auf einem weniger leicht zu kontrollierenden. Die einzige Bedingung war, dass dieser nicht zu viel Zeit kostete, nicht allzu umständlich war. Zum Glück gab es ja das Internet im Taschenformat. Er holte das Handy aus seiner Hosentasche.

Aber bevor er den Browser öffnete, zögerte er plötzlich. Warum rief sie nicht zurück? Ihr hatte er all das doch zu verdanken, ihrem Hinweis. Sie hätte sich eigentlich ebenso sehr über diese Entwicklung der Dinge freuen müssen wie er. Aber von ihrer Seite aus herrschte inzwischen absolute Funkstille. Nicht dass er sie liebte, aber bei ihr hatte er schon das Gefühl gehabt, dass sie ziemlich in ihn verschossen war. Wie konnte sie da plötzlich nur so tun, als ginge sie das alles nichts mehr an?

Er seufzte schwer, ging ins Netz und rief die Seite der Mitfahrzentrale auf.

Zweiter Teil
Orangener Alarm

Zwölftes Kapitel

Die Frau, die in Verhörraum 2 saß, war sichtlich nervös. Je mehr sie sich bemühte, still auf ihrem Stuhl sitzen zu bleiben, desto stärker suchte sich die in ihr entfesselte Energie einen anderen Weg nach draußen. Bei ihr waren es die Hände, die sie rang und knetete, bald auf der Tischplatte, bald darunter auf ihrem Schoß. Außerdem entließ sie ihren Atem immer wieder stoßweise, dazu murmelte sie Dinge, allerdings so genuschelt, dass sie selbst mithilfe der besonders empfindlichen Mikrophone nicht entschlüsseln konnten, was genau sie sagte.

»Sie hat Angst«, stellte Hauptkommissar Arnstedt trotzdem fest. »Sie ist sogar einer Panik nahe.«

Oberkommissar Daniel Freiwald stimmte dem voll und ganz zu, und aus dem Augenwinkel sah er, dass auch die neue Kollegin Gutbrodt dies mit einem Nicken bejahte. Allerdings kam ihre Geste eher mechanisch, als wäre sie selbst sich ihr nicht wirklich bewusst. Ihr Blick wanderte ständig zwischen der Person hinter der Scheibe und den Monitoren hin und her, die den Raum und die sich darin befindliche Frau aus vier verschiedenen Winkeln zeigten. Sie standen erst seit knapp zehn Minuten hier, umringten den Kollegen Engelland, der für die Technik auf der Dienststelle zuständig war, aber die Segeberger Beamtin schien bereits von Arnstedts, ihres vielleicht zukünftigen Chefs, Arbeitsweise infiziert zu sein wie von einem Virus. Freiwald selbst fühlte sich nach wie vor immun gegen das Starren, Abwarten und Hinhalten selbst derjenigen, die offensichtlich nur Zeugen waren und keine Tatbeteiligten. Warum quälten sie diese Frau Anette Ramstein noch länger? Sie war in dem Glauben gekommen, einen Beitrag zur Aufklärung des Falles zu leisten, dass sie etwas anderes im Schilde führte, schien undenkbar, auf jeden Fall hatte er für einen solchen Verdacht auf den Gesichtern seiner Kollegen kein Anzeichen entdeckt.

»Sollten wir nicht langsam mit der Befragung beginnen?«, fragte er, als es ihm zu viel wurde. »Uns ist ein weiterer Anschlag auf das Leben unseres Opfers angekündigt worden, es kann also gut sein, dass uns gerade die Zeit davonläuft, die wir hier mit endlosem Starren vergeuden.«

Arnstedt ließ ein leises Lachen hören und drehte seinen Kopf wie auf einer Schiene zu ihm herum, dabei den Blick bis zum letztmöglichen Zeitpunkt auf den Bildschirm geheftet, der das Gesicht der Ramstein in Großaufnahme zeigte, ihre aufgerissenen Augen, die bebenden Nasenflügel, die flatternden Lippen und die Schweißperlen auf der Stirn. Freiwald hielt das Lachen aus, er hatte gelernt, mit der Arroganz dieses Mannes, der auf seiner eigenen Bahn durch das Universum zog wie ein Komet und dem es egal war, wer oder was ihm dabei in die Quere kam, auszukommen. Ihm ging es einzig und allein um den Fall, darum, einen Bombenleger und Morddrohungen Ausstoßenden zu fassen, bevor der erneut Schaden anrichtete.

»Freiwald«, warf Arnstedt leicht seine Worte dahin, »sie sollten inzwischen wissen, dass ich mir die Menschen auch deshalb so genau anschaue, damit ich ihnen während der Befragung zielsicher die Fragen stellen kann, auf die es ankommt. Alles andere könnte sich sehr schnell als ein Herumstochern im Nebel herausstellen. Auf diese Weise spare ich im Endeffekt sogar Zeit, auch wenn es Ihnen noch immer nicht so vorkommt.«

»Die Uhr tickt trotzdem«, erwiderte Freiwald knapp und ließ den Hauptkommissar machen.

Er wusste, Arnstedt liebte diesen Technikraum fast noch mehr als den Verhörraum 1 mit seinem Einwegspiegel und dem orangenen Vorhang, von dem aus man so schön unbemerkte Blicke in den Warteraum werfen konnte. Arnstedt liebte den Technikraum deshalb, weil er ihn in seiner kurzen Amtszeit hier erst mit diesem ganzen hochmodernen technischen Schnickschnack hatte ausstatten lassen. Noch vor gut einem Jahr war die Anlage zur Aufzeichnung von Stimmen und Bildern veraltet und äußerst störanfällig gewesen, was dem Hauptkommissar gar nicht behagt hatte. Also hatte er bei den entsprechenden Stellen Dampf gemacht und womit auch immer gedroht, um die nötigen Mittel zur Modernisierung locker zu machen. Das Ergebnis war, dass er jetzt noch viel lieber hier im Technikraum stand und die Leute beobachtete als hinter seinem Vorhang und Spionspiegel, weil man hier eben auch die Stimmen der Wartenden hören konnte, was im Warteraum nicht möglich war, es sei denn, man setzte sich zu ihnen …

»Okay«, meinte Arnstedt schließlich nach weiteren fünf Minuten, »jetzt habe ich wirklich genug gesehen. Freiwald, Sie kommen mit mir mit, Gutbrodt, Sie schauen von hier aus zu und halten sich für ein eventuelles Eingreifen bereit. Und wenn der Hermann fragt, wo er mit den Angehörigen unseres Opfers hin soll, dann weisen Sie ihn an, die Leute in den Warteraum zu bringen.«

»Okay«, antwortete die Oberkommissarin, sichtlich enttäuscht, nicht stärker an der Vernehmung beteiligt zu sein.

Daniel Freiwald enthielt sich jeder Meinung und folgte dem Alten stumm in den Verhörraum 2.

Darin stand die feuchtheiße Luft wie in einer Waschküche. Das hätte nicht sein müssen, wie Freiwald wusste, denn bei der Modernisierung war auch eine neue Klimaanlage eingebaut worden. Seitdem konnte man die Temperatur, ja selbst die Luftfeuchtigkeit in diesem Zimmer punktgenau festlegen und steuern. Ihm schwante etwas, er warf Arnstedt einen kurzen Blick zu, der offensichtlich nur darauf gewartet hatte und ihm nicht einmal verstohlen zuzwinkerte. Freiwald enthielt sich einmal mehr jeden Kommentars, lüftete sich stattdessen den Hemdkragen und widmete seine Aufmerksamkeit der Frau vor ihnen, die bei ihrem Eintreten von ihrem Stuhl aufgesprungen war und sofort mit dem, was sie hergetrieben hatte, herauskommen wollte, sich aber scheinbar an ihren eigenen Worten verschluckt hatte und sie nun betreten abwartend aus gehetzten Augen anglotzte.

Aus den aus Bad Segeberg mitgebrachten Unterlagen wusste er, dass Anette Ramstein 49 Jahre alt war. Sie sah allerdings wesentlich älter aus, und nicht nur, weil die sadistischen Spielereien Arnstedts mit dem Temperaturregler ihr so zugesetzt hatten. Ihr Gesicht war ziemlich faltig, die dunkelblonden Haare von grauen Strähnen durchzogen und ihre Schultern leicht gebeugt. Ihre Kleidung war billig und eher funktional als schmückend, obwohl sie sich für diesen Ausflug in die Stadt extra in Schale geworfen hatte: kurzärmelige rosa Bluse, hellblauer Rock und schwarze, lackglänzende Halbschuhe, in denen sie barfuß lief. Hinzu kam eine betäubend süßliche Parfumnote, die sich im schlecht gelüfteten Zimmer ausgebreitet hatte, aber auch längst schon von ihrem eigenen Schweißgeruch untergraben worden war. Das hatte sie selbst schon bemerkt, und es war ihr peinlich und trug zu ihrem Unbehagen bei – Freiwald war sich sicher, dass Arnstedt genau das damit hatte bezwecken wollen.

Der verlor inzwischen keine Zeit mehr und ging mit breitem Lächeln und ausgestreckter Hand auf die Ramstein zu.

»Frau Ramstein, vielen Dank, dass Sie gekommen sind. Arnstedt mein Name, Mordkommission Neumünster. Das ist mein Kollege Freiwald. Wir sind die ermittelnden Beamten im Fall Peter Otto Frings. Was können wir für Sie tun?«

Frau Ramstein wusste noch immer nicht, wie sie beginnen sollte. Sie druckste herum, würgte an den Worten in ihrer Kehle und brachte doch nicht mehr heraus als nichts zum Thema beitragendes Gestammel: »Ja, guten Tag, Herr ... äh ... Also ich ... ich ...«

»Nehmen Sie doch erstmal wieder Platz, Frau Ramstein«, wurde Arnstedt zuvorkommend wie ein echter Gentleman, »und beruhigen Sie sich. Atmen Sie einmal tief ein und aus, und dann fangen Sie ganz in Ruhe an.«

»Ja, ist gut.« Sie tat, wie ihr geheißen.

Währenddessen versuchte Daniel Freiwald, einen Blick durch die getönte Scheibe zum Technikraum auf die Kollegin Gutbrodt zu erhaschen. Er wollte sehen, welchen Eindruck dieses Vorspiel, diese Wandlung ihres vielleicht zukünftigen Chefs, vom unausstehlichen Griesgram zur verständnisvollen Vaterfigur, manchmal sogar bis hin zum Charmeur, die selbst ihn, den Oberkommissar, noch sprachlos zurücklassen konnte, auf sie machte. Leider war das Glas zu undurchsichtig, sodass man dahinter nur Schemen sehen konnte, die sich mitunter etwas zu bewegen schienen. Daniel wandte sich wieder dem Geschehen im Verhörraum 2 zu. Frau Ramstein war nun immerhin soweit beruhigt, dass Arnstedt mit einer konstruktiven Befragung beginnen konnte.

Um sie in das richtige Fahrwasser zu lenken, fragte er sie zuerst noch einmal all jene Dinge ab, die sie bereits wussten: Name, Adresse, Alter und schließlich Arbeit, ihre einzige Verbindung zum vorliegenden Fall – bisher jedenfalls.

»Ihr Familienstand?«, wollte der Hauptkommissar als nächstes wissen.

»Ledig«, antwortete sie. »Ich war nie verheiratet.«

»Kinder?«

»Eins. Einen Sohn, Matthias.« Sie atmete plötzlich tief und zitternd durch. »Wegen ihm bin ich jetzt auch hier.«

Ob Arnstedt wieder einmal den richtigen Riecher hatte oder nur einen Schuss ins Blaue hinein gewagt hatte, wusste Freiwald nicht zu sagen, weder ihr Familienstand noch die Frage nach den Kindern wäre für ihren Fall relevant gewesen. Er selbst hätte sie zumindest nicht gestellt, wäre gar nicht auf die Idee gekommen. Sein Chef allerdings verzog keine Miene, er schaute so undurchschaubar drein wie eine Sphinx, und Freiwald wusste wieder, warum er Tag um Tag das Grantige, Abfällige, mitunter offen Gemeine dieses Mannes aushielt: Er war und blieb der beste

Ermittler, den er jemals kennengelernt hatte. Ob Monika das genauso sah?, fragte er sich und schüttelte den Gedanken gleich wieder ab, um sich auf die Befragung zu konzentrieren.

»Was ist mit ihm?«, fragte Arnstedt einfühlsam.

»Er ... er ... Ich glaube, er ist für diesen Anschlag auf Herrn Frings verantwortlich.« Der Verdacht schien ihr die Luft abzuschnüren.

Der Hauptkommissar schenkte ihr einen Augenblick, bevor er mit weicher Stimme fragte: »Wie kommen Sie darauf, Frau Ramstein?«

»Er«, es gelang ihr kaum, die Ungeheuerlichkeit in Worte zu fassen, »er denkt scheinbar, dass Herr Frings sein Vater ist ...«

»Bitte?« Während Arnstedt sich keinerlei Überraschung anmerken ließ, schaffte es der neben ihm sitzende Oberkommissar mal wieder nicht, sich zu beherrschen. Er trug sein Herz zu sehr auf der Zunge, im Gegensatz zu seinem Vorgesetzten, der vermutlich gar kein Herz besaß. Mit dieser grimmigen Entschuldigung für seinen Patzer machte es dann auch nichts mehr, dass er noch den zweiten Teil seiner Verwunderung äußerte: »Wie kommt er denn darauf?«

Sie blickte ihn nur stumm und verstört an, ein Achselzucken andeutend.

Der Hauptkommissar übernahm wieder das Ruder. »Wer ist denn der Vater Ihres Sohnes Matthias, Frau Ramstein?«, fragte er ohne jede erkennbare Wertung.

»Ulf Wrangel.« Das Einfache und Klare dieser Antwort ließ sie wieder Mut fassen und sogleich fortfahren: »Ich war damals nur kurz mit ihm zusammen, vor ungefähr neunundzwanzig Jahren, kurz nach meinem Eintritt bei der Firma von Herrn Frings.« Sie seufzte. »Damals machte er noch einen recht stattlichen Eindruck: groß, sportlich, Dachdeckergeselle mit gutem Job und sehr, sehr aufmerksam mir gegenüber. Aber schnell wurde klar, dass er nur so freundlich zu mir war, weil er mit mir ins Bett wollte und dass sich hinter der freundlichen Fassade ein sehr jähzorniger, selbstsüchtiger und ausschließlich in sich selbst verliebter Mann verbarg. Leider fiel mir das zu spät auf und erst, nachdem ich seinem Drängen schon nachgegeben hatte. Na ja, und das Ergebnis kam dann neun Monate später zur Welt. Da war er längst schon über alle Berge und hatte sich sogar immer geweigert, Matthias als seinen Sohn anzuerkennen und natürlich auch keinen Unterhalt gezahlt.«

»Das muss schwer gewesen sein«, sagte Arnstedt mitfühlend.

Sie nickte. »Das war es. Zum Glück hat Herr Frings schon damals so ein großes Herz gehabt und mir gleich versichert, dass ich mir wegen meiner Arbeit keine Sorgen machen müsse. Er hat sogar den Anwalt bezahlt, als ich gegen den Kindsvater die Vaterschaft einklagte. Das war eine große Erleichterung für mich.« Sie seufzte auf. »Er hat überhaupt immer Rücksicht auf uns, auf Matthias genommen, wenn mit ihm etwas war, er zum Beispiel krank war und ich zu Hause bleiben und mich um ihn kümmern musste.«

»Das dürfte Ihnen einige Sorgen abgenommen haben.«

»Auf jeden Fall.« Wieder seufzte sie. »Aber es wurde nicht wirklich leichter dadurch, denn je älter Matthias wurde, desto mehr schlug er nach seinem Vater. Es dreht sich ständig alles nur um ihn, und wenn was in die Binsen geht, sind grundsätzlich alle anderen schuld, aber nicht er. Dass sein Vater ihn zum Beispiel niemals hatte sehen wollen, war natürlich meine Schuld, weil ich ihn damals vertrieben haben soll. Dabei ist sein Vater ein Taugenichts und Tunichtgut, der inzwischen nicht mal mehr eine Stelle lange halten kann, weil er sich lieber aufs Schimpfen und Saufen verlegt hat.«

»Woher wissen Sie das?«, fragte Arnstedt beiläufig.

Anette Ramstein zuckte beinahe gleichgültig mit den Achseln. »Die Wrangels sind in dieser Gegend fest verwurzelt. Da trifft man immer jemanden, der was weiß – auch wenn die keinen

Kontakt zu einem ihrer zahlreichen wilden Sprösslinge haben wollen.«

»Wissen Sie denn, ob Vater und Sohn in letzter Zeit trotzdem Kontakt miteinander hatten?«, wollte Arnstedt wissen.

»Nein«, antwortete sie und schüttelte ratlos den Kopf, »davon ist mir nichts bekannt.«

Der Hauptkommissar legte eine kleine Pause ein, bevor er die entscheidende Frage stellte: »Aber wie kommt er denn jetzt plötzlich darauf, dass Peter Otto Frings sein Vater sei?«

Anette Ramstein übermannte plötzlich der Ärger: »Ich weiß nicht, wer ihm diesen Floh ins Ohr gesetzt hat! Herr Frings war immer gut zu mir – gut zu uns –, und jetzt wirft er mit Dreck nach ihm. Wenn Herr Frings nicht gewesen wäre, hätte Matthias auf so manches in seiner Kindheit verzichten müssen. Von Matthias' Vater kam das Geld für die ganzen Weihnachtsgeschenke jedenfalls nie, sondern immer von einer besonders hohen Weihnachtsgratifikation von Herrn Frings.«

»Herr Frings scheint wirklich ein sehr guter und großzügiger Chef zu sein«, resümierte Arnstedt.

»Das ist er, und nicht nur zu mir, sondern zu all seinen Angestellten. Wenn man ein Problem hat, kann man jederzeit zu ihm kommen und ihm zumindest sein Herz ausschütten.«

»Okay, das ist gut«, meinte Arnstedt und ließ sein Gesicht vor Bewunderung für diesen nun fast ins Jenseits gebombten möbelbauenden Heiligen erstrahlen. »Es ist also klar, dass Peter Otto Frings nicht der Vater Ihres Sohnes Matthias ist und dass der das eigentlich auch weiß. Trotzdem denkt er es jetzt. Aber wie haben Sie nun davon erfahren, dass er das denkt, Frau Ramstein? Hat er es Ihnen gesagt? Wenn ja, wann?«

»Nein, er hat es mir nicht gesagt, nicht persönlich jedenfalls.« Plötzlich sah die Frau wieder nur bekümmert aus. »Aber er hat mir einen Brief geschrieben.« Sie kramte sofort in ihrer Handtasche, eine Art labbriger bunter Stoffbeutel mit Verschluss, herum und zog einen nicht sehr sauber aufgerissenen Briefumschlag hervor. Den legte sie vor Arnstedt auf den Tisch und zog ihre Finger davon zurück, als hätte sie sich daran verbrannt oder damit beschmutzt. »Der kam vorhin mit der Post«, sagte sie, jedes Wort nur mit großer Anstrengung über die Lippen bringend. »Lesen Sie bitte selbst.«

Beide Kommissare beugten sich zwar augenblicklich über das Kuvert, keiner von ihnen fasste es jedoch an. Vorerst warfen sie nur einen Blick auf die krakelige Schrift, die einem Kind zu gehören schien, und die Briefmarke mit dem Poststempel darauf. Der stammte aus München. Arnstedt und Freiwald tauschten einen kurzen Blick aus, dann nickte der Haupt- dem Oberkommissar kaum merklich zu.

»Frau Ramstein«, begann dieser daraufhin in so nüchternem Tonfall wie möglich, ohne kalt zu klingen oder so, dass die Frau es als Anklage hätte aufnehmen können, »da wir gerade keine Handschuhe bei uns haben, aber keine eventuellen Spuren verunreinigen wollen, wären wir Ihnen sehr dankbar, wenn Sie den Brief aus dem Umschlag nehmen und für uns entfalten könnten. Ich weiß, dass ist jetzt schwer für Sie, aber nach allem, was Sie uns bisher erzählt haben, müssen wir nun wirklich davon ausgehen, dass Ihr Sohn Matthias tatsächlich ein Tatverdächtiger ist.«

Sie jedoch sah die beiden Männer nur kurz an, als wöge sie ab, ob die sie veräppeln wollten, dann zuckte sie mit den Achseln und holte den Schrieb ihres Sohnes aus dem Umschlag, faltete das einzelne DIN-A4-Blatt auseinander und legte es den beiden vor.

Die Kommissare lasen stumm jeder für sich, und selbst Daniel Freiwald gelang es diesmal, keine Miene zu verziehen.

»Frau Ramstein«, fragte Arnstedt schließlich, »das ist sicher die Handschrift Ihres Sohnes?«

Sie schnaubte und antwortete: »Ja, kein Zweifel. Die Handschrift ist seine und die ganzen Fehler im Text auch.« Ein bitteres Lachen folgte.

Hauptkommissar Hans-Peter Arnstedt nickte gewichtig und lehnte sich auf seinem Stuhl zurück, dass dieser nur so knackte.

»Ich danke Ihnen, Frau Ramstein«, sagte er dann, »Sie haben uns wirklich geholfen, auch wenn das heißt, dass Ihr Sohn jetzt wirklich unser Tatverdächtiger Nummer eins ist. Den Brief müssen wir einbehalten und einer gründlichen Spurensicherung unterziehen.«

»Behalten Sie ihn, ich will ihn nicht mehr sehen.«

»Okay. Aber von Ihnen brauchen wir unbedingt noch ein aktuelles Foto Ihres Sohnes, damit wir wissen, nach wem wir Ausschau halten müssen. Sie haben nicht zufällig eins dabei?«

Wieder schnaubte sie, kramte in ihrer Tasche herum und zog ein Bild samt Rahmen hervor. Freiwald kam nicht umhin, ihr innerlich bewundernd zuzunicken: Diese Frau war eine tatkräftige, zupackende Person. »Ich hab' schon genug Krimis gesehen in meinem Leben«, sagte sie trocken und legte das Bild neben den Brief. »Das Foto wurde vor ungefähr fünf Jahren gemacht, da war Matthias dreiundzwanzig. Er hat sich seitdem nicht sehr verändert, sieht nur ein wenig verlebter aus.«

»Danke, Frau Ramstein.« Arnstedt nahm es an sich und betrachtete es eingehend, bevor er fortfuhr: »Ich muss Sie trotzdem noch bitten, uns weiterhin zur Verfügung zu stehen, falls wir kurzfristig noch Fragen bezüglich Ihres Sohnes an Sie haben. Ein Beamter wird Sie deshalb gleich hier abholen und in den Warteraum bringen. Wenn Sie etwas brauchen, ein Glas Wasser etwa, oder mal austreten müssen, wenden Sie sich einfach an die Kollegen, die werden Ihnen gerne weiterhelfen.«

»Ist gut«, erwiderte sie, plötzlich kraftlos und niedergeschlagen. »Ich kann ja eh gerade nichts tun, nicht einmal mehr arbeiten gehen …«

Es war an Oberkommissar Freiwald, auf diese Sorgen der Befragten einzugehen, das Interesse seines Vorgesetzten hatte sich bereits auf wichtigere Dinge verlagert. Er winkte kurz in Richtung

Technikraum und stand auf, während Freiwald meinte: »Machen Sie sich darüber erstmal keine Sorgen und drücken Sie stattdessen Ihrem Chef die Daumen, dass er durchkommt und bald wieder die Arbeit im Betrieb aufnehmen kann.« Es klang selbst in seinen Ohren wie ein schwacher Trost.

Zum Glück öffnete sich gleich darauf die Tür zum Verhörraum 2 und Monika Gutbrodt kam mit Handschuhen und einem Beweismittelsicherungsbeutel herein, um Brief und Umschlag einzutüten. Es blieb nichts weiter zu sagen, und so war die Befragung endgültig beendet.

»Bitte haben Sie noch einen Moment Geduld, es kommt gleich jemand, der Sie in den Warteraum bringt«, sagte Hauptkommissar Arnstedt zum Abschied und verließ mit seinen beiden Oberkommissaren den Raum. Er hatte die schalldichte Tür kaum hinter geschlossen, als er es plötzlich eilig hatte und befahl: »Einer von Ihnen sagt Wachtmeister Hermann Bescheid, wir treffen uns alle sofort in Verhörraum 1.«

Dreizehntes Kapitel

»›Mama, du hast mich lange genug angelogen. Doch damit ist jetzt Schluss‹«, las Hauptkommissar Hans-Peter Arnstedt für sie alle den Brief laut vor, dabei orthographische und sonstige Fehler korrigierend, denn jetzt war offensichtlich nicht die Zeit, aus ein paar wenigen, von mangelhafter Bildung zeugenden Briefzeilen ein Täterprofil abzuleiten, »›jetzt werden andere Saiten aufgezogen. Ich weiß endlich die Wahrheit. Ich weiß, dass Peter Otto Frings mein Vater ist. Ich weiß es aus erster Hand. Aber der Mistkerl hat es trotzdem abgestritten, hat mich nicht ernst genommen. Dafür wird er büßen. Und das ist deine Schuld, Mama, weil du mich mein ganzes Leben lang belogen hast. Erst bist du fremdgegangen, dann wolltest du mich einem Typen als Kind unterjubeln, der viel zu dumm und ein Versager ist, um das überhaupt sein zu können. Du hast mein Leben ruiniert. Aber damit ist jetzt Schluss, ich werde mir holen, was mir die ganze Zeit schon zusteht. Da mir der Frings das aber nicht so geben will, werde ich es mir eben mit Gewalt holen. Ich werde den Scheißkerl umbringen und mir sein Erbe holen. Und dann werde ich mich ins Ausland absetzen und endlich ein schönes Leben haben, denn dann bin ich endlich reich. Ach ja, und solltest du daran denken, zur Polizei zu gehen, dann warne ich dich. Ich bin bald reich und werde mich dann dafür rächen. Und du weißt ja, reiche Leute kommen nicht in den Knast. Du sollst unter `ner Brücke verrecken! M.‹«

Der Hauptkommissar stand neben dem Einwegfenster zu dem Warteraum, der Vorhang wenig sachgemäß zur Seite gezogen, und war hin- und hergerissen zwischen der Analyse des Briefes in seiner Hand und der Beobachtung der drei Personen jenseits des Glases. Daniel Freiwald hatte ihn noch nie so angespannt erlebt und führte es auf den Zeitdruck zurück, unter dem sie mit jeder verstreichenden Sekunde mehr standen. Der verweigerte es Arnstedt, seine übliche, geradezu genussvoll zelebrierte Ermittlungstaktik, bestehend aus beobachten, abwarten und wieder beobachten, durchzuführen, was ihm ganz offensichtlich nicht schmeckte. Was es ihn an Kraft kosten mochte, sich zusammenzureißen und nicht die halbe Welt ob dieses Missstands zu verdammen, konnte Freiwald kaum ermessen. Er spürte allerdings, dass jetzt nicht der Augenblick war, sich durch Vermutungen, Ideen oder mit gut gemeinten Ratschlägen in den Vordergrund zu drängen, und ein Seitenblick auf Kollegin Gutbrodt sagte ihm, dass auch sie dies so sah. Ihrem Vorgesetzten gehörte das erste Wort, auf das würden sie dann reagieren dürfen. Ganz wie beim Führerprinzip, dachte Daniel sarkastisch und hatte ausnahmsweise einmal keine Mühe, sich ein böses Grinsen zu verkneifen. Er fühlte sich nicht weniger angespannt als sein Boss. Sie alle warfen noch einen letzten Blick auf die drei Angehörigen des Opfers, die beinahe regungslos nebeneinander auf ihren Plätzen saßen und sich an den Händen hielten, dann wandten sie sich endgültig dem Brief zu.

»Von den ganzen dummen Ideen dieses Matthias Ramstein bezüglich unseres Rechtsstaates einmal abgesehen«, begann Arnstedt mit wohldosiertem Spott, den er gleich darauf selbst einkassierte, »die gerade nicht interessieren, wirft dieser Droh- und Schmähbrief für mich hauptsächlich zwei Fragen auf, die ich gerne schnellstmöglich beantwortet hätte. Erstens: Wer hat ihm den Floh ins Ohr gesetzt, dass Peter Otto Frings sein Vater sei? Zweitens: Hat Ramstein Frings daraufhin wirklich schon einmal persönlich kontaktiert und damit konfrontiert? Wenn ja, wie hat er es gemacht? Hat er ihm Briefe geschrieben oder ihn persönlich aufgesucht und darauf angesprochen? Frau Gutbrodt, haben Sie dazu irgendwelche Erkenntnisse?«

»Nein«, schüttelte die ihren Lockenschopf, »ich höre davon heute zum ersten Mal. Bei Frings' Unterlagen, weder bei seinen geschäftlichen noch bei den privaten, haben wir auch nur einen Hinweis darauf gefunden – und wir haben alles gründlich und mehrmals untersucht in den letzten Tagen.«

»Gibt es dann Hinweise auf ein persönliches Aufeinandertreffen der beiden?«

»Wenn ja, dann hat Frings darüber keine Aufzeichnungen gemacht.«

Arnstedt blickte kurz missmutig zu Boden und versuchte es dann mit dem zweiten, ihm zur Verfügung stehenden Ansatz: »Wer könnte denn Ramsteins Quelle sein? Frings selbst dürften wir wohl aus dieser Gleichung entfernen, der wird so einen Blödsinn nicht verzapft haben.« Er wartete gar nicht erst eine mögliche Antwort seiner Oberkommissare ab, sondern spekulierte selbst: »Es muss ja eine Person sein, die die Verhältnisse in Frings' Fabrik einigermaßen kennt, sowohl den Charakter des Chefs als auch die persönliche Situation zumindest seiner Putzfrau Anette Ramstein.«

»Das dürften aber so einige sein«, warf Oberkommissar Freiwald ein.

»Vierunddreißig Angestellte, wenn man die Putzfrau abzieht«, erwiderte Arnstedt trocken, »plus die eine oder andere weitere Person aus dem Umfeld der Firma und der Familie. Oder vielleicht sogar der Familie eines der Angestellten.«

»Scheiße.« Gutbrodt verzog das Gesicht, als hätte sie gerade in eine Zitrone gebissen.

Der Hauptkommissar nickte ihr zu. »Ja, auf dem Weg kommen wir nicht weiter«, sagte er, »uns fehlt die Zeit, so viele mögliche Verdächtige auf ihre Motive hin zu überprüfen.«

»Dann sollten wir vielleicht erstmal herausfinden«, schlug Freiwald vor, »mit was für einer Art von Tat wir es hier überhaupt zu tun haben?«

»Und ist das einfacher?«, entgegnete Arnstedt beinahe schon frostig. »Aus den spärlichen Informationen, die wir bisher haben, würde ich nicht mit Sicherheit ableiten wollen, mit was wir es hier zu tun haben. Wir können weder etwas ausschließen noch uns auf einen Verdacht besonders konzentrieren. Solange wir nicht wissen, wer den Ramstein dahingehend manipuliert hat, dass er Frings diese Bombe schickte und nun noch immer nach dem Leben trachtet, wissen wir überhaupt nichts. Geschah es aus Neid oder Konkurrenz? War es doch etwas Persönliches und somit Rache und damit eine Beziehungstat? Oder hat sich am Ende einfach nur jemand einen schlechten Scherz erlaubt, der völlig aus dem Ruder gelaufen ist? Wir können nichts ausschließen und noch weniger annehmen, weil uns die Beweise fehlen. Und zu allem Überfluss läuft uns die Zeit davon, denn wir müssen ja davon ausgehen, dass dieser Ramstein nicht mehr in München ist und noch mehr schlechte Briefe schreibt, sondern bereits auf dem Weg gen Norden, um ›sein Werk‹ zu vollenden.«

»Und was machen wir jetzt?«

»Folgendes: Sie, Frau Gutbrodt, gehen noch einmal sämtliche gesicherten Unterlagen von Frings durch und suchen nach einem Hinweis auf eine mögliche Begegnung oder anderweitige Verbindung zwischen unserem Opfer und dem mutmaßlichen Täter. Sollten Sie in den beschlagnahmten Unterlagen nichts finden, fahren Sie zum Haus der Familie nach Gönnebek und stellen dort notfalls das ganze Grundstück auf den Kopf. Besorgen Sie sich dafür auch lieber gleich einen Durchsuchungsbeschluss, den Sie meinetwegen mit einem möglichen Tatverdacht gegen die Angehörigen des Opfers begründen. Sicher ist sicher.«

»Okay.«

»Und Sie, Freiwald«, fuhr Hauptkommissar Arnstedt fort, »schreiben diesen Matthias Ramstein zur Fahndung aus. Ich will ihn haben, bevor er die Stadtgrenze von Neumünster überschreitet. Er wird wissen, wo sich sein Opfer zurzeit befindet. Befragen

Sie auch noch mal seine Mutter bezüglich seines beruflichen Werdegangs. Mein Gefühl sagt mir zwar, dass ein Typ wie der kaum einen nennenswerten hat, aber es hilft vielleicht, seinen Hintergrund zu erhellen. Und wenn Sie damit fertig sind, sagen Sie Hermann, dass er die Putzfrau mit den anderen Personen im Warteraum zusammenführen soll.«

»Wird gemacht«, sagte Freiwald.

»Und was machen Sie solange?«, fragte die Bad Segeberger Oberkommissarin Gutbrodt etwas verwundert?

Arnstedt lächelte sie überlegen an. »Ich, meine Liebe, halte solange die Augen offen«, sagte er und drehte sich endlich zum Einwegspiegel um.

»Haben wir denn dafür überhaupt Zeit?«, hakte die Gutbrodt nach.

»Das lassen Sie mal meine Sorge sein.«

Vierzehntes Kapitel

Der Warteraum war ein denkbar dürftig ausgestattetes Zimmer, kein Vergleich mit ihrem wunderschön und bis ins letzte Detail perfekt eingerichteten Heim. Dennoch konnte sie seiner Einrichtung nicht eine gewisse Stringenz absprechen, eine optische Armseligkeit nämlich, die Menschen, die zu lange in ihm verweilen mussten, entweder einlullte oder sie wahnsinnig machte. Auf einem grauen, abgewetzten PVC-Boden standen an den Wänden entlang einfache Stühle aus verchromtem Gestänge und abgenutzten, dünnen schwarzen Kunstlederpolstern, die teilweise graue Streifen an der ergrauten Raufasertapete hinterlassen hatten, an der ein einziges, inzwischen recht farbloses Poster zum Thema Verkehrssicherheit hing. Außerdem stand in einer Ecke ein mitleiderregend dürrer Ficus, den selbst ihr grüner Daumen vermutlich nicht mehr hätte aufpäppeln können – und in die eine Wand war ein rechteckiger Spiegel eingelassen, der ihr in einem Raum wie diesem vollkommen fehl am Platze vorkam. Warum sollte ausgerechnet hier ein Spiegel hängen? War die Warterei nicht schon schlimm genug, sollte man sich dabei ständig auch noch selbst beobachten müssen und zusehen, wie man unter dem unendlichen Verstreichen der Zeit langsam verfiel? Wer auch immer auf die Idee mit dem Spiegel gekommen war, er musste im Grunde seines Herzens ein rechter Sadist sein.

Nur leider wirkte dieses Ding, als wohnten ihm Zauberkräfte inne. Sowohl ihre Tochter als auch deren Mann hatten automatisch in die reflektierende Oberfläche und erst sich selbst forschend in die Augen und dann die jeweils anderen verstohlen angeblickt. Sie hatten taxiert und abgetastet und wie nach einem Riss oder Spalt gesucht, nach einem Durchlass für die Augen ins Innere der Körper, um dort vielleicht einen Blick auf den Zustand der Seele ihrer Nächsten zu erhaschen. Renate Frings vermutete das mit ziemlicher Sicherheit, denn sie hatte genau das wie unter Zwang getan. Die gesamte Situation, der neue Ort, das Chaos der Gefühle und Gedanken in ihr hatten sie einerseits dazu verleitet und ihr andererseits die Klarsicht gegeben, selbiges Verhalten bei den anderen beiden zu erkennen. Während die sich jedoch schnell von dieser Zwanghaftigkeit hatten befreien können und hinsetzten, blieb sie wie gebannt vor ihrem eigenen Spiegelbild stehen. Was sie sah, war eine Frau, die zwar sich nicht mehr wirklich das Etikett mittleres Alter anheften durfte, aber trotzdem ziemlich frisch oder wenigstens unverbraucht für ihre neunundfünfzig Jahre aussah oder an normalen Tagen ausgesehen hätte, wenn sie nicht seit drei Tagen vom bedenklichen Gesundheitszustand ihres Ehemannes in tiefster Sorge und Erschütterung gehalten werden würde. Ihr Kleidungsstil und Schmuckgeschmack waren von teurer, zurückhaltender Eleganz, ihre Frisur kein aufwendig inszenierter Helm aus Haarspray und Schaumfestiger oder vom stundenlangen Lockenwicklereinsatz gekringelt, sondern ein glattes, natürliches Fallen, dessen seidiger Glanz allein von regelmäßigem Waschen und Bürsten herrührte; nur bei der Farbe, ihr eigenes nussiges Dunkelblond, half sie inzwischen etwas nach, da hatte sich im Laufe der Zeit für ihren Geschmack zu viel Grau eingeschlichen. Peter war die Färberei übrigens niemals aufgefallen, dessen Aufmerksamkeit hatte stets seinem Holz gegolten, seinen Möbeln. Deswegen hätte sie sich auch gar nicht schminken oder gar wie eine Nutte auf dem Straßenstrich anmalen müssen, es wäre ihm gleich gewesen, trotzdem trug sie ihr Make-up stets mit einer gut sichtbaren Zurückhaltung auf, sodass jedem, der Wert darauf legte, ihre hohen Wangenknochen auffielen, der geradezu aristokratische Schwung ihrer Augenbrauen, die Sinnlichkeit ihrer Lippen, die genau die richtige Stärke hatten und weder zu dünn waren noch Schlauchboote. All das lenkte den Blick von der etwas zu breiten Nase ab oder dem Haaransatz, der einfach ein Stückweit zu hoch saß, um wirklich schön zu sein. Sie wusste, wie sie sich zurechtmachen musste, um ihre guten Seiten zu betonen, um bewundernde oder zumindest anerkennende Blicke auf sich zu ziehen. Dass Peter dafür kein Auge hatte, hatte sie noch vor der Hochzeit bemerkt. Dass er sie nicht deswegen liebte, sondern weil er etwas in ihr sah, was jenseits davon lag, in größerer Tiefe ihres Wesens, auch das, zusammen mit seiner Liebe für sie, die unzweifelhaft vorhanden war, hatte sie sich für ihn entscheiden lassen. Sie gab Andreas Wirth, ihrem Kollegen und festen Freund, der sie mehr als Schmuckstück betrachtete, wie sie durch Peter erkannte, den Laufpass und heiratete Peter Otto Frings. Sie begleitete seinen wirtschaftlichen Aufstieg. Sie gebar ihm eine Tochter und war der eine gute, fürsorgliche Mutter. Sie führte ein perfekt ausgestattetes Haus, das Besuchern ein ums andere Mal Ahs und Ohs entlockte und das so manch andere Frau hochmütig hätte werden lassen. Sie dagegen leistete sich niemals so etwas, sie blieb immer solide, immer der glänzende Hintergrund ...

»Mama, möchtest du dich nicht lieber etwas hinsetzen?«, hörte sie Sina fragen und warf ihr über den Spiegel einen Blick zu. Ihre Tochter sah angestrengt, gebeugt, beinahe gebrochen aus, allein die Sorge um ihre Mutter schien sie vor dem Zusammenbrechen zu bewahren. »Du bist so erschöpft, und es wird noch ein langer Tag, du musst dich schonen.«

Gesine, die als Architektin erst echten Erfolg hatte, nachdem sie Michael Herbst geheiratet und mit ihm zusammen ein Büro eröffnet hatte. Sina, die aus Karrieregründen auf Kinder verzichtete, obwohl es dafür noch nicht zu spät wäre. Ihre Tochter, die mit ihrem Mann in einer Symbiose lebte, in der beide so viel gaben, wie sie nahmen, und jeder in gleichem Maße zurückstecken musste. Dass Michael das einfach so alles hinnahm, ließ Renate immer wieder staunen – und stutzig werden. Hätte Peter das gekonnt? Hätte er es überhaupt bemerkt? Erlaubt hätte er es bestimmt, in dieser Hinsicht war er kein konservativer Mensch, aber er war eben ein Künstler und als solcher egozentrisch in der umfassendsten Bedeutung des Wortes, wahrhaft verbunden einzig und allein mit den Ideen in seinem Kopf. Michael, obwohl als Architekt tätig, war kein Künstler, das sah sie seinen Entwürfen an. Was man über seine fertigen Gebäude sagen konnte, war, dass sie fest auf der Erde standen und funktionierten. Sina war die Künstlerin in ihrer auch auf die Arbeit ausgedehnten Beziehung, da schlug ihr väterliches Erbe voll durch. Sie brachte Schwung in die Linien, Kühnheit in die Winkel, Spannung in die Blickachsen. Verglichen mit ihrer Tochter oder gar ihrem eigenen Mann war Michael ein toter Fisch, der schnell Geruch entwickelte, wenn er zu lange unbehandelt herumlag. Das war nicht freundlich, das wusste Renate selbst, aber so lagen die Dinge nun einmal. Er hatte dafür andere Qualitäten, solche, die ihn zu einem guten Ehemann machten, nämlich Aufmerksamkeit seiner Frau gegenüber, Rücksichtnahme, Zeit. Er hatte keine Sekunde gezögert, alle Termine abzusagen und seine Frau ans Kranken- und vielleicht Sterbebett ihres Vaters zu begleiten, egal wie lange diese Reise dauern mochte, Peter hingegen, Peter ...

»Mama, bitte, setz dich.«

Renate Frings gab sich einen Ruck, riss sich von ihrem Spiegelbild los, setzte ein wackeliges Lächeln auf und erwiderte: »Ist gut, Sina, ist gut.«

Sie setzte sich neben ihre Tochter, die neben ihrem Mann unter dem Verkehrssicherheitsposter saß, der stoisch ihre Hand in der seinen hielt. Nach einem kurzen Moment ergriff Sina die ihre, und so saßen sie zu dritt in einer Reihe da und warteten, stumm, aber beieinander wie Fische in einem Aquarium.

Aber das Warten in diesem erstickend öden Raum war eine Tortur. Im Krankenhaus bei ihrem Mann hatte sie das leichter ausgehalten, zu Hause in ihrer vertrauten Umgebung ebenfalls. Hier gab es nichts, worauf sie ihre Aufmerksamkeit lenken konnte. Hier saß sie allein mit ihren Gedanken, die in ihrem Kopf rumorten und sich durch die Windungen ihres Gehirns wie Würmer bohrten, bis es im Gebälk da oben wie morsch knarrte. Hier suchten sie bald nicht mehr nur Erinnerungen und Gedanken über Vergangenheit und Gegenwart heim, sondern auch immer mehr Ängste über die Zukunft. Über die hatte sie bisher noch gar nicht nachgedacht, jetzt aber wurden diese plötzlich so drängend, dass es ihr von Sekunde zu Sekunde schwerer fiel, sie zurückzuhalten.

»Weißt du, Mama«, begann da Sina ansatzlos, als besäße sie hellseherische Fähigkeiten, »Michael und ich, wir haben uns überlegt, Papas Firma zu übernehmen, sollte er ... sollte er nicht mehr fähig sein, sie weiter zu leiten.«

Es kostete sie große Beherrschung, das zu sagen. Sina saß wie ein zitterndes Bündel Mensch neben ihr, das seinen letzten Rest Stärke aufbot, um das, was gerade notwendig war, zu regeln.

Renate war überwältigt, damit hätte sie niemals gerechnet. »Aber Sina«, stammelte sie, »aber geht das denn? Ich meine, was ist mit Düsseldorf und eurem Architekturbüro? Wollt ihr das etwa aufgeben?«

»Nein«, antwortete ihr Michael, »wir werden es einfach in den Norden verlegen und entweder parallel zur Möbelfirma laufen lassen oder beides irgendwie miteinander vereinen. Wir sind inzwischen gut genug eingeführt am Markt mit Kunden überall in Deutschland und sogar Europa, dass wir uns das erlauben können.«

»Wirklich?«

»Ja«, nickte Sina mit Tränen in den Augen. »Michael und ich haben das in den letzten Tagen genau durchgesprochen und sind uns sicher, dass wir das beide wollen.«

»Und außerdem«, fügte Michael hinzu und klang plötzlich sehr glücklich, was nur deshalb in Renates Ohren nicht unangebracht klang, weil dieses Glück ihrer Tochter galt, »und außerdem entwirft Sina längst heimlich Möbel im Stile Peters, und das möchte sie in Zukunft weiter ausbauen. Außerdem lässt sich so auch Peters Firma retten – und die ganzen Arbeitsplätze.«

Renate war sprachlos.

»Was sagst du dazu, Mama?«, fragte Sina, jetzt offen, weil erleichtert darüber, diesen Knoten endlich gelöst zu haben, weinend. »Wäre es schön für dich, deine Tochter wieder in deiner Nähe zu haben?«

Eine rhetorische Frage, die mit einer herrlich rührseligen Umarmung am besten beantwortet werden konnte.

Sie lagen sich noch in den Armen, als sich die Tür zum Warteraum öffnete und ein Polizist eine weitere Person hereinführte, mit der Renate Frings nicht gerechnet hätte.

»Frau Ramstein, was machen Sie denn hier?«

Fünfzehntes Kapitel

Oberkommissar Daniel Freiwald hatte sich aus zwei Gründen mit der Erledigung der ihm aufgetragenen Aufgaben beeilt, um in diesem Wettlauf gegen die tickende Uhr eines angekündigten Mordversuchs nicht noch weiter ins Hintertreffen zu geraten und um so schnell wie möglich wieder an Arnstedts Seite in Verhörraum 1 zu sein. Auch er wollte sehen, was geschah, wenn sie den Personen im Warteraum eine weitere hinzufügten. Wenn er eins gelernt hatte seit seinem Wechsel von Kiel nach Neumünster, dann dass das immer eine Reaktion hervorrief wie bei Chemikalien in einem Reagenzglas, wobei galt: Je näher sie sich kannten, ob nun offiziell oder nicht, desto stärker diese Reaktion. Also leitete er die Fahndung nach Matthias Ramstein in die Wege, was eine so häufig exerzierte Übung war, dass sie sich schnell erledigen ließ. Als Nächstes befragte er die Mutter des Verdächtigen, die zu diesem Zeitpunkt noch immer im Verhörraum 2 saß, jedoch nicht mehr so arg schwitzte, weil Arnstedt nebenbei den Befehl gegeben hatte, die Temperatur darin auf ein erträgliches Maß zu regeln, zu den bisherigen Tätigkeiten ihres Sohnes. Wie erwartet, kam nicht viel dabei heraus, auch weil die gute Frau allmählich die Nerven verlor. »Ich weiß es nicht«, stammelte sie, »es waren hauptsächlich Gelegenheitsjobs. Viel Schwarzarbeit, fürchte ich. Er war nie gut darin, eine Arbeit lange zu halten. Immer hatten es die Chefs angeblich nur auf ihn abgesehen und ihn gepiesackt, bis er eben hingeschmissen hat.« – »Schon gut, schon gut, Frau Ramstein«, unterbrach Freiwald ihr Lamentieren, er wollte weiterziehen, »ich will nur wissen, ob er auch einmal für Herrn Frings gearbeitet hat?« – »Für Herrn Frings? Nein, von dem hat er sich glücklicherweise immer ferngehalten.« – »Glücklicherweise?« – »Ja, glücklicherweise. Am Ende hätte mein eigener Herr

Sohn noch dafür gesorgt, dass wir beide unsere Stelle verloren hätten.« Freiwald dankte ihr und ging zu Polizeimeister Hermann, damit der Anette Ramstein in genau fünf Minuten in den Warteraum führe. Für ihn selbst Zeit genug, in seinem Kopf noch einmal die dürftigen Details dieser letzten kleinen Befragung durchzugehen und dann selbst erst einmal in den Beobachtungsmodus zu schalten. Bevor Arnstedt davon nicht wenigstens seine Mindestdosis bekommen hätte, würde der sich sowieso weigern, die Ermittlungsarbeit im nötigen Tempo voranzutreiben, dann konnte er diesem lehrreichen Akt lieber gleich beiwohnen.

»Und? Gibt es etwas Neues?«, empfing ihn der Hauptkommissar, ohne ihn eines Blickes zu würdigen, als er vorwarnungslos Verhörraum 1 betrat.

»Nein, nichts. Die Ramstein konnte über den beruflichen Werdegang nicht viel sagen, weder etwas Konkretes noch etwas Gutes.« Der Oberkommissar trat neben seinen Kollegen vor den Einwegspiegel und schaute hindurch ins Zimmer dahinter. »Und hier?«

»Hier passiert gleich was, passen Sie auf, Freiwald«, antwortete Arnstedt mit gedämpfter Stimme, als verschlüge eine erwartungsvolle Spannung ihm die Sprache – oder eben eine gewisse voyeuristische Lüsternheit, das kam auf den Standpunkt an. »Gleich werden wir Zeugen eines großen familiären Akts.«

»Warum? Was geschieht Ihrer Meinung nach denn da drin?«

»Eine angeschlagene Familie sichert ihre Zukunft ab.«

In der Tat, hinter dem Glas waren die drei Angehörigen von Peter Otto Frings, die vermutlich sehr bald seine Hinterbliebenen sein würden, egal wie dieser Tag enden mochte, ins Reden gekommen. Das Zentrum der Unterhaltung bildete Gesine Frings-Herbst, die Tochter des Opfers, und nicht nur, weil sie in der Mitte der drei Personen saß. Sie war es, die die Impulse gab, die Stichworte, die anderen beiden, Renate Frings und Michael Herbst, sprachen immer erst, nachdem sie etwas gesagt hatte.

Gesine Frings musste dabei die richtigen Worte gefunden haben, denn das Gespräch, dessen Wendungen sie hier drüben leider nicht hören, sondern nur vage von den Lippen ablesen konnten, wurde sehr schnell emotional. Plötzlich hatten sie alle drei Tränen in den Augen und lagen sich in den Armen. Ein schönes, ein berührendes Bild, wie Daniel Freiwald fand, obwohl er sich sicher war, dass Arnstedt es eher als rührselig empfinden würde.

»Jede Wette, die Tochter hat der Mutter gerade gesagt«, deutete der Hauptkommissar mit unbeteiligt klingender Stimme, von der Freiwald inzwischen wusste, dass sie Arnstedts höchsten Ausdruck von Verachtung für andere Menschen darstellte, »dass sie Papis Betrieb übernehmen und durch dieses selbstlose Opfer sie alle vor dem Ruin bewahren will.«

»Aber das ist doch schön«, entgegnete Freiwald allein schon aus Prinzip. Natürlich konnte Gesine Frings-Herbst, eventuell zusammen mit ihrem Mann, Urheberin des blutigen Komplotts gegen Peter Otto Frings sein, ausgeschlossen war das noch nicht, um genau das, was sein Vorgesetzter soeben vermutete, zu erreichen.

»Wie sehen eigentlich die Finanzen des Architekturbüros der Juniorin Frings und ihres Göttergatten aus?«, gingen dessen Gedanken einmal mehr vorauseilend in die gleiche Richtung?

»Sind sauber«, antwortete Freiwald, ohne seine Erleichterung, diesen menschlichen Abgrund überspringen zu dürfen, zu zeigen. »Die Konten sind gedeckt, die Zahlen schwarz und die Auftragslage geradezu rosig.«

»Sie könnte gierig geworden sein.«

»Glauben Sie das wirklich?«

»Ich glaube grundsätzlich nicht, ich decke Fakten und Beweise auf.«

»So sieht sie mir nicht aus ...«

»Freiwald, Sie ...«

In diesem Moment aber öffnete sich lautlos die Tür zum Warteraum und Anette Ramstein wurde von Polizeimeister Hermann regelrecht hineingeschoben. Wie ihm aufgetragen, verweilte er selbst keine Sekunde länger als nötig, sondern ließ die nun vier Personen allein. Und dennoch, die innige Umarmung der drei Frings-Angehörigen war schneller unterbrochen als die Tür wieder geschlossen.

»Haben Sie das gesehen?«, flüsterte Hauptkommissar Hans-Peter Arnstedt, als könnte man ihn drüben hören, spräche er zu laut.

»Renate Frings Gesichtsausdruck, meinen Sie?«, vergewisserte Oberkommissar Freiwald sich. »Ihre Überraschung?«

»War es denn wirklich nur Überraschung?«, fragte Arnstedt zurück, während sich jenseits der einseitig verspiegelten Scheibe vier Menschen stehend begrüßten, einander vorstellten und zumindest die Ramstein ihrem bekümmerten Gesichtsausdruck nach vorsichtige Worte des Bedauerns formulierte. »Es schien mir eher ein Anflug von Bestürzung zu sein.«

»Sie meinen, die beiden kennen sich?«

»Natürlich kennen die sich, das meine ich nicht«, antwortete Arnstedt schroff. »Letztendlich ist Frings' Möbeltischlerei ein Familienbetrieb, da kennen auch die Angehörigen des Chefs dessen Angestellten, besonders die langjährigen.«

Freiwald nahm den Tadel hin, jetzt war keine Zeit, sich beleidigt zu geben. Stattdessen klapperte er die neuen Möglichkeiten ab: »Dann stecken die beiden Frauen unter einer Decke? Und die Frings ist jetzt beunruhigt, weil sie befürchtet, dass ihre Komplizin umfällt?«

»Oder?«

»Oder ... oder an der Behauptung, Peter Otto Frings ist der Vater von Matthias Ramstein ist doch etwas dran?«

»Oder?«

»Oder …« Aber an dieser Stelle ließ ihn seine Fantasie im Stich. »Ich weiß auch nicht. Jetzt haben wir es einfach mit zu vielen Möglichkeiten zu tun.«

»Stimmt«, erwiderte Arnstedt zufrieden, »wir können immer noch überhaupt nichts ausschließen, weil wir nicht wissen, in welchem Verhältnis die beiden Frauen wirklich zueinander stehen. Aber jetzt kennen wir immerhin den Schlüssel, den wir benutzen müssen, um dieses Rätsel zu knacken.«

»Ja, wir müssen nur noch das dazugehörige Schlüsselloch finden.«

Arnstedt warf ihm einen abschätzigen Blick zu. »Freiwald, ich bitte Sie«, sagte er, wieder die schlechte Parodie eines Oberlehrers heraushängen lassend, »das haben wir doch schon: Matthias Ramstein. Er ist das Schlüsselloch. Die Frage ist nur, in welche Richtung müssen wir den Schlüssel drehen, damit es sich öffnet.«

»Das heißt, wir sollten beide, sowohl Renate Frings als auch Anette Ramstein, einem eingehenden Verhör unterziehen?«

»Freiwald, Sie passen wirklich nicht auf und müssen immer noch sehr viel von mir lernen«, gab Arnstedt zur Antwort, und diesmal hätte ihm der Oberkommissar wirklich gern einmal die Meinung gegeigt. »Sie haben wieder nur auf die Frings geachtet und die Ramstein völlig außen vor gelassen. Hätten Sie die auch nur kurz eines Blickes gewürdigt, hätten Sie gesehen, dass sie eher verlegen war als überrascht und dann bestürzt. Sie war verlegen und bekümmert, weil ihr Chef im Krankenhaus liegt mit weggesprengten Fingern und einem beinahe explodierten Herz, weil sie vielleicht bald ihren Job verliert und dann vor dem Nichts steht und weil dafür mit hoher Wahrscheinlichkeit ihr durchgeknallter Sohn verantwortlich zeichnet. Sie empfindet Bedauern für das Schicksal der Familie Frings und Scham wegen ihres Sohns, und beides ist ehrlich empfunden. Nein, Freiwald, Anette Ramstein hat uns soeben alles gesagt, was sie wusste.«

Der Getadelte quittierte die Zurechtweisung mit ein paar Takten des Schweigens, bevor er sagte: »Also nur Renate Frings sofort zum Verhör.«

Aber auch das war offensichtlich falsch. »Nein, Freiwald«, erwiderte Arnstedt und wandte seine volle Aufmerksamkeit wieder dem Warteraum zu, wo sich die Personen inzwischen gesetzt hatten, die Angehörigen des Opfers auf ihre alten Plätze, dessen Putzfrau ihnen genau gegenüber, »natürlich nicht.«

»Sondern?« Er sagte es mit einem äußerst scharfen S.

»Sie holen jetzt sofort die Tochter und ihren Mann da raus und unterziehen sie einer Befragung von angemessener Länge«, erklärte der Hauptkommissar, »und ich schau mir derweil noch ein wenig den Stummfilm hier an.«

»Sie wissen aber schon noch, dass unser Tatverdächtiger mit einer ausgesprochenen Morddrohung frei herumläuft und sich vermutlich in diesen Momenten seinem auserkorenen Opfer immer weiter nähert?«

Aber Arnstedt hielt es nicht mehr für nötig, ihm darauf eine Antwort zu geben. Er blickte konzentriert in den Warteraum, in dem verstockte Sätze von links nach rechts flogen.

Freiwald schaute sich das noch einen Moment an, dann ging er und tat, wie ihm geheißen.

Sechzehntes Kapitel

Ihr Name lautete Beatrice Murmann, und Matthias Ramstein dachte ernsthaft darüber nach, ihr den Hals umzudrehen. Er befand sich sowieso auf der Fahrt in die Hölle, ganz besonders, wenn sie erfolgreich verlaufen sollte, da machte eine Leiche mehr oder weniger keinen Unterschied. Ihre Aufgabe in diesem Spiel war es, ihn von Hamburg nach Neumünster zu bringen, in dieser elenden japanischen Reisschüssel von Honda, die auch wirklich nur für diese zwergwüchsigen Japaner gebaut zu sein schien und nicht für so großgewachsene Europäer wie ihn, der sich die Knie hinter die Ohren klemmen musste, um einigermaßen sitzen zu können. Er hätte ja eine andere Mitfahrgelegenheit gewählt, wenn er auf die Schnelle eine gefunden und mehr auf das Auto geachtet hätte denn auf die Möglichkeit, mit einer Frau zu fahren. Das war ihm sicherer erschienen und angenehmer.

Das Problem war auch nicht, dass sie ihn, seitdem er eingestiegen war, anflirtete. Das schmeichelte ihm eher noch, obwohl er diese deutsche Beatrice überhaupt nicht attraktiv fand. Sie war schon mindestens Ende dreißig, hatte breite Hüften und noch breitete Oberschenkel und ein paar Brüste, die zwar äußerst prall waren, jedoch mehr wie schon sehr oft von der Mühle zum Bäcker und wieder zurückgegangene Mehlsäcke. Wie perfekt gerundete Wassermelonen jedenfalls sahen sie nicht aus, nicht so wie die der Frauen, die er in Pornos immer so heiß fand. Die waren mehr sein Kaliber, an solche hätte er gerne mal Hand angelegt, aber selbst in Großstadtbordellen traf man auf die nur äußerst selten, und dann kosteten sie gleich ein echtes Vermögen … Beatrices Gesicht war ganz brauchbar, es strahlte durchaus etwas Sympathisches aus. Wenn da nur nicht ihr ewig vor sich hin plapperndes Mundwerk gewesen wäre, das sich, seitdem er an der S-

Bahnstation Diebsteich, in dessen Nähe sie wohl arbeitete, zugestiegen war, nicht mehr für eine einzige volle Sekunde geschlossen hatte. Das war das Problem. Seit einer halben Stunde laberte sie ihm jetzt eine Blase ans Ohr und würde das auch mindestens noch eine weitere halbe Stunde lang tun, wenn nicht gar länger, denn der Verkehr auf der A7 Richtung Norden wurde immer zähflüssiger und roch schon jetzt bedenklich nach Stau. Aber die Alte weigerte sich ja, das Radio einzuschalten und auf den Verkehrsfunk zu achten, um eventuell noch rechtzeitig von der Autobahn abzufahren und den alltäglichen Feierabendstau zu umgehen. Nein, sie brachte lieber ihr eigenes Programm von Radio Ga Ga.

Schon kurz hinter der Stadtgrenze hatten sich seine Hände zu Fäusten geballt.

»Ich nehme gerne jemanden mit, wenn sich die Gelegenheit dazu bietet«, plapperte sie und warf ihm immer wieder kurze blinzelnde Blicke zu, »und sei es nur für ein Stück. Ich meine, ich fahre jeden Tag zweimal diese Strecke, morgens von Rendsburg nach Hamburg und abends von Hamburg nach Rendsburg. Da kann einem die Zeit schon mal lang werden. Da ist es besser, Gesellschaft zu haben, oder? Klappt leider nicht immer. Die, die diese Strecke auch täglich pendeln, haben entweder ein eigenes Auto, fahren mit dem Zug oder in Fahrgemeinschaften. Aber das ist nichts für mich, ich hab das mal versucht, die Gruppe ist schnell wieder auseinandergefallen. Ein Teil hat sich später wieder zusammengefunden, soweit ich weiß, aber ich wollte nicht mehr. Da warte ich lieber auf die günstige Gelegenheit, einen Anhalter wie dich mitzunehmen, auch wenn du nicht die ganze Strecke mitfährst. Leider gibt es die nur selten, im Sommer mehr, im Winter fast gar keine. Und immer öfter sind es junge Frauen, die so durch die Gegend reisen. Also mir wäre das ja zu gefährlich. Zu einem mir unbekannten Mann in den Wagen zu steigen. Jaja, ich weiß, was du jetzt sagen willst, schließlich nehme ich ständig mir unbekannte Männer in meinem Wagen mit. Aber ich weiß auch nicht, irgendwie geht das für mich in Ordnung, in meinem kleinen japanischen Flitzer fühle ich mich sicher. Und manchmal steigt dann ja auch so ein großer schlanker Kerl wie du bei mir ein, auf den der Name Moritz wirklich passt wie die Faust aufs Auge. Du hast so was Spitzbübisches. Das hat mir ja schon immer bei Männern gefallen, ich weiß auch nicht ...«

Sie plapperte und plapperte, und Matthias Ramstein war zu angespannt, um es lustig zu finden, wie sehr sie ihm auf den Leim ging. Stattdessen zog er noch einmal ernsthaft die Idee in Erwägung, sie mit bloßen Händen zu erwürgen und dann in aller Seelenruhe allein weiter über Landstraßen nach Neumünster zu fahren, denn vor ihnen lag nun wirklich ein Stauende.

Siebzehntes Kapitel

Sie waren allein in diesem schmucklosen Warteraum, der aufgrund seiner trostlosen Einrichtung die Bezeichnung Zimmer auch wirklich nicht verdient hätte. Renate Frings war intelligent genug, um den Zweck dieser Trostlosigkeit zu durchschauen, der sich eben nicht darin erschöpfte, seine Gäste in Langeweile und Tristesse zu ertränken und sie dadurch mürbe zu klopfen. Der Ansatz reichte tiefer, viel tiefer, denn plötzlich kam sie sich vor wie auf einer Bühne, deren vierte Dimension, den Publikumsraum, man durch eine Wand ersetzt hatte. Als sollten sie und diese Anette Ramstein, die Putzfrau in der Firma ihres Mannes, ein Stück für zwei Personen geben, das für niemandes Auge bestimmt war. Es sei denn, sie nahm den Spiegel oder vielmehr die sich darin spiegelnden Gestalten als Zuschauer, womit die Darsteller sozusagen auf sich selbst zurückgeworfen, mit sich selbst konfrontiert und somit zur Analyse ihres eigenen Verhaltens gezwungen sein würden ... Aber dieser Gedanke war doch zu pervers, alles in ihrem Kopf begann sich zu drehen und ihr wurde schwindelig. Trotzdem, nachdem sie einen letzten kritischen Blick in den Spiegel geworfen hatte, wandte sie mit einem entschiedenen Ruck den Blick davon ab und setzte sich so hin, dass selbst ihr Profil nur mehr vage darin zu erkennen war.

Zum ersten Mal, seitdem die Ramstein eingetreten war und man kurz darauf Sina und Michael zur Befragung abgeholt hatte, empfand Renate Frings so etwas wie Erleichterung. Einen gewissen Druck unter der Schädeldecke, als würde dort ein Gefäß anschwellen und, bald zum Bersten voll, gegen den Knochen drücken, verspürte sie trotzdem. Sina hatte die verhärmte Frau, die in Wahrheit ein paar Jahre jünger war als Renate selbst, gleich gefragt, was sie hier mache, aber die hatte daraufhin nur herumgedruckst und nicht recht mit der Sprache herausrücken wollen. Dass es im Zusammenhang mit dem Attentat auf Peter stehen musste, stand außer Frage, und genau das sorgte für den dumpfen Druck in Renates Kopf. Deshalb wäre sie am liebsten auch gleich mit tausend Fragen über die Reinigungskraft hergefallen und beherrschte sich stattdessen, weil sie zu sehr die Antworten fürchtete. In ihr verdichtete sich mehr und mehr das Gefühl zur untrüglichen Gewissheit, dass etwas grausam aus dem Ruder gelaufen war und immer noch aus dem Ruder lief. Renate Frings war, als befände sie sich inmitten eines riesigen Lagers von Feuerwerkskörpern, in dem ein unvorsichtiger oder mutwilliger Mensch eine brennende Zigarette weggeworfen und damit eine zerstörerische Kettenreaktion ausgelöst hatte. Sie stand nun im Zentrum dieses sich auftuenden Infernos und hätte es eigentlich löschen müssen, hatte aber weder Wasser, Sand, Schaum oder auch nur eine Decke zur Verfügung, sondern lediglich einen Kanister Öl zur Hand, den es um jeden Preis vor den explodierenden Flammen zu beschützen galt.

Sie konnte allerdings auch nicht einfach nur stumm dasitzen und die Ramstein ignorieren, selbst wenn sie noch so viel berechtigen Kummer und seelischen Stress vorgeschoben hätte. Sie war noch immer die Ehefrau von Peter Otto Frings, dem angesehenen Möbelfabrikanten und Chef dieser Person ihr genau gegenüber. Das brachte eine gewisse Verpflichtung mit sich, und mochte es nur die sein, in einer solchen Situation Haltung zu beweisen. Mit Smalltalk ließe sich das wohl am besten bewerkstelligen. Das war unglaublich lächerlich, bedachte man noch einmal den Hintergrund, vor dem sie hier zusammentrafen, aber auf diese Art und Weise ließe sich vielleicht ganz elegant nebenbei herausfinden, was genau die Ramstein hergeführt hatte. Außerdem würde es das Empfinden, sich in einer ungeprobten Aufführung eines Theaterstücks irgendwo zwischen Drama und Tragödie zu befinden, zu der erträglicheren einer Komödie herabmildern und etwas von dem Druck in ihrem Schädel ablassen.

Also versuchte sie es, fragte behutsam nach dem Befinden der einfachen Frau, worauf die jedoch kaum antwortete. Stattdessen kam sie ihrerseits sofort auf den Anschlag auf ihren Mann zu sprechen und wiederholte sich ein ums andere Mal damit, ihrem Bedauern über die schreckliche Tat Ausdruck zu verleihen. Renate Frings konnte es bald nicht mehr hören, ihre Nerven waren für dieses Thema zu strapaziert. Jedem tat leid, was ihrem Mann widerfahren war, buchstäblich und wortwörtlich jedem, die Ramstein machte da keine Ausnahme. Renate selbst tat es leid, mehr noch, als sich jeder andere vorstellen konnte. Ihr brach das Herz, dachte sie daran. Aber das verschaffte ihr keinerlei Erleichterung, es ließ nur den Schmerz in ihr immer tiefer reichen. Und die Ramstein salbaderte weiter ihre Beileidsfloskeln vor sich hin, als stünde sie unter Zwang. Wahrscheinlich tat sie es sogar, weil es für sie der einzige Weg war, dem eigenen Unbehagen Herr zu werden. Sicher meinte sie es nur gut, aber der Volksmund wusste, der Weg zur Hölle ist gepflastert mit guten Absichten, und auf diesem Pflaster zu laufen, war nichts anderes als eine unsägliche Qual. Eine, von der man sich bald nur noch befreien wollte, egal wie, egal womit, bis man jedes Bewusstsein für Untiefen, Löcher, falsche Abzweigungen verlor, blind war für jede Gefahr. Bis man ...

»Wie geht es eigentlich Ihrem Sohn, Frau Ramstein? Haben Sie mal wieder was von ihm gehört?«

Anette Ramstein sah sie aus sperrangelweit aufgerissenen Augen an, als hätte sie soeben dem Teufel persönlich ins Antlitz geblickt.

»Wie war noch gleich sein Name, Markus ...?«

»Matthias.« Die Antwort war ein erbleichendes Hauchen.

Renate Frings hatte plötzlich einen Verdacht. Die Frage nach dem Befinden Ramstein-Juniors war ihr unfreiwillig über die Lippen gerutscht; das war kein Smalltalk mehr, wäre es auch ohne die vorgefallenen Ereignisse nicht gewesen, denn jeder zwischen dem Kanal und der Elbe, zwischen Kiel, Brunsbüttel und Lübeck wusste, dass Matthias ein Versager war, der ohne die immerwährende Unterstützung seiner Mutter längst untergegangen wäre. Matthias Ramstein war dumm, selbstsüchtig, verblendet und leicht beeinflussbar, was ihn immer wieder in Schwierigkeiten gebracht hatte. Das war allgemein bekannt, das wusste auch Renate Frings nur zu gut. Dass er, der in den letzten Jahren immer wieder in regelmäßigen Abständen um die Firma ihres Mannes herumscharwenzelt war, etwas mit dem Attentat auf ihren Mann und dem Drohbrief von heute Morgen zu tun haben könnte, schien plötzlich klar auf der Hand zu liegen, die Frage war jetzt nur: Was wusste seine Mutter davon? Sie musste deswegen zur Polizei gekommen sein, um ihr Gewissen zu erleichtern, um ihren Sohn, ihr eigen Fleisch und Blut auszuliefern. Nur wie viel wusste sie wirklich? Hatte er ihr das volle Ausmaß geschildert, und wenn ja, wie?

Eine große Unruhe ergriff Renate Frings, die Gattin des im Krankenhaus zwischen Leben und Tod schwebenden Möbelfabrikanten Peter Otto Frings, gegen die sie nichts mehr tun konnte. Sie rutschte auf ihrem Stuhl hin und her und vergaß ihre eigenen Gedanken über den Spiegel und die Zuschauerschaft der Leute darin. Etwas war im Busch, etwas Bedrohliches, und sie konnte dieser Bedrohung nur Herr werden, wenn sie ihr auf den Grund ging.

»Entschuldigen Sie, Frau Ramstein«, sagte sie, ganz Zerknirschung, »ich wollte Ihnen nicht zu nahe treten. Aber meine Nerven, wissen Sie ...«

Achtzehntes Kapitel

Hin- und hergerissen zwischen dem Anspruch an sich selbst, seinen Job ordentlich zu machen, und keine Zeit mit Befragungen zu verschwenden, die sie in dem Fall nicht voranbrachten, gelang es Oberkommissar Daniel Freiwald immerhin, Gesine Frings-Herbst und ihren Ehemann Michael Herbst knapp vierzig Minuten lang zu befragen. Das musste Arnstedt für seine heißgeliebten Beobachtungen genügen. Natürlich hätten die Eheleute oder zumindest die Tochter des Opfers an dessen derzeitigem Zustand schuld sein können, insofern war es richtig, ihnen auf den Zahn zu fühlen. Dieser Fall bestand nicht nur aus der Tat an sich, dem Bombenattentat und der Morddrohung, wie der Hauptkommissar ganz richtig konstatiert hatte, sondern auch aus einem Überbau, der die theoretisch-geistige, die amoralische Vorarbeit geleistet hatte. Von allein wäre Matthias Ramstein vermutlich niemals auf eine solche Idee bezüglich der Person seines Erzeugers gekommen, da mochte er noch so egozentrisch ausgerichtet sein, aber derart über den eigenen Tellerrand zu blicken, das wäre ihm ohne Hilfe unmöglich gewesen. Ihr Problem war nur, dass dieser Tathintergrund im Moment eine untergeordnete Rolle spielte, zumindest in Freiwalds Augen, denn sie kannten ja jetzt ihren mutmaßlichen Täter und lieferten sich mit ihm sogar schon ein Wettrennen, dessen Sieg das Überleben oder Sterben Peter Otto Frings' darstellte. Was auch immer diese perverse Hatz ausgelöst haben mochte, darum könnten sie sich später noch kümmern, wenn der Täter an der Vollendung seiner Tat gehindert und gefasst worden wäre. Aber er kannte Arnstedt inzwischen zu gut, um zu wissen, dass der nicht einen Fußbreit von seinem eigenen Plan abweichen würde.

Also stellte Oberkommissar Freiwald dem Ehepaar Frings-Herbst eine ganze Reihe von Fragen, zuerst solche nach ihrem persönlichen und familiären Hintergrund, dann über die Möbeltischlerei Peter Otto Frings' und schließlich nach deren Belegschaft und ganz besonders nach Anette und Matthias Ramstein. Von ersterem Namen wusste Gesine Frings-Herbst immerhin noch zu berichten, dass dies die Putzfrau in der Firma ihres Vaters sein müsse, der zweite Name war sowohl ihr als auch ihrem Mann gänzlich unbekannt. Zwar schlossen sie von sich aus auf die Verwandtschaft der beiden Personen, aber mehr wussten sie dazu nicht zu sagen. Freiwald tendierte dazu, ihnen zu glauben, besonders als er das Erschrecken in ihren Augen sah, als ihnen dämmerte, dass zumindest der Ramstein-Sohn unmittelbar etwas mit dem Fall zu tun haben müsse und die Ramstein-Mutter deshalb im Warteraum saß. Dieses Entgleiten der Gesichtszüge, die von Angst und Empörung gleichermaßen untergraben wurden, bis sie abrutschten, hielt der Oberkommissar nicht für gespielt. Das sah zu authentisch aus, obschon man sich bei Menschen natürlich niemals sicher sein konnte, ihre Fähigkeit, ihr wahres Selbst hinter einer Maske zu verstecken, stellte manchmal alles andere in den Schatten. Jede Zeugenaussage war nur so viel wert wie die forensischen Beweise, die sie entweder untermauerten oder eben widerlegten. Misstrauen ist die Grundhaltung des Ermittlers gegenüber den Menschen.

Dennoch, Oberkommissar Daniel Freiwald vermochte keine Lüge, keine Falschheit in den Aussagen dieser beiden Befragten zu erkennen. Das bei weitem Interessanteste an dem Gespräch waren da die seltsamen Geräusche, bald ein Gluckern, bald ein Knurren, die Michael Herbsts Magen in einer Tour produzierte und von denen sich unmöglich sagen ließ, ob sie auf Hunger oder Nervosität zurückzuführen waren. Ihm selbst jedenfalls fiel dazu nur schulterzuckend ein: »Vermutlich beides.« – »Ja, mein Mann«, ergänzte Gesine Frings-Herbst, und es war den beiden anzusehen, wie wohl es ihnen tat, über etwas so Banales sprechen zu dürfen, wie sehr es ihre Nerven entspannte, »kann immer und überall essen, aber ganz besonders, wenn er Stress hat.« Sie lächelte, dann füllten sich ihre Augen urplötzlich mit Tränen.

Daniel hatte genug gehört. Er beendete die Befragung, indem er sich im Aufstehen bei den beiden für ihre Kooperation bedankte und sie dann, einer Eingebung folgend, bat: »Bleiben Sie bitte hier, dieser Raum ist besser klimatisiert als der Warteraum, und hier sind Sie vor den neugierigen Augen der Öffentlichkeit besser abgeschirmt. Ich werde veranlassen, dass man Ihnen etwas zu trinken bringt.«

»Aber ich würde gern zurück zu meiner Mutter«, wandte Gesine Frings-Herbst mit sorgenvoller Miene ein.

»Die wird jetzt selbst gerade befragt«, wehrte er dieses Ansinnen ab und dachte daran, dass sonst nur noch Anette Ramstein im Warteraum säße. Nachdem aber nun klar war, dass die nicht ohne Grund dort saß, wollte er die Angehörigen des Opfers nicht mit einer Angehörigen des möglichen Täters dort allein lassen, auch wenn das nicht unbedingt heißen musste, dass die sich gleich an die Gurgel gingen. Er hätte trotzdem zur Sicherheit einen Wachmann dazustellen müssen, und das war bei ihrer derzeitigen Personalnot nicht drin.

Außerdem konnte sich Freiwald gar nicht sicher sein, ob seine Aussage Renate Frings betreffend überhaupt den Tatsachen entsprach. Er hoffte sogar, dass Arnstedt sie noch nicht zu sich in der Verhörraum 1 geholt hatte, sondern damit auf ihn wartete. Welche Erkenntnisse auch immer der in den letzten vierzig Minuten anhand seiner Beobachtungsgabe zu dem Fall gewonnen haben mochte, Oberkommissar Daniel Freiwald wollte unbedingt dabei sein, wenn er diese zur Anwendung brachte. Von Arnstedt als Mensch konnte man halten, was man wollte, aber vor dem Hauptkommissar hatte er den größten Respekt, selbst in einer Situation wie dieser, die nach Tempo und Eile verlangte, während der Alte wie mit dem Bleifuß auf die Bremse drückte, als hätte er, von sich selbst unbemerkt, die Pedalen verwechselt. Freiwald sah zu, dass er in den Verhörraum 1 kam.

Er stürmte in den Raum, ohne anzuklopfen. Arnstedt zuckte nicht einmal erschrocken zusammen, ja er deutete nicht einmal mit einem Zittern des Blickes an, dass er die plötzliche Anwesenheit seines jungen Kollegen überhaupt bemerkt hatte. Erst als Freiwald neben ihm am Einwegspiegel stand und, seine Atmung allmählich wieder unter Kontrolle bringend, ebenfalls auf die beiden Frauen im Nebenraum blickte, die sich seit einer geraumen Weile nun schon in einer stockenden Unterhaltung befanden, fragte er diesen, ohne ihn anzusehen: »Und?«

»Nichts.«

»Sicher?«

»Ziemlich.« Freiwald ließ sich nicht aus der Reserve locken. »Und was haben wir hier?«

»Zwei Frauen«, erwiderte Arnstedt, »von denen die eine gerne reden möchte, während die andere sich nicht traut.«

Freiwald schaute genauer hin. »Und was heißt das?«, fragte er.

»Fragen wir sie das doch am besten selbst«, sagte Arnstedt und wandte sich seinem Kollegen endlich zu. »Sagen Sie Hermann Bescheid, er soll uns die Frings sofort bringen.«

Neunzehntes Kapitel

Es war frustrierend, aus der Ramstein war nichts herauszuholen. Irgendetwas verschloss ihr die Lippen wie ein Klebstoff, der sie daran hinderte, alles das auszusprechen, was ihr auf der Zunge lag. Denn sprechen wollte sie, das sah ihr Renate Frings an. Die Putzfrau ihres Mannes oder besser in dessen Firma wollte etwas sagen, es brannte ihr regelrecht unter den Nägeln, nur was, darüber konnte Renate lediglich Vermutungen anstellen, und die waren selbst ihr zu vage, um sich darauf zu verlassen. Es konnte etwas mit ihrem Mann zu tun haben oder mit Matthias, aber was war es genau? Das gehemmte Verhalten der Ramstein ihr gegenüber, die Wortkargheit, das Vermeiden all dessen, was über einen Gemeinplatz hinausging, mochte auf Schuldgefühle hindeuten oder auf Scham, weil ihr Versager von Sohn tatsächlich etwas mit dieser Sache zu tun hätte. So aber schätzte sie die Ramstein nicht ein, so hatte sie die nicht in Erinnerung. Sie hatte Anette Ramstein als sehr geradlinige und offene Frau kennengelernt, die mit ihrer Meinung nicht hinter dem Berg hielt, ohne dabei ihr Herz auf der Zunge zu tragen. Wenn sie etwas sagen wollte, dann sprach sie es auch aus, komme, was da wolle. Sie machte keinen Unterschied zwischen Kompliment und Beleidigung, vermutlich weil sie beides in ihrem Leben gleich oft gehört und gelernt hatte, dass das eine wie das andere zu selten wirklich etwas mit ihrer Person zu tun gehabt hatte, um dem noch Bedeutung beizumessen, sondern bloß das Werkzeug eines anderen gewesen war, um etwas Bestimmtes von ihr zu erreichen. Das war desillusionierend und befreite zugleich von sinnlos übertriebenen Erwartungen. Der Ramstein ging jeglicher Sinn für das Spielen einer Scharade ab, und deshalb entsprach dieses Verstockte so gar nicht ihrem

Wesen – und das machte ihr Verhalten so verdächtig. Das wiederum ließ Renate Frings nervös werden.

»Wollen Sie mir nicht doch sagen, was los ist?«, versuchte sie es zum Gott weiß wievielten Mal. »Was bedrückt Sie, Frau Ramstein, vielleicht kann ich ja helfen?«

Aber die lächelte nur gequält und vermied jeden Blickkontakt.

»Wenn es was mit Matthias ist ...«, fuhr sie fort und beobachtete erneut, wie sich die Putzfrau bei der Nennung dieses Namens auf die Lippe biss. »Ich weiß, er hatte schon öfter Schwierigkeiten mit der Polizei. Wenn er also einen Anwalt braucht, ich kann da helfen.«

Bei diesem Angebot stieß Anette Ramstein hart die Luft durch Mund und Nase aus, sah aber weiterhin stur zu Boden.

Renate Frings beschloss, diesem Pfad zu folgen. »Sie sind nun schon so lange bei meinem Mann angestellt«, fuhr sie so einfühlsam wie möglich fort, »Sie gehören quasi zur Familie. Egal was es ist, mein Mann und ich wären glücklich, wenn wir Ihnen helfen könnten.«

Anette Ramstein fing an, so trocken zu lachen, dass es mehr nach einem Hustenanfall klang, der kurz davorstand, ins Weinen zu kippen. Sie sagte: »Ich danke Ihnen, Frau Frings, aber ein Anwalt wird meinem Sohn jetzt vermutlich auch nicht mehr helfen können. Dafür ist es zu spät.«

»Wieso denn das?«

»Diesmal hat er nicht einfach nur Mist gebaut, diesmal hat er ...«

»Hat er was? Frau Ramstein, bitte, was hat Ihr Sohn getan?«

Aber noch bevor die Putzfrau antworten konnte, öffnete sich plötzlich die Tür und ein Polizist sagte zu ihr: »Frau Frings, kommen Sie bitte mit, Hauptkommissar Arnstedt möchte sich jetzt mit Ihnen über den Stand der Ermittlung in der Sache Ihres Mannes unterhalten.«

Am liebsten hätte sie den glatzköpfigen Kerl angeschrien, sich sofort wieder zu verziehen. Sie war so nahe dran gewesen, das

Geheimnis zu ergründen, das der Ramstein zusetzte und von dem sie mehr und mehr ahnte, dass es etwas mit ihrem Mann und damit auch mit ihr zu tun hatte. Die Frau hatte sich ihr gerade öffnen wollen wie eine Auster – und war jetzt wieder so fest verschlossen, dass man schon rohe Gewalt hätte anwenden müssen, um noch einmal an ihr Innerstes heranzukommen.

Aber nach außen hin zeigte Renate Frings keine Regung, die auf diesen Ärger hingedeutet hätte. Sie wusste immer noch, was von ihr erwartet wurde, und verhielt sich tadellos. »Ist gut«, sagte sie deshalb nur nach einem kurzen Moment der Besinnung, erhob sich, drückte das Kreuz durch und meinte zu der anderen Frau im Hinausgehen: »Ich wünsche Ihnen alles Gute, Frau Ramstein.«

Noch bevor die Tür hinter ihr ins Schloss fiel, hörte sie von drinnen ein tiefes Schluchzen, das von purer Verzweiflung kündete. Wie Anette Ramstein endgültig in Tränen ausbrach, hörte sie dagegen nicht mehr.

Zwanzigstes Kapitel

Das Haus faszinierte sie. Zum einen wie es so dumpf und still in der schwülen Hitze des holsteinischen Sommerabends vor sich hin brütete, zum anderen wegen der noblen, von großer Handwerkskunst zeugenden Einrichtung. Überhaupt war es für Monika Gutbrodt einer der interessantesten Aspekte ihres Berufs, so tief und ungehindert in die Privatsphäre fremder Menschen, bis in deren intimsten Winkel schauen zu dürfen. Sie musste sich dafür nicht einmal schämen, denn ihre Neugier blieb dabei streng professionell auf den Grund ihrer Schnüffelei ausgerichtet und war keinesfalls als eine Form von Voyeurismus zu verstehen. Ihre Schnüffelei war die des Trüffelschweins nach seiner ganz speziellen Beute, in diesem Fall nach möglichen Beweisen für eine Verbindung insbesondere der Hausherrin zu dem potenziellen Täter Matthias Ramstein. Alles, was sie sah und fand, ordnete die Oberkommissarin ihrem Auftrag unter, es floss keinerlei private Interpretation dieser Dinge in deren Beurteilung oder gar Wertung ein. Nach Feierabend, wenn sich die Ereignisse eines solchen Tages setzten, während sie selbst zur Ruhe kam, konnte das schon mal vorkommen, dann ließ es sich nicht immer vermeiden, dass sie sich Gedanken darüber machte, warum jemand zum Beispiel fünfzig kaputte Taschenrechner in seinen Schubladen hortete oder, obwohl alleinstehend, einen ganzen Stapel Beate-Uhse-Kataloge unter der Matratze versteckte. In der Regel führte das bei ihr zu eher humorvollen Schlüssen, die sie nicht traurig machten und die Besitzer dieser Gegenstände nicht lächerlich. Und im Haus des Ehepaars Frings hatte sich nichts dergleichen gefunden, was ein solches privates Nachspiel hätte hervorrufen können. Hier gab es nur diese edlen Möbel, die sie am liebsten alle sofort eingepackt und in ihr eigenes Zuhause abtransportiert hätte – die und das Prepaid-Handy, auf das die Bad Segebergerin im Nachttischchen von Renate Frings gestoßen war.

Nachdem Oberkommissarin Gutbrodt noch einmal in Arnstedts Büro sämtliche Unterlagen nach einem Hinweis auf den jungen Ramstein durchgesehen hatte, hatte sie sich vom zuständigen Richter einen Durchsuchungsbeschluss besorgt, auf ihre freundlich-burschikose Art den zuständigen Staatsanwalt zu einer kleinen Fahrt ins Grüne bewogen und war mit ihm und zwei weiteren Polizeibeamten nach Gönnebek zur Adresse der Familie Frings gefahren, an den sogenannten Säuferweg, der offiziell Wiedsich hieß. Zusammen hatten sie Haus, Werkstatt und Schuppen auf den Kopf gestellt, ohne etwas Verwertbares zu finden. Bis sie in dem edlen Möbelstück aus Kirsche neben dem Fringsschen Ehebett, in der mittleren Schublade, versteckt zwischen Taschentüchern, Pillendöschen, Alltagsschmuck und sonstigem Krimskrams, auf das Handy gestoßen war. Sie hatte es zur Dokumentation dem Staatsanwalt vorgelegt, und nun lag es vor ihr auf dem Küchentisch aus massiver Birne und sie saß auf einem dieser unglaublich bequemen Stühle davor. Die Kollegen und der Staatsanwalt standen draußen in der Abendsonne und rauchten, während sie sich so ihre Gedanken machte.

Das Handy war eingeschaltet, der Akku jedoch beinahe leer; ein Ladegerät hatte sie leider nicht gefunden. Das Display zeigte neunzehn Anrufe in Abwesenheit an, alle mit unterdrückter Nummer und ohne dass eine Nachricht auf der Mailbox hinterlassen worden wäre. Nur einmal hatte es eine Art Stöhnen oder Stoßseufzer auf die Aufzeichnung geschafft, bevor die Leitung unterbrochen worden war, ein Laut, der mindestens ebenso nach Enttäuschung wie Zorn klingen mochte und höchstwahrscheinlich einer männlichen Kehle entsprungen war.

Vom Fundort einmal abgesehen, gab es keinen Hinweis darauf, wem dieses Prepaid-Handy gehörte. Vielleicht konnte ihnen die KTU da weiterhelfen, die sich so schnell wie möglich um die

Spurensicherung kümmern musste. Es würde sie aber auch nicht überraschen, wenn die Kriminaltechniker außer den Fingerabdrücken der Hausherrin nichts darauf fanden.

Monika Gutbrodt starrte das schmale Gerät aus viel Plastik und wenig Metall vor sich schon eine geraume Weile an. Es gefunden zu haben, war gut, das würde auf Hauptkommissar Arnstedt, unter dem sie in Zukunft so gerne arbeiten wollte, Eindruck machen. Besser jedoch wäre es, wenn sie noch ein paar zusätzliche Informationen liefern könnte, irgendetwas, das vielleicht sogar für den Fall relevant wäre. Oder das Handy endgültig davon ausschloss.

Hinter ihr gurgelte der Kühlschrank leise vor sich hin. Aus dem Wohnzimmer hörte sie das Ticken einer antiken Wanduhr. Durch die Räume surrte ein Brummer, der sich irgendwann in der Tiefe des Hauses verlor. Vor der offenen Haustür standen die Kollegen und unterhielten sich entspannt. Auf der Koppel gegenüber muhte eine Kuh, in den Büschen und Bäumen zwitscherten Vögel, am hohen Himmel sogar ein paar Schwalben. Nur in ihr war alles still. In ihrem Kopf hallte lange Zeit nicht einmal das Echo einer verworfenen Idee nach.

Und dann machte es doch noch Klick. Wie ein Blitz aus heiterem Himmel wusste sie plötzlich, was sie tun konnte, um wenigstens etwas Klarheit in diese ominöse Angelegenheit zu bringen. Denn ominös war sie auf jeden Fall, wie ihr jetzt auffiel, als sie hastig nach dem Notizbuch in ihrer Hosentasche griff. Dort standen diverse Stichworte zu diesem Fall, Details, die ihr so wichtig erschienen, dass sie diese während der Ermittlungen immer bei sich haben wollte, um jederzeit darauf Zugriff zu haben. Gleich auf der ersten Seite den Fall Frings betreffend standen da eine Reihe von Telefonnummern, neben denen von Festnetzanschlüssen auch Handy-Nummern, nämlich die von Gesine Frings-Herbst und Michael Herbst sowie die Peter Otto Frings und seiner Frau Renate. Beide besaßen also ein solches Gerät, und nun würde sich immerhin ganz einfach feststellen lassen, ob dieses Spezielle hier vor ihr eines davon war.

Die erste Nummer, die sie auf ihrem eigenen iPhone wählte, war die Peter Otto Frings zugeordnete. Der Mann lag nicht ansprechbar im Krankenhaus, vielleicht hatte seine Frau sein Mobilfunkgerät an sich genommen, damit es nicht gestohlen wurde. Es klingelte gar nicht erst, sondern die Mailbox ging gleich an, aber wichtiger noch: Das Gerät vor ihr auf den Tisch gab keinen Mucks von sich und zeigte auch auf dem Display keinen weiteren Anruf in Abwesenheit an. Also versuchte sie die Nummer von Renate Frings. Wieder klingelte es, doch als sich dieses Mal die Mailbox meldete, legte sie nicht sofort wieder auf, sondern sagte: »Frau Frings, Oberkommissarin Gutbrodt hier. Ich habe mich nur verwählt, entschuldigen Sie bitte die Störung.« Sie folgte dabei einer spontanen Eingebung, immerhin stand es kritisch um ihren Ehemann, und wenn sie nun den Anruf eines unbekannten Teilnehmers angezeigt bekäme, mochte sie erschrocken Gott weiß was denken. Das musste ja nicht sein, und für diese Einfühlsamkeit war die Oberkommissarin Monika Gutbrodt bei ihren Kollegen so berühmt wie berüchtigt.

Allein das Handy vor ihr auf dem Tisch hatte sich wieder nicht gerührt.

»Mist!«, murmelte sie in die Stille des menschenleeren Hauses hinein. Dann zuckte sie mit den Schultern, packte das Handy in einen Beweismittelsicherungsbeutel, stand auf und ging nach draußen vor die Tür. »Lasst uns hier Schluss machen«, sagte sie zu den drei Männern, die ihr bereitwillig zustimmten. Sie schlossen ab und gingen zu ihren Fahrzeugen. Oberkommissarin Gutbrodt legte den knisternden durchsichtigen Beutel neben sich auf den Beifahrersitz, wendete und fuhr den anderen beiden Autos hinterher, erst auf den Karkredder, dann in den Kroogredder, auf die K52 und die Gönnebeker Straße und schließlich auf die B205 nach Neumünster.

Sie fuhr recht langsam, die anderen beiden Autos hatten sie schnell abgehängt, aber sie war mit ihren Gedanken auch ganz woanders. Denn dass das Handy neben ihr nicht zu einer der Nummern von Renate und Peter Otto Frings gehörte, zumindest nicht zu einer der bekannten, war nur auf den ersten Blick ein Fehlschlag. Vielmehr handelte es sich um ein klassisches Ausschlussverfahren, durch das nun gänzlich neue Möglichkeiten in den Fokus rückten, Möglichkeiten, die durchaus etwas mit dem Fall zu tun haben konnten: Wenn es doch Renate oder Peter Otto Frings gehörte, warum dann diese Geheimhaltung? Wenn es nicht einem von beiden gehörte, wem gehörte es dann, und warum lag es in Renate Frings' Nachttisch?

Je näher Oberkommissarin Monika Gutbrodt Neumünster kam, desto mehr hellte sich ihre Stimmung wieder auf. Sie kam nicht mit völlig leeren Händen zurück.

Einundzwanzigstes Kapitel

Hauptkommissar Hans-Peter Arnstedt und Oberkommissar Daniel Freiwald sahen Anette Ramstein noch einen kurzen Moment beim Weinen zu, aber nur einer von beiden ungerührt.

»Sie muss unter einem enormen Druck stehen«, meinte Daniel Freiwald, ohne sich dem Adressaten seiner Aussage zuzuwenden. »Zu wissen, dass der eigene Sohn einen Anschlag auf deinen langjährigen Arbeitgeber verübt hat, diesem weiterhin nach dem Leben trachtet und dann auch noch der Frau des Chefs gegenübersitzen zu müssen.«

»Sie hätte«, antwortete Arnstedt kalt und streckte den Arm nach dem orangenen Vorhang aus, »sie hätte ihr Kind ja besser erziehen können.« Mit einem Ruck zog er den Vorhang zu und ging zum Tisch in der Mitte des Verhörraums 1.

»Ach, kommen Sie«, erwiderte Freiwald, ihm folgend, »das meinen Sie doch nicht ernst.«

Arnstedt ließ ein sarkastisches Schmunzeln hören. »Natürlich nicht«, sagte er. »Ich bin da ganz Ihrer Meinung, Herr Kollege, Erziehung wird stark überbewertet.«

»Das habe ich niemals behauptet!«

»Wie sonst ist es zu erklären«, fuhr der Hauptkommissar mit böser Freude fort, »dass trotz all der Erziehung, die wir unseren Kindern angedeihen lassen, aus ihnen immer nur Erwachsene werden.«

»Wie meinen Sie das?« Freiwald war ehrlich verwirrt.

»Ich meine damit, dass aus den hoffnungsvollen Wesen, als die die Kinder ins Leben starten, am Ende ihrer Erziehungslaufbahn – und wenn sie die erreicht haben, steht ihnen normalerweise noch der Großteil ihres Lebens bevor – beinahe grundsätzlich immer ein Mensch geworden ist, der nichts anderes als die

Fehler seiner Eltern reproduziert, bestenfalls mit minimalen, schlimmstenfalls mit maximalen, also katastrophalen Abweichungen.«

Freiwald ließ das einen Moment sacken, dann fragte er: »Und das ist Ihr Ernst, ja?«

Arnstedt nickte süffisant und nahm am Tisch Platz. »Erziehung ist schön und gut«, erklärte er, »aber von ihrem Ergebnis her betrachtet, sollte man die gängigen Erziehungskonzepte doch noch mal überdenken, meinen Sie nicht auch?«

»Ach«, stöhnte der Oberkommissar, sich an den Kopf fassend, »Sie haben doch zu viel Sonne abbekommen – das meine ich, Herr Hauptkommissar!«

»Ja«, lachte der, »da könnten Sie sogar recht haben. Was Hitzewellen angeht, halte ich es mit Ihnen und Ihren Leuten aus Kaltsommer: so viel wie nötig, so wenig wie möglich.«

Daniel Freiwald sagte dazu lieber nichts.

»Nun kommen Sie, Daniel«, wurde Arnstedt plötzlich versöhnlich, »nehmen Sie es nicht so schwer. Kommen Sie«, er zog den Stuhl neben sich vom Tisch ab und schlug einladend mit seiner dicken, nikotinverfärbten Hand darauf, »setzen Sie sich und seien Sie mir ein guter Kompagnon, wenn ich gleich Frau Frings befrage.«

Der wehrte sich einen letzten Moment dagegen, dann folgte er schicksalsergeben dem Ruf, wobei sich in ihm Interesse und Pflichtbewusstsein zu gleichen Teilen mischten. »Na gut«, sagte er und setzte sich. »Aber wollen Sie die Frings wirklich ganz allein befragen?«

»Ja.«

»Ich soll mich komplett im Hintergrund halten?«

»Ja.«

»Warum?«

Hauptkommissar Hans-Peter Arnstedt drehte sich mit Aplomb zu ihm herum und erklärte, als spräche er zu einem Schüler, der schon wieder eine Klausur in den Sand gesetzt hat: »Weil Sie immer noch nicht begriffen haben, dass das, was ich in der Zeit, in der Sie Ihre Aufträge zu erledigen hatten, gemacht habe, einen wesentlichen und gewinnbringenden Teil meiner Arbeit darstellt. Sie haben zwar schon Fortschritte gemacht, aber im Grunde genommen halten Sie das Beobachten von Zeugen oder Verdächtigen immer noch für Zeitverschwendung, obwohl Sie selbst schon mehrfach erklärt haben, auf deren Aussagen nicht allzu viel zu geben, weil die immer, ob nun bewusst oder unbewusst, zur Täuschung neigen. Sie wollen einfach nicht begreifen oder besser verinnerlichen, dass ein Mensch, der beobachtet wird, ohne davon zu wissen, gar nicht täuschen kann und also nichts als die lautere Wahrheit spricht mit jeder Geste, mit jedem Blick, mit jeder Faser seines Körpers und Daseins. Aber solange Sie diese Lektion nicht zu hundert Prozent begriffen haben, solange Sie nicht ebenso begierig wie ich jedes Mal vor diesem Einwegspiegel stehen und sich die Leute, die Sie sogleich befragen sollen, ansehen, werden Sie nur der Assistent sein, der nur dann mal ran darf, wenn davon nicht das Schicksal der gesamten weiteren Untersuchung abhängt. Zumindest nicht solange ich hier das Sagen habe.«

Noch bevor Daniel Freiwald darauf etwas erwidern konnte, klopfte es schon an der Tür, und gleich darauf trat Renate Frings ein.

Zweiundzwanzigstes Kapitel

Etwas störte sie an diesem Raum, in den sie geführt wurde, und es war nicht die wie mit dem Ozon einer zwischenmenschlichen Auseinandersetzung aufgeladene, ja geradezu vergiftete Atmosphäre. Als hätte sich hier drin gerade ein Gewitter entladen, dachte sie unwillkürlich beim Eintreten. Dass dem so war, verrieten ihr sogleich die Mienen der beiden Beamten, die sie erwarteten: die des Alten war rot erhitzt, die des Jüngeren leichenbitterblass. Außerdem starrte der Jüngere sie sehr durchdringend an, ganz offensichtlich in dem Bemühen, seinen Kollegen so vollständig wie möglich auszublenden.

Renate Frings' Sinne waren geschärft, spätestens seit Sina sie heute am späten Vormittag vom Krankenhaus abgeholt hatte mit der Nachricht, dass nach der Bombe nun noch eine Morddrohung gegen ihren Mann eingegangen wäre. Seitdem achtete sie auf jedes Detail, auf jedes Wort und jede Veränderung in Gestik und Mimik der sie umgebenden Personen, um irgendeinen Hinweis auf den Stand der Dinge zu erfahren. Ob sie wollte oder nicht, es passierte ihr einfach, sie stand da unter einem Zwang, der sich nicht abstreifen, der ihr keine Ruhe ließ.

Aber dennoch war es nicht die Zwietracht der beiden Kommissare, deren Namen man ihr sicherlich schon einmal genannt hatte, an die sie sich allerdings nicht mehr erinnern konnte, die sie störte. Es war etwas anderes, ein Detail des Raumes selbst, der sich, ebenso wie der, aus dem sie gerade abgeholt worden war, durch eine absolute ausstattungstechnische Öde auszeichnete. Er war sogar noch bedrückender als der vorherige, stumpf und dumpf, sodass der Tisch in seiner Mitte, an dem die beiden Herren saßen und auf dem sich sonst nur ein Telefon, ein Mikrofon und eine Akte befanden, zum einzigen Fluchtpunkt wurde, dem man automatisch zustrebte. Aber es war auch weder die Raumaufteilung noch seine Einrichtung das störende Element, sondern etwas an der Wand dahinter: der orangene Vorhang. Der wirkte so deplatziert in dem ansonsten vorherrschenden Grau, deplatziert und aus der Zeit gefallen, dass es einer Frau, die so viel von diesen Dingen verstand, sofort ins Auge fallen, ja schmerzhaft stechen musste. Aber auch das war noch nicht der wahre Grund, warum er sie störte. Was lag wohl hinter diesem Vorhang? Was mochte er verbergen? Hatte dieser Raum wirklich ein Fenster und wenn ja, wohin sah man dadurch? Woran erinnerte der sie? Wenn ich mich nur besser konzentrieren könnte, dachte sie, strengte sich an und glaubte endlich, kurz vor dem Durchbruch zu stehen ...

»Frau Frings, guten Tag«, unterbrach der Ältere, dessen Antlitz nicht mehr gar so rot glühte, ihre Gedanken, »mein Name ist Hauptkommissar Hans-Peter Arnstedt, das ist mein Kollege Oberkommissar Daniel Freiwald.« Er deutete mit dem Kinn nach rechts, wo sie der Jüngere mit einem mürrischen Nicken, als litte er an einem steifen Genick, begrüßte. »Vielen Dank, dass Sie gekommen sind. Bitte, nehmen Sie doch Platz.«

»Danke«, sagte sie und setzte sich.

Worüber hatte sie eben noch nachgedacht? Sie wusste es nicht mehr. Es hatte irgendetwas mit diesem seltsamen orangenen Vorhang zu tun, meinte sie sich zu erinnern, ohne den Zusammenhang wieder herstellen zu können. So sehr sie sich auch das Hirn zermarterte, es wollte ihr nicht mehr einfallen. Und zu viel Energie durfte sie jetzt auch nicht auf diese Frage verschwenden, denn die beiden Kommissare verlangten ihre ungeteilte Aufmerksamkeit. Was auch immer in der Zwischenzeit geschehen war, jetzt würde sie bestimmt Neuigkeiten erfahren. Jetzt ...

»Frau Frings, Ihr Handy klingelt.«

»Was?«

»Ihr Handy klingelt«, wiederholte der Jüngere, dieser Freiwald, und deutete auf ihre Handtasche, die sie sich geistesabwesend auf den Schoß gelegt hatte. Daraus ertönte gedämpft die digitale Imitation eines klassischen Telefonklingelns.

»Oh!«, fuhr sie erschrocken zusammen und begann augenblicklich, in ihrer Tasche nach dem kleinen Gerät zu suchen. Panik kam plötzlich in ihr auf. »Entschuldigen Sie bitte«, sagte sie, »vielleicht ist es das Krankenhaus.«

»Schon okay«, kam es beschwichtigend von dem alten Arnstedt.

Aber es war nicht okay. Als sie ihr Handy endlich gefunden hatte, war längst die Mailbox angesprungen, und sie musste nun wie auf Kohlen warten, dass der Aufnahmeprozess abgeschlossen war und sie sich die Nachricht darauf anhören konnte. Das dauerte, zumal ihre Finger plötzlich zitterten, als fürchteten die sich davor, die neue Verbindung herzustellen, nachdem sie eben schon so versagt hatten, weil sie davon nichts Gutes erwarteten. – Wie erleichtert war sie dann, als sie hörte, wer ihr was auf die Mailbox gesprochen hatte! »Es ist Ihre Kollegin, diese Frau Gutbrodt«, erklärte sie aufatmend, »die hat sich nur verwählt und für die Störung entschuldigt.« Sie lächelte, breiter als beabsichtigt. »So was passiert. Ich bin nur froh, dass es nicht das Krankenhaus war.«

»Das verstehe ich sehr gut«, erwiderte ihr der Arnstedt mit viel Wärme in der Stimme. »Aus diesem Grund dürfen Sie das Handy auch gerne anlassen. Ich möchte Sie nur bitten, es wieder in die Tasche zu stecken, wenn ich Sie jetzt befrage.«

Schlagartig war die Erleichterung verflogen. Mit kalten Händen verstaute sie das Handy in ihrer Tasche und legte diese neben ihren Stuhl auf den Boden.

»Na dann«, sagte Renate Frings, sich fassend, »fangen Sie an.«

Dreiundzwanzigstes Kapitel

»Frau Frings«, begann Hauptkommissar Hans-Peter Arnstedt ohne Umschweife und sogleich den Grund für seine Eile erklärend, »ich will Ihnen nichts vormachen, uns läuft die Zeit davon. Jemand hat einen Anschlag auf Ihren Ehemann verübt und ist jetzt allem Anschein nach unterwegs, um mit den eigenen Händen das zu vollenden, was er mit der Bombe nicht geschafft hat, nämlich Ihren Mann umzubringen.«

Die Angesprochene durchlief ein Schauer, Oberkommissar Daniel Freiwald sah sogar, wie sich eine Gänsehaut auf ihren freiliegenden Unterarmen bildete, und wusste, dass auch sein Vorgesetzter diese Reaktion sehr wohl registriert hatte. Darüber ließ sein Ärger, soeben auf solch derbe Art zurechtgewiesen worden zu sein, wenigstens etwas nach; wie so oft bot ihm die Konzentration auf die Arbeit einen willkommenen Ausweg aus dem Unbehagen, dass ihm Arnstedts Umgangsformen immer wieder bereiteten. Außerdem musste er seinem Chef einmal mehr stumm Respekt zollen für diese Eröffnung der Befragung, die einerseits nichts von ihren Schwierigkeiten verheimlichte, aber andererseits die wesentlichen Informationen noch zurückhielt. Darin war der Mann ein Meister, keine Frage. So behielt er ein Ass im Ärmel, dass er jederzeit ausspielen konnte und es trotzdem nur bei Bedarf tun musste. Frau Frings würde sich jetzt in die Ermittlungen miteinbezogen fühlen, in dem guten Glauben reden, einen aktiven Beitrag zum Geschehen leisten zu können, ohne zu merken, dass sie bereits in einer Falle saß, die jedoch nur dann zuschnappte, sollte sich plötzlich ein Tatverdacht gegen sie erhärten.

Gerne wäre Oberkommissar Freiwald jetzt vom Tisch aufgestanden und in eine Ecke des Raumes getreten, um sich den weiteren Verlauf der Befragung aus einer echten Beobachterposition heraus ansehen zu können. Er blieb sitzen, weil das zu viel Unruhe verursacht hätte und er sich damit gleich den nächsten Tadel Arnstedts eingehandelt hätte.

»Ich weiß auch«, fuhr der derweil äußerst höflich fort, »dass Sie den Kollegen aus Bad Segeberg bereits ausführlich Rede und Antwort gestanden haben. Dass Sie sich dennoch noch einmal die Mühe machen, ist sehr ehrenwert, gerade wenn man bedenkt, in was für einer angespannten Situation Sie sich zurzeit befinden.«

Sie lächelte dankbar. »Wenn ich helfen kann«, erwiderte Sie.

»Zum Glück haben Sie Ihre Tochter und deren Mann, die Ihnen in dieser schweren Zeit beistehen«, sagte der Hauptkommissar, noch immer die Liebenswürdigkeit in Person. »Das muss ein großer Trost für Sie sein.«

»Ja, das ist es.« Ihre Augen glänzten feucht.

»Sie stehen sich sehr nahe, Sie und Ihre Tochter?«

»Oh ja«, kam die Antwort, »sehr nahe. Sie ist doch mein einziges Kind, und die meiste Zeit des Jahres sehe ich sie nicht, weil sie in Düsseldorf lebt oder sich auf irgendwelchen Baustellen herumtreibt.«

»Finden Sie das schade?«

»Natürlich. Ich meine nicht, dass Sina Architektin geworden ist«, lachte Frau Frings das mögliche Missverständnis weg. »Für den Beruf ist sie wie geschaffen, dafür hat sie ein Talent wie ihr Vater ... wie ihr Vater für das Entwerfen von Möbeln. Aber dass sie dafür ausgerechnet nach Düsseldorf ziehen musste, das finde ich schon manchmal schade, ja.«

»Hätten Sie sie gerne wieder bei sich?«, wollte Arnstedt wissen, und so sehr sich Freiwald auch bemühte, er konnte keinen doppelten Boden aus der Frage heraushören.

Frau Frings antwortete mit einem Seufzen: »Ja.« Und dann, in einer Mischung aus Trauer und Freude: »Aber jetzt wird sie wohl wieder zu mir ziehen, sie und ihr Michael.«

»Wirklich? Wieso?«

»Da Peter ... da mein Mann den Betrieb vermutlich nicht wird fortführen können, selbst wenn er das ... überleben sollte ...« Sie atmete schwer ein und aus und begann von Neuem: »Sina und Michael haben beschlossen, ihr Büro von Düsseldorf in den Norden zu verlegen, damit Sina von nun an auch die Tischlerei leiten kann, um das Erbe ihres Vaters fortzusetzen.«

»Kann sie das denn?« Arnstedt schenkte ihr ein warmherziges Lächeln.

Sie lächelte ebenso warmherzig zurück. »Ja, das kann sie. Schon als Kind hat sie immer bei ihrem Vater gesessen und mit ihm zusammen Tische, Stühle, Betten und Kommoden gezeichnet. Ehrlich gesagt hatte es mich damals sogar etwas überrascht, dass sie nicht sofort in Peters Fußstapfen getreten ist. Aber er hatte sie bereitwillig ziehen lassen, gesagt, dass sie ihren eigenen Weg gehen muss.« Sie blickte den Hauptkommissar ganz verklärt an.

»Das war sehr weise von ihm«, meinte dieser. »Und was ist mit Ihnen? Welchen Weg sind Sie in der Zwischenzeit gegangen, Frau Frings?«

»Wie?« Nun sah sie ihn erschrocken an – mit den einfachsten Mitteln aus ihrer Wohlfühlzone gerissen, dachte Freiwald anerkennend. »Ich verstehe nicht ...«

Arnstedt blieb nicht nur höflich, sondern erklärte auch geduldig: »Na, Ihr Mann ist seinen Weg gegangen, Ihre Tochter ist ihren Weg gegangen, beide haben etwas aus ihrem Leben gemacht, entweder als Möbeldesigner oder als Architektin. Doch wo stehen Sie, Frau Frings, was haben Sie aus Ihrem Leben gemacht? Was haben Sie geleistet?«

Beinahe hätte Daniel Freiwald sich nach vorne gelehnt, um näher an Renate Frings heranzukommen, an ihre verwirrt zuckenden Mundwinkel.

»Ich verstehe Sie nicht ganz, Herr ... Herr Arnstedt«, begann sie. »Was soll ich denn gemacht haben? Ich war Hausfrau und Mutter.«

»Ja, stimmt«, nickte der zustimmend, »das waren Sie, und das ist auch etwas, das man nicht unterschätzen sollte.«

»Danke«, sagte sie, heftig nickend. »Das war wirklich nicht immer leicht. Obwohl Sina wirklich ein braves und pflegeleichtes Kind war. Dafür habe ich sie quasi auch im Alleingang großgezogen, da ihr Vater zu sehr mit seiner Firma, mit seinen Entwürfen beschäftigt war. Er ist eben ein Künstler. Er ist Geschäftsmann und mehr noch ein Künstler, immer etwas weltfremd und abgehoben ...«

»Aber Sie haben niemals eine echte Erwerbstätigkeit ausgeführt?« Zum ersten Mal schlich sich so etwas wie Kälte in Arnstedts Worte.

Sofort fokussierte sich Renate Frings' Blick wieder auf ihr Gegenüber. »Doch«, sagte sie nach einem Augenblick der Verwirrung, »natürlich. Ich bin ausgebildete Bankkauffrau. Und nach meiner Heirat habe ich zuerst noch in der Firma meines Mannes mitgearbeitet und die Finanzbuchhaltung gemacht. Bis die Firma dann zu groß wurde und ich Mutter und beides nicht mehr unter einen Hut zu bringen war.«

»Und dann sind Sie aus dem Betrieb ausgeschieden«, brachte es Arnstedt, nun wieder voller Nachsicht, auf dem Punkt. »Dann sind sie aus dem Erwerbsleben ausgeschieden.«

»Ja ...«

»Vermissen Sie das manchmal?«, fragte er nach einer kurzen Pause.

Sie machte ein unschlüssiges Gesicht.

»Gesine, Ihre Tochter«, fuhr der Hauptkommissar fort, »ist lange schon erwachsen, Ihr Heim eingerichtet, Ihr Leben in geordneten, festgefügten Bahnen verlaufen. Ich kann mir vorstellen, dass ein Dasein als Hausfrau und Mutter zuletzt nicht mehr ganz so ... abendfüllend gewesen ist.«

Sie musste schmunzeln.

»Haben Sie sich da nicht manchmal etwas gelangweilt?«

Jetzt hätte sich Oberkommissar Daniel Freiwald am liebsten weit auf seinem Stuhl zurückgelehnt, um die Szenerie, um das Gesprächspaar Arnstedt und Frings aus dem größtmöglichen Weitwinkel zu betrachten. Um keinen Preis wollte er auch nur die geringste Nuance im Mienenspiel der beiden verpassen. Er wusste zwar noch immer nicht, worauf sein Kollege mit diesen ganzen Fragen hinauswollte, ahnte aber, dass der sich gerade dem ihm wichtigen Punkt näherte.

»Es ist ja noch immer nicht gerade mit viel Ansehen verbunden«, ergänzte der Hauptkommissar ruhig seine Frage. »Im Gegenzug sind Mann und Tochter hochgeachtete Persönlichkeiten auch im öffentlichen Leben. Da konnten Sie nicht unbedingt mithalten, Sie waren ans Haus gefesselt. Haben Sie sich also nicht nur gelangweilt, sondern auch Neid entwickelt, Frau Frings?«

Die Möbeltischlergattin und Daniel Freiwald erkannten zeitgleich, worauf Hans-Peter Arnstedt hinauswollte. Doch während der eine sich tunlichst nichts anmerken ließ, fuhr die andere zusammen, warf beiden Kommissaren einen Blick zu, den der Jüngere als verletzt klassifiziert hätte und der Ältere als weidwund, und wurde schließlich aschfahl vor Empörung.

»Herr Arnstedt«, schnappte sie nach Luft, »wollen Sie etwa andeuten, dass ich etwas mit dem Mordversuch an meinem Mann zu tun habe?«

Der lächelte zufrieden in sich hinein – und schlug einen Haken. »Frau Ramstein«, sagte er, als wäre nichts gewesen, »mit der Sie eben zusammen im Warteraum gesessen haben, Sie kennen sie, nicht wahr?«

Renate Frings musste sich erst einmal sammeln, bevor sie sagte, als schüttelte sie einen Albdruck von sich ab: »Ja, natürlich kenne ich die Frau. Sie arbeitet seit ... quasi seit Jahrzehnten in der Firma meines Mannes als Putzfrau.«

Arnstedt lächelte plötzlich, und diesmal war darin keine Freundlichkeit mehr enthalten. »Und kennen Sie auch deren Sohn, Matthias Ramstein?«, fragte er.

»Nein! Äh, ja.« Daniel Freiwald fand, die Frau auf der anderen Seite des Tisches wirke plötzlich wie eine Kuh auf dem Eis. »Ich habe ihn, glaube ich, mal kennengelernt. Da war er noch ein ganz kleiner Junge. Seine Mutter hat ihn mal zu einer Betriebsfeier oder so mitgebracht.«

»So, so«, wiederholte Arnstedt, »eine Betriebsfeier ...«

»Ja, eine Betriebsfeier. Wieso fragen Sie überhaupt nach dem?«

Die genauen Zusammenhänge waren ihm noch nicht klar, aber Oberkommissar Freiwald sah nun klar und deutlich, auf welches Ziel sein Kollege mit untrüglichem Gespür die ganze Zeit zugesteuert hatte. Wieder einmal blieb ihm nichts als neidlose Anerkennung, während er sich nun anhörte, wie das Verhängnis wohl seinen Lauf genommen hatte.

»Weil«, klärte der Hauptkommissar die Befragte mit eiskalter Stimme auf, »Frau Anette Ramstein heute Morgen von ihrem Sohn Matthias einen zugegeben ziemlich wirren Bekennerbrief erhalten hat, in dem er nicht nur die Verantwortung für die Bombe zugibt, sondern auch ankündigt, Ihren Mann, Frau Frings, Peter Otto Frings, endgültig umzubringen. Und wissen Sie warum, Frau Frings?«

Die sah ihn in stummem Entsetzen an.

»Weil er plötzlich der festen Überzeugung ist, dass Peter Otto Frings sein Vater ist.«

»Aber das ist doch Schwachsinn«, flüsterte Renate Frings.

»Vermutlich, ja«, stimmte ihr Arnstedt zu. »Und da der Junge die Intelligenz nicht gerade mit Löffeln gefressen zu haben scheint, stellt sich mir jetzt natürlich automatisch eine Frage: Wer hat ihm den Floh wohl ins Ohr gesetzt?«

Zwei Augenpaare bohrten sich in eins, bis das seinen Blick senkte.

»Frau Frings?«, hakte der Hauptkommissar nach. »Irgendeine Idee, Frau Frings?«

Wieder Stille, lastende Stille, bis: »Ich habe keine Ahnung ...«

»Ach, hören Sie doch auf, mich zu verarschen!«

Seine Worte waren wie eine Peitsche, deren Knall Arnstedt noch dadurch verstärkte, dass er mit beiden Händen gleichzeitig auf die Tischplatte schlug. Sowohl die Frings als auch Freiwald zuckten erschrocken zusammen.

»Ich warte, Frau Frings«, meinte der Hauptkommissar giftig, »und während Sie mich warten lassen, kommt Matthias Ramstein Ihrem Mann immer näher.«

»Aber ich ...«

»Schwachsinn! Sie wissen genau, was hier gerade abläuft – und wenn Sie nicht wegen Beihilfe zum Mord die nächsten Jahre im Gefängnis verbringen wollen, dann sollten Sie jetzt ganz schnell den Mund aufmachen!«

Unter der sommerlichen Bräune ihrer Haut wurde Renate Frings totenbleich, was ihren Teint gelbsüchtig aussehen ließ, sehr ungesund, fand Freiwald. Das wird sie nicht mehr lange aushalten, wusste er, sie ist es einfach nicht gewohnt, nicht nur im Mittelpunkt zu stehen, sondern auch in der Kritik. Es dürfte wirklich so sein, wie Arnstedt gesagt hat: Sie war Hausfrau und Mutter, deren Dasein immer eintöniger geworden ist, spätestens nachdem das einzige Kind aus dem Haus war. Deshalb hat sie irgendetwas getan, um ihrem Leben wieder etwas mehr Pepp zu verleihen, nur ein kleines bisschen Aufregung, und hat dabei einen Geist aus der Flasche gelassen, den wir jetzt wieder einfangen sollen.

»Wann und wo haben Sie Matthias Ramstein wiedergesehen?«, fragte er, ohne sich den Ärger seines Vorgesetzten zuzuziehen; durch intelligente Mitarbeit ließ der sich immer wieder besänftigen. »Und was ist dann passiert?«

Renate Frings schwieg weiter, zuerst halsstarrig wie ein kleines Kind, so schien es, dann eher bekümmert. Der Kummer ließ sie regelrecht vor ihnen verfallen. Er stieg ihr in die Augen, ertränkte den ohnehin längst flatterigen Blick darin und floss schließlich über. Die Tränen liefen ihr über die Wangen und schwemmten mehr mit als nur das gekonnt aufgetragene Make-up. Als die salzigen, mit verschiedenen Farben verunreinigten Tropfen das Kinn erreichten und von dort in ihren Schoß fielen, um kleine Flecken in ihre blütenreine, weiße Hose zu stempeln, hatte sie jede Selbstbeherrschung verloren. Die Schultern zitterten, die Hände zuckten hoch zum Gesicht, der Mund öffnete sich und heraus kam ein Schluchzen, aufgestiegen aus tiefster Brust, das sich schnell zu einem haltlosen Weinen ausweitete. Selbst wenn sie gewollt hätte, in diesem Moment konnte Renate Frings nicht sprechen.

Oberkommissar Daniel Freiwald verspürte Mitleid mit der Frau. Sie hatte vermutlich nur einen kleinen Fehltritt begangen, der genauso gut unbemerkt im allgemeinen Fluss des Lebens wieder hätte verpuffen können. Dass er stattdessen eine Lawine auslöste, die ihre gesamte bisherige Existenz ausgelöscht haben dürfte, war doch nichts anderes als einer dieser miesen Dolchstöße in den Rücken, die das Schicksal von Zeit zu Zeit austeilte. Es hätte jeden ereilen können, erwischt hatte es nun ausgerechnet sie. Das mochte nicht ihren Anteil an der Schuld an diesen ganzen Vorgängen relativieren, ließ aber jedes Bedürfnis in ihm, sie dafür zu verurteilen, bereits im Keim ersticken. Er kramte aus der linken hinteren Hosentasche eine halb aufgebrauchte Packung Taschentücher hervor und schob sie ihr über den Tisch zu: »Hier, bitte.« Renate Frings bekam es kaum mit.

Was Hauptkommissar Hans-Peter Arnstedt dachte, war für seinen jüngeren Kollegen nicht so einfach festzustellen. Ob der überhaupt fähig war, echte Empathie für einen anderen Menschen zu empfinden, geschweige denn für einen der Beteiligung an einem Verbrechen Verdächtigen, wusste Freiwald selbst nach über einem Jahr der Zusammenarbeit noch immer nicht zu sagen. Er hoffte es, war sich aber dessen nicht sicher. Egal was für eine Miene der Hauptkommissar auch aufsetzte, es konnte sich immer um eine Maske handeln, die er aus keinem anderen Grund trug als dem, einen Zweck zu erfüllen. In gewisser Weise war Hans-Peter Arnstedt der beste Schauspieler, den Daniel Freiwald jemals in Aktion gesehen hatte.

Jetzt saß der Alte zurückgelehnt auf seinem Stuhl, hielt die Arme vor der Brust verschränkt und blickte aus kalten, teilnahmslosen Augen auf die Frau ihm gegenüber, die sich unter den Schmerzen ihres gerade zu Staub zerfallenden alten Lebens wand. Er taxierte sie mit diesem Blick nicht nur, er spießte sie regelrecht damit auf. Er bohrte ihn so lange in sie hinein, bis sie es bemerkte und, unangenehm berührt davon, endlich zu ihm aufblickte. Sie starrte ihn einen Moment lang an, dann überlief sie ein eisiges Schaudern.

»Sie sollten uns endlich erzählen«, sagte der Hauptkommissar da, dies als Zeichen verstehend, mit der Stimme eines Scharfrichters in Zeiten der Revolution, der das Gott weiß wievielte Todesurteil an diesem Tag zu verkünden hat, »was geschehen ist, Frau Frings. Wenn Ihnen an Ihrem Mann auch nur das Geringste liegt, dann machen Sie jetzt den Mund auf.« Und als das noch immer nicht reichte, ihre Zunge zu lösen: »Denken Sie doch an Ihre Tochter!«

Dieser Hinweis war zu viel für Renate Frings. Wieder brach sie in lautes Schluchzen aus, beherrschte sich aber schnell wieder, griff endlich auch nach den Taschentüchern, die immer noch unberührt vor ihr lagen, fummelte eines aus der Packung, wischte sich die Tränen vom Gesicht, schnäuzte sich und behielt es zusammengeknüllt in der Hand. Sie sammelte sich, atmete mehrmals tief ein und aus, sah dann zu den beiden Kommissaren hoch und sagte gequält: »Ich weiß nicht, wo ich anfangen soll ...«

»Fangen Sie doch damit an«, sprang ihr Freiwald hilfreich zur Seite, »wie Sie Matthias Ramstein wiedergesehen haben. Unter welchen Umständen.«

Sie dachte kurz nach, dann stieß sie plötzlich ein kurzes, freudloses Lachen aus und antwortete: »Das war purer Zufall.«

»Ja? Erzählen Sie!«, forderte er sie auf.

»Das war von fünf Monaten«, begann sie endlich, »in der Firma meines Mannes. Sein Wagen war in der Werkstatt, deshalb war ich da, um ihn nach Feierabend abzuholen. So hatten wir es morgens beim Frühstück vereinbart. Als ich ankam, war schon kaum jemand mehr in der Halle, nur noch mein Mann und seine Putzfrau, die saubermachte. An dem Tag lag Schnee, den die Arbeiter natürlich massenweise in die Halle getragen hatten, weshalb es für sie viel zu tun gab. Ich weiß noch, ich grüßte sie, als ich an ihr vorbei nach oben in das Büro meines Mannes ging, und sie wischte sich den Schweiß ab, als sie sich an ihrem Feudel aufrichtete und mich zurückgrüßte.« Renate Frings schüttelte verwundert den Kopf, so als könne sie gar nicht glauben, was für ein Albtraum sich aus dieser harmlosen Grundkonstellation entwickeln sollte. Sie fuhr fort: »Oben im Büro meines Mannes wurde es dann unerfreulich. Er hatte eine tolle neue Idee, an der er unbedingt weiterarbeiten wollte. Das war schon so oft vorgekommen, aber in der Regel saß ich dann zu Hause und erhielt nur irgendwann einen Anruf von ihm, dass er später kommen würde – von ihm oder von seiner Putzfrau, die den Anruf für ihn erledigte, weil er selbst dafür, für diese kleine Geste der Aufmerksamkeit zu beschäftigt war und sie außer ihm die Letzte im Haus.« Wieder schüttelte sie den Kopf, diesmal jedoch nicht aus Verwunderung, sondern um Erinnerungen und Hintergründe freizulegen. »Ich weiß gar nicht mehr«, erzählte sie, »warum es mich diesmal so wütend gemacht hat, wieder von ihm versetzt zu werden. Ob es nur daran lag, dass ich im Winter über dunkle, vereiste Straßen zu ihm gefahren war, nur um dann unverrichteter Dinge wieder umkehren zu dürfen? Heute kann ich mir das kaum vorstellen. Ich weiß nur noch, dass ich stocksauer war, als ich das Büro meines Mannes wieder verließ. Ich kam die Treppe runter und hielt plötzlich inne, weil ich Stimmen hörte, eine männliche und eine weibliche, und die stritten sich.«

»Wer war es?«, fragte Arnstedt, obwohl er die Antwort offensichtlich kannte, obwohl jeder im Raum die Antwort kannte.

»Anette Ramstein und ein junger Mann«, antwortete die Frings, »den ich zuerst gar nicht erkannte. Er kam mir seltsam bekannt vor, aber ich hatte ihn seit Jahren nicht mehr gesehen, nicht seitdem er ein Junge von zehn oder vielleicht elf Jahren war. Und seitdem hatte er sich ordentlich entwickelt. Er war zu einem stattlichen jungen Mann herangewachsen, der«, sie machte eine Pause, um kurz über sich selbst zu lachen, »der in der Zwischenzeit ein Leben auf der Überholspur gelebt zu haben schien – aber das sah ich erst später aus der Nähe. Was ich für verwegen gehalten hatte, waren in Wirklichkeit die Spuren von Verlebtheit, von Egoismus und Gier ...«

»Worum ging es bei dem Streit zwischen Anette Ramstein und ihrem Sohn Matthias?«, brachte Arnstedt sie zurück ins Gleis.

»Um Geld. Worum denn sonst? Bei Matthias geht es immer nur ums Geld. Er war gekommen, um seine Mutter um Geld anzupumpen. Wofür, weiß ich nicht, das habe ich nicht mitbekommen. Aber sie weigerte sich, und er wurde mit jedem Wort wütender.«

»Was haben Sie gemacht?«, fragte Freiwald.

»Ich bin so schnell ich konnte an ihnen vorbei nach draußen gegangen«, kam die Antwort. »Ich kam nicht unbemerkt vorbei, in der Halle gibt es ja, von den Büros oben einmal abgesehen, kaum Möglichkeiten, sich zurückzuziehen. Also grüßte ich wieder und ging nach draußen. Aber«, sie hielt plötzlich inne, »aber ich stieg nicht sofort in mein Auto.«

»Warum nicht?«, wollte jetzt wieder Arnstedt wissen.

»Ich weiß es nicht«, meinte sie zuerst impulsiv, um sich dann zu besinnen und zu gestehen: »Oder doch, ich weiß es. Als ich an ihm und seiner Mutter vorbeiging, traf mich ein Blick aus seinen Augen, und dieser Blick, er war – er schien genauso verletzt zu sein wie meiner. So wie ich eben von meinem Mann einmal mehr zurückgewiesen worden war, wurde er gerade von seiner Mutter zurückgewiesen. Wir beide fühlten uns hängen und im Stich gelassen.« Wieder lachte sie ein kurzes, ungläubiges Lachen. »Und deshalb wartete ich auf ihn. Fünf Minuten stand ich draußen in Schnee und Eis und Dunkelheit, bis er endlich kam, quasi dampfend vor Wut. Das fand ich sehr ... attraktiv«, flüsterte sie beinahe.

»Und dann?« Wieder Freiwald.

»Er kam sofort auf mich zu und fragte, ob ich eine Zigarette hätte. Hatte ich nicht, ich bin Nichtraucherin, was ihn sichtlich ärgerte. Aber dann musterte er mich ungeniert von Kopf bis Fuß, fing plötzlich an zu grinsen und fragte, ob ich nicht die Frau vom Chef seiner Mutter sei. Was ich bejahte, nur um gleich darauf auf meinen Mann zu schimpfen, dass er mich versetzt hätte, nicht zum ersten Mal, aber gerade heute, an einem so unerfreulichen Tag. Und so weiter, und so fort.« Renate Frings sah die beiden Kriminalbeamten mit überraschender Offenheit an und erklärte: »Und von dem Moment an war die Sache quasi ein Selbstläufer.«

Arnstedt stellte die Frage: »Was ist passiert?«

»Wir fuhren nach Neumünster in ein billiges Hotel und ...« Den Rest brachte sie trotzdem nicht über die Lippen.

»Wie lange ging das dann mit Ihnen und Matthias Ramstein?«, übersprang auch Hauptkommissar Arnstedt diese Details.

»Drei Wochen. Ungefähr.«

»Und dann?«

»Ekelte mich der Typ nur noch an.«

Sowohl Hauptkommissar Arnstedt als auch Oberkommissar Freiwald ließen diese Aussage unkommentiert.

»Haben Sie in diesen drei Wochen mal versucht, mit Matthias Ramstein zu reden?«, fragte der Ältere schließlich.

»Nein.« Sie lächelte bitter.

»Warum nicht?«

»Worüber denn?«, antwortete sie. »Der Junge ist dumm wie Brot. Alles dreht sich immer nur um ihn. Er hat eine große Klappe, aber nichts dahinter. Und sobald zu offensichtlich wird, dass er nur heiße Luft redet oder ihm seine Dummheit bewusst zu werden droht, reagiert er sehr aggressiv.«

Arnstedt nickte. »Sie wollten ihn dann loswerden ...«

»Ja. Aber das war leichter gesagt als getan. Ein Nein akzeptiert der nicht so einfach und unterschwellige Botschaften kapiert er nicht.«

»Was ist passiert?« Arnstedts Stimme hatte wieder den ursprünglichen, freundlich-wohlwollenden Tonfall angenommen.

»Er rief mich an. Wieder und wieder.« Renate Frings verdrehte die Augen. »Und als ich die Annahme seiner Gespräche verweigerte, fing er an, mich zu belauern und mich abzupassen. Beim Einkaufen etwa oder vor der Bank. Und zu guter Letzt kam er sogar zu mir nach Hause, wenn er wusste, dass mein Mann in der Firma war.«

Freiwald brannte eine ganz bestimmte Frage auf der Zunge und war froh, als er gleich darauf seinen Kollegen sie stellen hörte. Sie lautete: »Sie haben sich dazu genötigt gesehen, ihn irgendwie auf ganz spezielle Art abzuwimmeln, nehme ich mal an?«

»Er wurde zu einer Belastung, das müssen Sie verstehen!« Sie sah die Polizisten aus großen, geradezu empörten Augen an. »Es war ein Fehler, und den habe ich beinahe sofort bereut. Ich konnte jetzt nicht zulassen, dass er mein ganzes Leben zerstört.«

»Was haben Sie getan?«

Sie erzählte bereitwillig: »Erstmal habe ich so getan, als hätte ich mein Handy verloren, sodass ich ein neues Gerät und eine neue Nummer brauchte. Die gab ich an meine Familie und engste Freunde weiter. Für seine Anrufe legte ich mir ein billiges Prepaid-Handy zu und gab ihm dessen Nummer. Sie können sich wohl vorstellen, dass das in der Folge dauerhaft läutete – oder geläutet hätte, wenn ich es nicht auf stumm geschaltet hätte. Nach ein paar Wochen habe ich es sogar ganz ausgestellt, weil es mir einfach zu viel wurde, dieses Stalking.«

»Aber Matthias Ramstein verstand noch immer nicht und ließ nicht locker«, resümierte Arnstedt. »Sie sahen sich gezwungen, andere Maßnahmen zu ergreifen.«

»Zuerst bot ich ihm Geld an.« Sie brach in Lachen aus. Renate Frings lachte über sich selbst, und es war der traurigste Laut, den Daniel Freiwald seit langer Zeit gehört hatte. »Er hat es natürlich genommen und war erstmal weg. Aber nur für zwei Wochen. Dann hatte er es aufgebraucht und wollte mehr. Ich weigerte mich. Er drohte mir mit körperlicher Gewalt, doch als ich so kühl wie möglich erwiderte, dann ohne Umweg zur Polizei zu gehen, bekam er es mit der Angst zu tun. Trotzdem verlangte er noch einmal Geld, und ich gab ihm etwas, keine tausend Euro, aber immerhin ...«

»Doch als die aufgebraucht waren«, erzählte Arnstedt weiter, »tauchte er wieder bei Ihnen auf.«

»Ja.«

»Sie mussten sich etwas einfallen lassen, um ihn endgültig loszuwerden.«

»Ja.« Sie seufzte tief, und ihre Stimme bekam plötzlich einen flehenden Klang: »Sie müssen das verstehen, er wurde mir nicht einfach nur lästig, er belästigte mich regelrecht. Er forderte Geld oder Sex und am besten gleich beides. Ich wusste einfach nicht mehr, was ich noch machen sollte. Ich hatte Angst, er würde mich sonst vergewaltigen und ausrauben.«

Wenn das gelogen ist, dachte Freiwald, dann ist sie eine verdammt gute Schauspielerin. Dann ist sie eine der durchtriebensten Personen, die mir jemals begegnet ist.

»Was haben Sie also getan?«, fuhr Arnstedt von solchen Überlegungen unbeeindruckt in seiner Befragung fort.

Doch diesmal zögerte Renate Frings bei der Antwort. Ganz offensichtlich überwältigte sie die Scham, weil sie auf eine Idee gekommen war, die im Grunde ihrem eigenen Bild von sich selbst fundamental widersprach und zu der sie trotzdem gegriffen hatte, eventuell sich einredend, es handele sich dabei um Notwehr. Inzwischen sah sie das wohl anders, betrachtete man die Röte, die sich jetzt auf ihrem Gesicht ausbreitete.

»Frau Frings«, erinnerte der Hauptkommissar sie an seine Frage, »denken Sie dran, uns läuft die Zeit davon. Also was haben Sie Matthias Ramstein gesagt, damit er verschwindet?«

»Ich habe«, antwortete sie schließlich und musste ein weiteres Mal bitter über sich selbst lachen, »ich habe ... Es war so simpel, so naheliegend. Ich wusste einfach, dass es seine Aufmerksamkeit sofort und vollständig von mir ablenken würde. Dass er es glauben würde, daran zweifelte ich keine Sekunde, dafür ließen sich die Zusammenhänge zu leicht herstellen. Mein Gott, selbst ich möchte ja manchmal glatt glauben, dass das wahr wäre, um wenigstens etwas Sinn in diese ganze Tragödie zu bringen.«

»Frau Frings, bitte!«

Sie fuhr erschrocken zusammen und erzählte, den Blick schamvoll abgewandt: »Ich musste wieder an den ersten Abend unseres Kennenlernens denken, an diesen düsteren Winterabend. Der ging mir sowieso nicht mehr aus dem Kopf, weil ich ihn so gerne ungeschehen gemacht hätte. Nun sah ich ihn wieder vor mir, wie ich in die Halle kam und die Ramstein putzen sah und wie ich von meinem Mann gesagt bekam, völlig umsonst gekommen zu sein. Wie wütend ich war und wieder ging und beim Hinausgehen die beiden Ramsteins miteinander streiten hörte.

Ich ging hinaus, und wenig später kam auch Matthias, und ... und zurück blieben mein Mann und seine langjährige Putzfrau, von der ich wusste, dass ihr Sohn erst nach ihrer Anstellung in der Firma meines Mannes geboren worden war. Plötzlich fragte ich mich, wie oft die beiden wohl schon die Letzten im Betrieb gewesen waren, nach Feierabend, wenn alle anderen längst gegangen waren. Wenn man wollte, ergab sich da etwas sehr Offensichtliches ...«

»Aber«, konnte sich an dieser Stelle Oberkommissar Freiwald einmal mehr nicht zurückhalten, »aber wussten Sie denn um die schwierigen Familienverhältnisse bei den Ramsteins? Wussten Sie, dass es da Probleme mit dem leiblichen Vater des Jungen gab?«

»Ja«, nickte sie, »es kam mir plötzlich wieder in den Sinn. Wie ein weiteres Puzzleteilchen, das ganz natürlich an seinen Platz fand. Ich erinnerte mich an früher, als mein Mann, der wirklich immer sehr um das Wohlergehen seiner Mitarbeiter bemüht war, davon berichtet hatte, auf was für einen Hallodri die arme Frau Ramstein reingefallen sei. Ein Vater, der offiziell die Vaterschaft für sein Kind anzweifelte und der kaum jemals Unterhalt gezahlt hatte, weshalb Mutter und Sohn ständig finanziell zu kämpfen hatten. Kein Wunder, dass Matthias so versessen auf Geld ist.«

»Sie zählten dann eins und eins zusammen«, half ihr Arnstedt wieder auf die Sprünge, »und heraus kam ein kleines böses Märchen.«

»Das ist ... das war erst vor drei Wochen«, erzählte sie in einer Mischung aus gequälter Kreatur und Rechtfertigung, »solange verfolgt mich der Kerl inzwischen schon! Er war wieder so dreist, mich mitten am Tag zu Hause aufzusuchen. Er wollte Geld und er wollte mit mir schlafen. Er wurde richtig zudringlich, befingerte mich und blies mir seinen stinkenden Zigarettenatem direkt ins Gesicht. Es war widerlich. Ich wusste mir nicht mehr anders zu helfen, ich musste endlich aus der Sache rauskommen, egal um welchen Preis. Also erzählte ich ihm«, und wieder stockte sie, als ihr die Infamie dessen bewusst wurde, was sie damals erzählt und was für eine verheerende Kette von Ereignissen sie damit ausgelöst hatte, »also erzählte ich ihm, ich könne nicht mehr mit ihm schlafen, weil sich das so komisch anfühle. Ich hätte nämlich was entdeckt, was auch ihn interessieren müsste. Ich redete wirklich um den heißen Brei herum, vielleicht weil ich selbst nicht so etwas Dreckiges aussprechen wollte. Deshalb beließ ich es bei Andeutungen, aber am Ende war selbst diesem Deppen klar, was ich ihm hatte sagen wollen.«

»Nämlich dass nicht ein gewisser Herr Ulf Wrangel sein Vater sei, sondern möglicherweise Peter Otto Frings, Ihr Ehemann.« Hauptkommissar Hans-Peter Arnstedt sah Renate Frings offen an, jedoch streng jede Neutralität im Ausdruck wahrend. Was er wirklich von dieser Frau, von ihrem Verhalten dachte, ließ er sich nicht anmerken, das verbarg er sorgfältig hinter seiner professionellen Ermittlermiene. Wahrscheinlich ist es sogar für ihn selbst irrelevant, dachte Freiwald, ihn interessiert nur die Aufklärung des Falls, dass wir jetzt den Täter schnappen, bevor der noch mehr Unheil anrichten kann.

»Ja, genau das«, gab Renate Frings zu und schlug sich plötzlich wieder die Hände vors Gesicht und brach in Tränen aus. »Ich wollte doch nicht, dass das passiert«, jammerte sie. »Ich konnte doch nicht wissen, dass er plötzlich eine Bombe baut und meinen Mann, meinen Peter in die Luft jagt.«

»Was dachten Sie denn, was passiert?«, musste Freiwald fragen.

»Dass er ... Ich weiß doch auch nicht!« Renate Frings zerfiel auf ihrem Stuhl zu einem Häuflein Elend. »Ich wollte nur endlich wieder meine Ruhe haben, wollte, dass alles vorbei ist. Dass dieser dreckige Kerl aus meinem Leben verschwindet. Als wäre es niemals geschehen. Ich wollte die Uhr zurückdrehen und alles ungeschehen machen. Ich wollte mich bei meinem Mann entschuldigen, ihm alles sagen. Aber das konnte ich auch nicht, ich habe mich einfach zu sehr geschämt. Stattdessen habe ich das

Prepaid-Handy wieder aktiviert, weil ich nach dem Anschlag ja doch schon irgendwie einen Verdacht hatte. Und er hatte in der Zwischenzeit ja auch wirklich schon dutzende Male angerufen. Aber sprechen konnte ich mit ihm trotzdem nicht. Ich war wie vernagelt. Total blockiert. Ich hatte Angst um meinen Mann. Ich will nicht, dass er stirbt. Das will ich auf keinen Fall. Ich liebe meinen Mann. Er soll nicht für meine Fehler büßen müssen, er hat sich mir gegenüber doch immer redlich verhalten. Wenn es nach ihm gegangen wäre, dann würde ich heute die ganze Verwaltung der Firma leiten, und ich hätte das gekonnt. Ich wäre zusammen mit der Firma in meine Aufgaben hineingewachsen. Ich bin gelernte Bankkauffrau, ich kann mit Geld, mit Finanzen umgehen. Aber ich war damals ängstlich, ich habe mich nicht getraut. Und ich dachte, eine Frau, eine Ehefrau und Mutter gehört nach Hause zu ihrem Kind. So hatte ich das gelernt und nicht den Ehrgeiz, mich dagegen aufzulehnen. Also wurde ich auch nur Hausfrau und Mutter, und nach ein paar Jahren fühlte ich mich abgehängt und wie isoliert. Alle hatten ihre erfüllenden Jobs, taten etwas Sinnvolles, nur ich saß zu Hause rum und wusste nichts mit mir anzufangen. Ja, ich fing wirklich an, mich zu langweilen, und reagierte verletzt und gereizt, wenn ich wieder einmal zurückstecken musste für die Arbeit meines Mannes. Das konnte ich nicht mehr ertragen, und dann kam dieser verhängnisvolle Winterabend und Matthias Ramstein. Und jetzt liegt mein Mann sterbend im Krankenhaus, und warum? Wegen mir! Ganz allein wegen mir!«

Es dauerte eine ganze Weile, Renate Frings soweit zu trösten, dass man sie bitten konnte, an Ort und Stelle zu warten, bis jemand käme, der sich um sie kümmerte. Danach hatten es die beiden Kommissare sehr eilig.

Dritter Teil
Roter Alarm

Vierundzwanzigstes Kapitel

Die Kommissare Arnstedt und Freiwald trafen ihre Kollegin Monika Gutbrodt im Büro des Ranghöchsten zu einer Lagebesprechung. Während die beiden Männer Renate Frings vernommen hatten, war sie nach Neumünster zurückgekehrt und hatte sich um das Handy gekümmert, von dem sie inzwischen dasselbe vermutete, was die anderen seit kurzem sicher wussten. Vor ihr auf Arnstedts Schreibtisch lag das Prepaid-Handy, dass die Frings dazu benutzt hatte, sich Matthias Ramstein vom Hals zu schaffen. Oberkommissarin Gutbrodt hatte sich aus dem Fundus der KTU, während diese es ergebnislos untersuchte, außer den Fingerabdrücken der Besitzerin war nichts zu finden gewesen, ein für dieses Modell passendes Ladekabel besorgt und es an die nächste Steckdose angeschlossen, um den so gut wie leeren Akku wieder aufzuladen – damit es nicht gerade dann seinen Geist aufgäbe, wenn ihr freilaufender Rachegeist anriefe. Darauf hoffte sie insgeheim. Dann hätten sie wenigstens einen direkten Zugang zu ihrem Täter, könnten ihm ins Gewissen reden, ihn vielleicht sogar aufhalten oder zumindest so sehr und so lange ablenken, dass er wichtige Informationen über seinen derzeitigen Standort oder sogar den Ablauf seines Attentatsplans an Peter Otto Frings verriet. Ihre Chancen, ihm mit diesem Wissen den Weg abzuschneiden, ihn in eine Falle tappen zu lassen und gefangen zu nehmen, könnten sich dadurch exponentiell vergrößern. Aber leider rief Matthias Ramstein nicht an. Wahrscheinlich kostete es ihn eine unglaubliche Beherrschung, nicht schon wieder diese Nummer zu wählen, die in den letzten Monaten so etwas wie der Dreh- und Angelpunkt seines Lebens gewesen sein dürfte, so viel Beherrschung, wie ein Charakter wie der seine sie nicht allzu lange aufbringen konnte. Aber Matthias Ramstein rief einfach nicht an.

Stattdessen kamen die beiden Neumünsteraner Kollegen und setzten sie über die Verhältnisse ins Bild, die letztendlich zu dieser tragischen Zuspitzung geführt hatten. Wenn es nur etwas so Banales wie Langeweile einer alternden Hausfrau gewesen wäre, dachte Monika Gutbrodt, dann wäre es wenigstens nicht so traurig. Aber hier rächt sich doch etwas ganz anderes, das ist die bittere Ernte eines Familien- und Gesellschaftsmodells, dass beinahe bis heute in der Frau nichts anderes sieht als die Hausfrau und Mutter, das Heimchen am Herd, dem jedwede darüber hinausgehende Begabung und Qualifikation rundheraus abgesprochen wird. Selbst ich muss mich noch andauernd deswegen aufs Neue im Beruf behaupten, manchmal sogar rechtfertigen dafür, berufstätig zu sein, obwohl ich zwei kleine Kinder habe. Ein Mann muss das nie.

Monika Gutbrodt seufzte und fragte: »Und jetzt?«

»Kommt drauf an, was Sie uns zu berichten haben«, erwiderte Hauptkommissar Arnstedt und deutete auf das Mobiltelefon. »Ist es das, was ich denke?«

Sie bestätigte es.

»Sonst irgendwas gefunden?«, fragte Arnstedt.

»Nein.« Sie schüttelte enttäuscht den Kopf. »Ich hatte ja gehofft, der Ramstein würde es mal wieder nicht aushalten und mich anrufen, den Gefallen hat er mir aber bisher nicht getan.«

»Das wäre auch zu schön gewesen«, warf ihr Kollege Daniel ein. Sie schenkte ihm ein dankbares Lächeln, das er mit großer Wärme erwiderte.

Ihr Vorgesetzter versank derweil in Nachdenklichkeit. Es galt, die weiteren Schritte zu planen, und zwar so, dass sie ihrem Gegner am Ende den einen entscheidenden Schritt voraus wären, auch wenn es sich anfühlte, als würden sie dabei vorgehen müssen wie ein Blinder ohne Stock und Hund auf einer komplett von

Kaninchen unterhöhlten Wiese. Überall lauerten Stolperfallen, in die sie treten und sich die Beine brechen konnten. Sie waren zwar in der Überzahl, aber das hieß nicht viel, wenn es gegen einen zu allem entschlossenen Einzelkämpfer ging. Zumal sie nicht genügend Leute hatten, um das Krankenhaus wirklich flächendeckend abzuriegeln und zu überwachen; nicht einmal das Krankenzimmer selbst ließ sich so einfach abriegeln, schließlich befand es sich auf der Intensivstation mit ihren ganz eigenen Regeln und Bedürfnissen, wie ihnen die Ärzte längst klargemacht hatten. Es war zum Mäusemelken! Über die Hälfte seines Personals befand sich zurzeit entweder im Urlaub oder war krankgeschrieben oder holte irgendwelche mordverdächtigen Rocker zurück an den Ort ihres Verbrechens. Sie waren unterbesetzt, und das konnte sich jetzt als ihr größter Nachteil überhaupt erweisen. Selbst der Umstand, dass es sich bei ihrem Tatverdächtigen um einen affektgetriebenen, triebgesteuerten und durch und durch selbstsüchtigen Idioten handelte, glich diese Tatsache nicht wirklich aus. Matthias Ramstein wollte sich etwas holen, von dem er der festen Überzeugung war, dass es ihm zustand, ihm sowieso gehörte, und das motivierte Typen wie ihn grundsätzlich dazu, ihre Höchstleistung abzurufen und eine perfide Bauernschläue an den Tag zu legen, die sie unberechenbar machte.

Obwohl selbst er stets bemüht war, es zu vermeiden, da er als Vorgesetzter mit gutem Beispiel voranzugehen hatte und im gesamten Dezernat nun einmal ein Rauchverbot galt, zündete Hans-Peter Arnstedt sich trotzdem eine Zigarette an. Er inhalierte tief den nikotin- und teergeschwängerten Rauch, spürte, wie sich seine Muskeln, Nerven und Gedanken zugleich entspannten, wodurch die verzwickte Situation, in der er sich befand, ihm sofort klarer zu werden schien. Außerdem sorgte sein geradezu ungebührliches Verhalten dafür, dass die beiden Jungspunde Freiwald und Gutbrodt ihre Aufmerksamkeit von einander abzogen und auf ihn richteten, seine nächsten Befehle erwartend.

Er nahm in aller Ruhe drei weitere Züge, so viel Zeit musste jetzt sein.

Hauptkommissar Arnstedt räusperte sich, klemmte den Glimmstängel in die dafür vorgesehene Halterung des mit alten Ascheresten verklebten Aschenbechers auf seinem Schreibtisch und wollte gerade zu sprechen anheben, als sich plötzlich das Handy von Renate Frings brummend zu bewegen begann. Ein Anruf ging ein, und da es nur eine Person gab, die diese Nummer kannte, gab es bei den drei Beamten keinen Zweifel, wer der Anrufer war. Einerseits war das eine glückliche Fügung, andererseits erforderte es von ihnen allen ein Höchstmaß an Konzentration. Wenn sie jetzt einen Fehler machten, würde die Kacke erst so richtig am Dampfen sein.

»Scheiße«, murmelte Freiwald erschrocken, während Gutbrodt zeitgleich erleichtert meinte: »Endlich!«

»Es gibt also doch noch einen Gott«, kommentierte Arnstedt und traf sofort die nötigen Anweisungen: »Frau Gutbrodt, Sie gehen ran. Schalten Sie auf Lautsprecher und versuchen Sie, ihn so lange wie möglich in ein Gespräch zu verwickeln. Er soll reden, vielleicht verplappert er sich dann von selbst.«

»Okay«, nickte die Oberkommissarin eifrig. Nach wenigen Handgriffen war alles eingestellt und der Kanal geöffnet. »Hallo«, sagte sie in das kleine Gerät, das nun vor ihr mitten auf der Schreibtischoberfläche lag.

Am anderen Ende der Leitung herrschte überraschtes Schweigen.

»Hallo«, wiederholte sie, bemüht, jede Anspannung aus ihrer Stimme zu verbannen.

»Wer ist da?«, fragte Matthias Ramstein misstrauisch.

»Hallo, Herr Ramstein«, antwortete Monika Gutbrodt ihm mit dezidierter Höflichkeit, »hier spricht Monika Gutbrodt, zuständige Oberkommissarin der Mordkommissionen Bad Segeberg und Neumünster.«

Wieder Stille, von einem plötzlich schwer gehenden Atem einmal abgesehen. Dann, mit großer Giftigkeit: »Was wollen Sie? Wie kommen Sie an dieses Handy? Wo ist Renate?«

»Frau Frings hat es uns überlassen, Herr Ramstein. Sie ist zutiefst geschockt über das, was ihrem Mann widerfahren ist, und möchte alles tun, weiteres Unheil zu vermeiden.« Sie sah ihre beiden Kollegen an, die gespannt neben ihr standen und lauschten. Als keine Erwiderung kam, machte Arnstedt ihr ein Zeichen fortzufahren. Sie nickte unmerklich und fragte: »Haben Sie mich verstanden, Herr Ramstein? Haben Sie verstanden, was ich gerade gesagt habe? Selbst Ihre ehemalige Gelieb...«

»Ich will mit Renate reden – sofort!«

»Das ist nicht möglich, Herr Ramstein. Frau Frings möchte mit Ihnen nichts mehr zu tun haben, nach allem, was Sie ihrem Mann angetan haben und was Sie ihm noch antun wollen.«

»Das ist eine Lüge!«, brauste Matthias bei diesen Worten unvermittelt auf. »Die Alte hat mich doch erst dazu angestiftet. Sie wollte doch, dass ich ihren Kerl umbringe. Der hat sie schließlich die ganze Zeit betrogen und dann auch noch ein uneheliches Kind in die Welt gesetzt, um das er sich niemals gekümmert hat. Einen Dreck war ich ihm wert! Und jetzt geben Sie mir endlich Renate. Wenn sie wirklich nichts mehr mit mir zu tun haben will, dann will ich das von ihr persönlich hören!«

»Sie geben also zu, dass Sie hinter dem Anschlag auf Peter Otto Frings' Leben stecken, Herr Ramstein?«

»Was ...? Scheiße, ja!« Er schnaubte wild und sehr, sehr maskulin. »Ich war das. Ich. Und ich werde zu Ende bringen, was ich begonnen habe. Der alte Sack entkommt mir nicht. Ich mach den kalt, und dann hol ich mir sein ganzes Geld und fang ganz neu an, irgendwo, wo es immer schön warm ist.«

»Wo sind Sie gerade, Herr Ramstein?«, ließ sich die Oberkommissarin davon nicht beeindrucken.

»Das würdest du wohl gerne wissen, was, du Schlampe!« Er lachte höhnisch.

Sie verzog nicht eine Miene ob der Beleidigung, sondern blieb ihrem Kurs treu: »Sind Sie schon wieder in Neumünster?«

»Ha, ich war doch nie weg!«

»Jetzt sind Sie der Lügner, Herr Ramstein.« Sie sagte es zuckersüß.

Daniel Freiwald hörte es und war sich nicht sicher, ob das der richtige Weg war, mit ihrem Täter zu kommunizieren. Normalerweise war es besser, diese Leute gerade verbal mit Samthandschuhen anzufassen, weil die meistens schrecklich empfindlich auf jedes Wort reagierten, das auch nur entfernt nach Widerspruch klang.

»Das kannst du doch gar nicht beweisen«, höhnte der Ramstein stattdessen weiter.

Nicht nur Oberkommissar Freiwald verdrehte bei diesem Spruch mehr als nur innerlich die Augen. Der Typ gehörte also tatsächlich zur Sorte der Prahler. Die ließen sich durch nichts einschüchtern, weil sie in dem Bewusstsein lebten oder sich zumindest im Laufe ihrer Tat in ein solches hineinsteigerten, dass sie unantastbar, unaufhaltsam waren. Mit der Verwunderung darüber, am Ende meistens doch geschnappt worden zu sein, konnten sie dann in der Regel gar nicht umgehen – und das war die große Gefahr bei Leuten wie ihm. Wenn ihr Selbstbild in Trümmern lag, neigten sie dazu, auch alles andere zu zertrümmern.

»Herr Ramstein«, kitzelte ihn Kollegin Gutbrodt weiter, »natürlich kann ich das. Ich habe die Briefe an die Familie Frings und an Ihre Mutter aus München.«

»Ich hab keine Briefe geschrieben«, kam es pampig zurück. »Ich war noch nie in München.«

»Die Poststempel und Ihre Fingerabdrücke auf den Umschlägen beweisen das Gegenteil.«

Es dauerte einen Moment, bevor sich Matthias Ramstein folgende Antwort zurechtgelegt hatte: »Ach, die sind doch gefakt. Sie wollen mir da nur was unterschieben.«

»Wieso?« Monika Gutbrodt schien ehrlich verwundert. »Sie haben doch gerade selbst zugegeben, der Täter zu sein. Ich muss Ihnen gar nichts unterschieben, ich habe Ihr Geständnis.«

Am anderen Ende der Leitung blieb es einmal mehr still.

Die Oberkommissarin nutzte den frei werdenden Raum für einen erneuten Taktikwechsel und sagte nach einer angemessenen Pause: »Herr Ramstein, Matthias, hören Sie, Sie haben doch längst, was Sie wollten. Sie haben Ihre Rache bekommen. Peter Otto Frings liegt im Krankenhaus und wird sich kaum jemals mehr richtig von dem Bombenattentat erholen, wenn überhaupt. Das Leben seiner Frau haben Sie auch zerstört, ja sogar das seiner Tochter. Und von dem Ihrer Mutter ganz zu schweigen ...«

»Das hat die Alte doch auch nicht anders verdient!«

Beim Stichwort Mutter schäumte die Wut des Sohnes sofort wieder über. Einerseits war das gut, denn das bedeutete, dass er wieder mit ihnen redete, wusste Freiwald. Andererseits durften sie ihn jetzt nicht zu sehr in Rage bringen, denn dann legte er einfach auf und würde vermutlich kein weiteres Mal diese Nummer wählen. Und sie wussten immer noch nicht, wo Matthias Ramstein sich gerade aufhielt. Wo er hin wollte, das wussten sie, aber wo er sich im Augenblick befand, das nicht. War er vielleicht schon im Friedrich-Ebert-Krankenhaus, in Reichweite seines Opfers?

Monika Gutbrodt teilte diese Gedanken und entschied, dass ihr das Eis zu dünn geworden war. Also vollzog sie eine weitere Kehrtwende und sagte, als hätte es den kleinen Exkurs eben niemals gegeben: »Wo sind Sie gerade, Matthias?«

Es kam keine Antwort.

Die drei Kommissare Arnstedt, Freiwald und Gutbrodt beugten sich reflexartig tiefer über das Handy, als könnten sie durch einen tiefen Blick in das Gerät den momentanen Standort ihres Verfolgten erkennen.

»Matthias«, ergriff die Bad Segeberger Beamtin wieder das Wort, »das Krankenhaus wird überwacht. Polizisten stehen an den Eingängen und auf jeder Station und ganz besonders um Peter Otto Frings herum, und die wissen alle, wie Sie aussehen. Wenn Sie also versuchen, auch nur einen Fuß in die Nähe dieses Mannes zu setzen, werden Sie sofort überwältigt und verhaftet.«

Diesmal ließ die Antwort gar nicht auf sich warten. Sie platzte mit einem überheblichen Lachen aus Matthias Ramstein heraus, so laut, dass davon Arnstedts ganzes Büro widerzuhallen schien: »Ihr seid Idioten! Ihr kriegt mich nie. Ich hab mal im FEK gearbeitet, ich kenn mich da aus! Bevor ihr überhaupt wisst, was los ist, hab ich den Frings schon kaltgemacht und bin wieder über alle Berge.«

Alle drei Kommissare warfen sich alarmierte Blicke zu, Daniel Freiwald wurde etwas blass um die Nase.

»Herr Ramstein«, bemühte sich die Gutbrodt, das Adrenalin, das ihren Körper plötzlich überflutete, in eine konstruktive Bahn zu lenken, »die Polizisten sind bewaffnet. Sie haben keine Chance.«

»Pah! Ich bin auch bewaffnet!«

»Sie werden sterben, Matthias. Hören Sie auf, ehe es zu spät ist. Stellen Sie sich. Noch sind Sie nur wegen versuchten Mordes dran. Noch ist nicht alles verloren.«

»Leck mich, Fotze!«

Die Leitung war tot.

Fünfundzwanzigstes Kapitel

Monika Gutbrodt sank erschöpft auf Arnstedts Schreibtischstuhl zusammen. Sie wischte sich den Schweiß von der Stirn und sah unzufrieden und etwas unsicher auf. Wie gut oder schlecht das eben gelaufen war, wollte sie lieber nicht selbst beurteilen müssen. Aber ein Blick auf den Hauptkommissar versprach nichts Gutes, so, wie der leise vor sich hin fluchte. Daniel Freiwald dagegen schenkte ihr ein aufmunterndes Lächeln, das allerdings von seiner auffallenden Blässe konterkariert wurde. Sie wartete ab.

Schließlich beruhigte sich Arnstedt soweit, dass er die Zügel wieder in die Hand nehmen konnte. Sie hatten sowieso keine Zeit mehr zu verlieren. Wenn stimmte, was der Ramstein ihnen gerade erzählt hatte, dann brannte der Baum längst lichterloh – und das war eine Art von Stress, mit dem der altgediente Kriminalist überhaupt nicht konnte.

»Gute Arbeit, Gutbrodt«, sagte er trotzdem und überraschte damit beide Oberkommissare gleichermaßen. »Sie haben aus ihm herausgebracht, was wir unbedingt wissen mussten. Unter den gegebenen Umständen ist das eine Menge wert. Wenn Sie nach Schließung der Dienststelle in Bad Segeberg wirklich hierher versetzt werden sollten, sind Sie mir herzlich willkommen. Sie können dann«, und damit wandte er sich ihm zu, der das bereits befürchtet zu haben schien, »Sie können dann Freiwalds Job haben. Der hat nämlich mal wieder richtig Mist gebaut, nicht wahr?«

»Aber ich ...«, hob dieser abwehrend Stimme und Hände, ohne mit seiner Abwehr weit zu kommen.

»Es wäre Ihre Aufgabe gewesen«, fuhr Arnstedt ihn an, »von seiner Mutter zu erfahren, wo der Kerl überall schon gearbeitet hat.«

»Aber sie wusste es doch nicht. Ich hab sie doch gefragt.«

»Natürlich wusste sie es«, fauchte der Hauptkommissar mit hochrotem Kopf. »Sie haben sie nur nicht richtig gefragt. Der Sohn hat nie eine eigene Wohnung gehabt, sondern immer bei der Mutter gelebt. Da wird er ein so wichtiges Detail – zumindest für sie wichtiges Detail – nicht vor ihr verborgen haben können wie das, einmal eine gewisse Zeit lang im FEK angestellt gewesen zu sein, als was auch immer.«

»Aber sie war so verwirrt und unzugänglich ...«

»Dann hätten Sie sie beruhigen müssen! Gottverdammt!« Er stampfte fest mit dem Fuß auf. Das schien etwas von der überschüssigen Energie, die den Hauptkommissar gerade malträtierte, abfließen zu lassen, denn danach fuhr er etwas beherrschter fort: »Aber das hat Sie gar nicht interessiert, Freiwald. Und warum nicht? Weil Sie mal wieder viel zu voreingenommen an die Sache rangegangen sind. Sie hatten sich vorher schon Ihr Urteil gebildet, nämlich dass bei der Ramstein keine nennenswerten Erkenntnisse zu holen sind. Deswegen haben Sie sie nicht anständig befragt, ihr nicht durch Ihre Fragen geholfen, sich an alles wieder zu erinnern, was sie weiß.« Er schüttelte ob eines solchen Ausmaßes an Dilettantismus ungläubig den Kopf. »Und jetzt haben wir den Salat. Da läuft ein Möchtegernmörder frei rum, der vermutlich genaueste Ortskenntnisse von seinem nächsten Tatort hat und der darüber hinaus so sehr auf dem Trip ist, dass er sich auch von der Warnung, mitten in ein Wespennest einzutauchen und vielleicht sogar erschossen zu werden, nicht mehr abhalten lässt. Wahrscheinlich stachelt ihn das eher noch an. Und wir?« Arnstedt raufte sich das schüttere graue, schweiß- und fettverklebte Haar und griff danach nach seiner Zigarette, die in der Aschenbecherhalterung erloschen war, zündete sie aber nicht wieder an, sondern behielt sie zwischen den Fingern, als wäre das seine dringend benötigte Erdung. »Wir stehen lange nicht so gut da, wie die Kollegin Gutbrodt soeben behauptet hat. Selbst wenn wir jetzt mit allem, was wir hier noch an Leuten übrig haben, zum Krankenhaus ausrücken, wird das nur eine Rumpfmannschaft sein, mit der wir kaum flächendeckend den gesamten Gebäudekomplex überwachen können werden. Scheiße, Mann, der Ramstein mag nur einer sein, aber tatsächlich sind wir in der Unterzahl.«

»Trotzdem sollten wir keine Zeit mehr verlieren«, ergriff die Oberkommissarin das Wort, nachdem Arnstedt verstummt war und Freiwald kein Anzeichen machte, noch jemals wieder den Mund aufzumachen. Er wirkte nicht einfach nur verunsichert ob der Standpauke, die er sich soeben hatte anhören müssen, er schien in seinen Grundfesten als Polizist erschüttert zu sein. Dabei machte er seinen Job wirklich nicht schlecht, und der werfe den ersten Stein, der noch niemals einen Fehler im Dienst gemacht hat. Ihn deshalb so abzukanzeln, war ungerecht von Arnstedt und konnte sich noch als kontraproduktiv erweisen, denn ein an seinen Fähigkeiten zweifelnder Beamter konnte sich schnell als unzuverlässig erweisen.

Das hätte sie gerne den beiden Herren, die sich mit ihr in diesem nach altem Zigarettenrauch stinkenden Zimmer befanden, gesagt, um etwas Spannung herauszunehmen, aber selbst dafür reichte die Zeit nicht mehr, denn plötzlich ergriff Arnstedt wieder die Initiative. »Sie haben recht, Gutbrodt«, sagte er, zündete sich endlich zum zweiten Mal den Glimmstängel an, tat einen tiefen Zug und gab seine Anweisungen: »Sie beide trommeln alle verfügbaren Beamten zusammen, egal welchen Dienstgrades, und schicken sie zum FEK. Volle Ausrüstung, inklusive Funk, schusssicherer Weste und Bewaffnung. Außerdem informieren Sie sofort die Beamten, die schon dort sind, dass sich der Täter vielleicht schon im Gebäude befindet. Die sollen die Augen offen halten. Aber die sollen sich trotzdem unauffällig verhalten, denn was ich jetzt nicht auch noch gebrauchen kann, ist eine

Massenpanik im Krankenhaus. Zum Glück ist die Besuchszeit schon rum. Da wird eine fremde Person dem Personal eher auffallen.«

»Okay«, sagte Gutbrodt und nickte, »wird gemacht. Sonst noch was?«

Arnstedt sah sie aus großen Augen an: »Beeilung!«

Diesmal nickte auch Freiwald, und beide liefen los zur Bürotür.

In der tauchte aber plötzlich Polizeimeister Hermann auf und versperrte ihnen den Weg. Seine Miene ließ nichts Gutes erahnen.

Sechsundzwanzigstes Kapitel

»Was ist?«, schnauzte Hauptkommissar Hans-Peter Arnstedt den Mann an, als er sah, dass dieser seinen Kommissaren im Weg stand und zu einem weiteren Zeitverlust beitrug. »Stehen Sie nicht so blöd rum, Hermann, wir haben zu tun!«

Aber anders als sonst ließ der Polizeimeister sich dieses Mal nicht einschüchtern von der Autorität seines Chefs und trat reflexartig beiseite. Diesmal blieb er, wo er war, schüttelte nur kurz die Hemmung ab und berichtete kurz und knapp: »Herr Arnstedt, Kommissare, uns wurde soeben eine Schießerei an einer Ampel in Tungendorf gemeldet. Es gibt mindestens zwei Verletzte und vielleicht auch einen Toten. Die Täter sollen zwei Männer auf schweren Motorrädern gewesen sein, die die Kutten der Hells Angels tragen. Bei den Opfern handelt es sich um drei Männer von südeuropäischer Herkunft.«

Er atmete tief durch, es war ihm gelungen, seine Nachricht ohne Zungenbruch oder Stimmlippenverknotung zu überbringen. Die Wirkung, die seine Worte bei seinem Chef auslösten, ließ ihn jedoch sofort erbleichen und einen großen Schritt zurückweichen.

»Scheiße! Was ist denn heute los!«, bekam Arnstedt einen cholerischen Anfall. »Dreht die ganze Welt am Rad, nur weil mal ein bisschen die Sonne scheint? Sind wir hier etwa alle in Kaltsommer? Haben Sie diese Unverträglichkeit von Sonnenschein zu uns aus ihrem blöden wolkenverhangenen Kaff mitgebracht, Freiwald, und uns alle damit infiziert? Ich hätte nämlich auch langsam gute Lust, mal eben mit dem Sturmgewehr über den Großflecken spazieren zu gehen. Das scheint ja inzwischen die einzige Möglichkeit zu sein, Verbrechen noch vorzubeugen.«

Er trat mit voller Wucht gegen seinen Bürostuhl, der gegen die Tischkante krachte und vom Rückstoß umgeworfen wurde. Er fiel gegen einen Aktenschrank aus Metall und verursachte ein dumpfes Dröhnen, das im gesamten Kommissariat zu hören war. Zum Glück schien ihm dieser Vandalismus in Maßen die größte Wut genommen zu haben, denn danach stand er nur noch schnaufend wie eine verstopfte Dampflok hinter seinem Schreibtisch, raufte sich die Haare, fluchte leise vor sich hin, vermischt mit jeder Menge Schimpfworte, und war sichtlich bemüht, wieder Ordnung in sein Denken und Handeln zu bekommen. Alle drei, Hermann, Freiwald und Gutbrodt, entspannten sich etwas und traten wieder näher, um zu hören, was der Chef ihnen jetzt an neuen Anweisungen gäbe.

»Na gut«, sagte der Hauptkommissar schließlich und nahm wieder Blickkontakt zu seinen Beamten auf, »Planänderung. Es geht ja doch nicht anders.« Er seufzte grimmig. »Dann lösen wir eben mal einen gepflegten Großalarm aus. Wir können nicht einfach so zusehen, wenn zwei kriminelle Gruppen in einem Krieg um Hoheitsrechte versinken und dabei ganz auf Rache und Lynchjustiz setzen. Ob wir wollen oder nicht, wir müssen diesem Abschaum Einhalt gebieten, obwohl es viel besser wäre, wenn der sich selbst gegenseitig umbringt und ausmerzt. Nur leider würde es nur noch eine Frage der Zeit sein, bis auch unschuldige Zivilisten zwischen die Fronten geraten und verletzt und getötet werden. Und dann wäre hier die Hölle los. Unser Problem ist nur«, schloss er, »dass wir für zwei solcher Einsätze gerade nicht genügend Personal haben, denn schließlich läuft da auch noch Matthias Ramstein frei herum und droht ernsthaft damit, einen Mord an einem bewusstlosen, bettlägerigen Mann zu begehen. Den müssen wir auch beschützen.«

»Was sollen wir also tun?« Obwohl er noch immer sehr daran zu knabbern hatte, wie Arnstedt ihn vorhin abgekanzelt hatte, noch dazu vor der neuen Kollegin, war Daniel Freiwald doch Profi genug, jetzt seinen Anteil an der Verantwortung zu übernehmen. Außerdem war die Gutbrodt hier vorläufig nur zu Gast und er somit der ranghöchste und engste Mitarbeiter des Hauptkommissars, dem es damit noch am ehesten zustand, eine solche Frage zu stellen. »Teilen wir uns auf?«

Arnstedt sah ihn an, und langsam verwandelte sich sein Ärger in Genugtuung darüber, es nicht doch ausschließlich mit unfähigen Idioten zu tun zu haben. »Ja«, sagte er, »aber vermutlich anders, als Sie denken, Freiwald.«

»Das heißt?«

»Sie und Gutbrodt fahren sofort zum Krankenhaus und beschützen Peter Otto Frings' Leben. Das hat absolute Priorität, hören Sie? Sollte sich dieser Ramstein tatsächlich nicht mit Worten zur Vernunft bringen lassen, dann lassen Sie eben Taten sprechen. Nehmen Sie auf den keine Rücksicht, schützen Sie Frings, sich selbst und alle anderen im FEK. Sie, Gutbrodt, nehmen das geheime Handy von Frau Frings mit, falls er doch noch mal anruft.«

»Okay«, kam es wie aus einem Mund, bevor Freiwald fragte: »Und Sie fahren zum neuen Tatort nach Tungendorf?«

Der Hauptkommissar zuckte mit den Achseln. »Später vielleicht, mal sehen«, antwortete er. »Aber ich werde wohl hin müssen, denn das ist der politisch brisantere Fall. Erstmal jedoch werde ich mich hinters Telefon klemmen und so viel Verstärkung von überall her anfordern, wie es nur eben geht. Das kann ich nicht Hermann überlassen, da muss schon jemand mit echter Autorität hinter sitzen, um den Kollegen und den Typen da oben die Dringlichkeit wirklich vor Augen zu führen, sonst nehmen die das alles nicht ernst. Sobald ich kann, schicke ich Ihnen auch ins Krankenhaus Verstärkung, aber, Freiwald und Gutbrodt«, sagte er und sah die Oberkommissare zum ersten Mal mit so etwas wie Sympathie, mit Anteilnahme an, »aber vorläufig sind Sie dort weitestgehend auf sich alleingestellt. Es sind sechs Beamte vor

Ort, zwei auf der Station, auf der Frings liegt, und der Rest verteilt über den gesamten Gebäudekomplex. Mit Ihnen werden es acht sein, das sind immer noch zu wenige, gerade wenn man bedenkt, dass dieser Ramstein tatsächlich einen Vorteil durch seine Ortskenntnis hat. Also seien Sie vorsichtig und tragen Sie die Waffen griffbereit. Gehen Sie kein unnötiges Risiko ein!«

Die Oberkommissare nickten stumm und angespannt.

»Und jetzt gehen Sie«, wies ihnen Arnstedt mit einem Kopfnicken die Tür. »Ich hab zu tun.«

Daniel Freiwald und Monika Gutbrodt beeilten sich, dieser Aufforderung nachzukommen und in Windeseile die dem Einsatz entsprechende Ausrüstung zusammenzubekommen. Hinter sich hörten sie die Stimme ihres Vorgesetzten erneut gereizt kommandieren: »Los, Hermann, bewegen Sie Ihren Arsch! Ich brauche ...«

Siebenundzwanzigstes Kapitel

Der Stau auf der A7 Hamburg Richtung Neumünster hatte ihn um gut eine Stunde zurückgeworfen. Eine geschlagene Stunde, in der die fette Beatrice Murmann ununterbrochen geplappert hatte wie ein Wasserfall, über den sich ein Hochwasser führender Fluss ergießt. Wenn sich nicht plötzlich die Straße vor ihnen gelichtet hätte, dann wäre er ihr wirklich noch an die Gurgel gegangen. Danach waren sie immerhin zügig vorangekommen, wenn auch noch immer nicht schweigend, egal wie störrisch er die eigenen Lippen geschlossen hielt. Erst als sie ihn völlig unvermittelt fragte, ob sie ihn nicht, weil es schon so spät sei und es für sie darauf nun auch nicht mehr ankäme, nicht einfach nur am Stadtrand rauslassen, sondern an einen bestimmten Ort Neumünsters bringen solle, wurde Matthias Ramstein zugänglicher. Er zögerte keine Sekunde lang und sagte: »Der Haart wäre gut, ungefähr auf Höhe des Caspar-von-Saldern-Haus'.« – »Klar, gern«, antwortete die dumme Pute total erfreut. »Aber du musst mich leiten, okay? So gut kenne ich mich in dieser Stadt auch wieder nicht aus. Normalerweise fahre ich ja immer nur dran vorbei, zweimal am Tag, einmal morgens, einmal abends. Ich komme ja höchstens mal zum Einkaufen her, und dann selten in die Innenstadt, sondern immer nur zu diesem Outlet-Center, das sie gerade neu eröffnet haben. Das ist aber richtig toll ...« Und schon war der Wasserfall zurück.

Matthias ließ sie reden und unterbrach sie nur gelegentlich, um ihr anzusagen, wohin sie als nächstes abzubiegen hätten. So kamen sie vom Ring in den Haart und fuhren schon einmal um das Friedrich-Ebert-Krankenhaus herum, das er die ganze Zeit über mit irrem Blick anstierte. Wenn Frau Murmann ein Auge für ihren Fahrgast gehabt hätte, hätte sie es spätestens jetzt, als er in stumpfer Wut vor sich hin brütend und mit im Schoß zu weißen, blutleeren Fäusten geballten Händen neben ihr auf dem Beifahrersitz saß, mit der Angst zu tun bekommen müssen. Sie redete stattdessen von ihrer letzten Schnäppchenjagd im Outlet-Center, die ihr drei paar Schuhe, eine Hose und mehrere Tops von namhaften Herstellern eingebracht und die sie und ihre beiden Freundinnen, mit denen sie losgezogen war, mit einem Gläschen Sekt gekrönt hätten, sodass sie doch tatsächlich etwas beschwipst im Auto zurückgefahren seien. Sie bekam nichts vom Zustand ihres Passagiers mit, und für ihr Seelenheil war das auch besser, denn so konnte sie später reinsten Gewissens von ihrer Verwicklung in diese ganze Geschichte erzählen.

Kurz darauf hielt sie am Straßenrand vor dem Caspar-von-Saldern-Haus, in dem Kultur angeboten wurde, für die sich beide nicht sonderlich interessierten. Der Wagen war kaum zum Stehen gekommen, da hatte Matthias Ramstein auch schon die Tür aufgerissen und war hinaus ins Freie aufs Trottoir gesprungen, erleichtert sowohl darüber, ihrem ewigen Gequassel entronnen zu sein, als auch deshalb, weil er endlich seinem Ziel ganz nahe war. Er genoss regelrecht die schwüle, noch immer tropische Abendluft, die ihm sofort den Schweiß aus allen Poren trieb, während Beatrice Murmann ihm unbedingt noch erzählen musste, wie schön es doch gewesen sei, diese dann ja doch etwas längere Fahrt zusammen mit ihm verbracht zu haben. Vielleicht könne sie ihn ja mal wieder mitnehmen, in ihrem Auto sei immer ein Platz frei, und Gesellschaft sei ... »Ja, danke, war echt nett von dir. Mach`s gut«, rief er ihr kurz angebunden zu und schnitt ihr mit dem entschlossenen Zuschlagen der Autotür das Wort ab. Ohne sich noch einmal nach ihr umzusehen, lief er den Haart hinab, zurück in die Richtung, aus der gerade gekommen war. Hinter ihm blieb Frau Murmanns Kleinwagen noch einen Moment wie verdutzt stehen, dann setzte er sich nach einem letzten Blick in den Rückspiegel in Bewegung und fand problemlos seinen Weg aus Neumünster heraus und zurück auf die Autobahn nach Rendsburg.

Es waren nur wenige Meter bis zum Krankenhaus, die Matthias Ramstein im Stechschritt zurücklegte. Wie lange hatte er auf diesen Augenblick gewartet! Endlich würde er Rache nehmen können für all die Jahre, die man ihn belogen und betrogen hatte, die er in Entbehrung hatte verbringen müssen, während alle anderen in Saus und Braus lebten. Nicht mehr lange, und ihm als rechtmäßigen Erben von Peter Otto Frings würde ein Gutteil seines unermesslichen Vermögens zufallen – da war er sich hundertprozentig sicher und hätte selbst dann nicht daran gezweifelt, wenn er wirklich der uneheliche Sohn des Möbelfabrikanten gewesen wäre und die Rechtslage im Falle eines Vatermordes gekannt hätte. Er aber kannte nur seine Wut, dieses tief in ihm verwurzelte Gefühl, nur der Sohn einer Putzfrau zu sein, die im Gegensatz zu allen anderen trotz Arbeit bis zum Umfallen kaum jemals genug zum Leben hatte, zumindest verglichen mit buchstäblich allen anderen, die er so kannte, weshalb er gar nicht erst angefangen hatte, an den Wert eigener Arbeit zu glauben, und sich so noch abhängiger von ihr gemacht hatte. Immer hatte er betteln müssen, wenn er etwas haben wollte, und meistens hatte die Antwort nein gelautet, verbunden mit einem Verweis auf das leere Konto. So war es doch kein Wunder, dass er irgendwann damit anfing, Scheiße zu bauen. Sie hatten ihn dazu gezwungen, die Umstände. Das war mehr ein Akt der Notwehr gewesen als alles andere. Und auch heute würde es nichts anderes als Notwehr sein, in einem übertragenen Sinne, mit dem er glaubte, jeden Richter von der letztendlichen Redlichkeit seines Tuns überzeugen zu können.

In seinem Kopf spulte sich zum wiederholten Male die alte Leier des verschmähten Erben ab, und die trug ihn wie auf Flügelschuhen vor die Tore des Friedrich-Ebert-Krankenhauses. Doch schon aus der Entfernung sah er vor dem Haupteingang, auf den er gedankenlos zugesteuert hatte, einen Polizisten in Uniform patrouillieren. Das bremste ihn aus, das war niemals Teil seines Plans gewesen. Obwohl man von einem Plan bisher bei ihm auch nicht hätte sprechen können, nur von einer vagen Vorstellung dessen, was passieren musste, mehr ein Hirngespinst als alles andere, eine fieberhafte Fantasterei. Bis zu diesem Zeitpunkt hatte Matthias Ramstein, der sich in Gedanken schon seit Wochen nur noch selbst Matthias Frings rief, gedacht, er ginge einfach ins Krankenhaus hinein, auf die Station und ins Zimmer von Peter Otto Frings und würde ihn mit einem Kissen ersticken oder ihm mit einem gewaltigen, sagenhaften Ruck das Genick brechen. Jetzt aber sah er sich mit der Situation konfrontiert, sich etwas einfallen lassen zu müssen, und das hatte bisher noch nie besonders gut funktioniert. Für das Lösen von Problemen waren bisher immer andere zuständig gewesen, seine Mutter etwa, diverse Freundinnen oder zuletzt Renate. Renate ...

Bevor er wusste, was er tat, hatte er sein Handy hervorgeholt und ihre Nummer gewählt. Nicht dass sie ihm hätte sagen sollen, wie er jetzt am besten bis ans Bett ihres Mannes vordringen sollte – oder doch, eigentlich war sie ihm das sogar schuldig, schließlich war sie als Ehefrau automatisch Teil dieses jahrelangen Komplotts gegen ihn, gegen seine natürlichen Ansprüche! Sie schuldete es ihm, und wenn sie nicht spurte, würde er sie eben notfalls zu seinem Glück zwingen. Sein Glück, das auch das ihre war, denn sie hatte ihm ständig damit in den Ohren gelegen, wie schlimm ihre Ehe geworden sei. Hier bot sich ein Ausweg für sie beide, da konnte sie sich nicht verweigern, schon gar nicht ihm, der sie immer mit Leichtigkeit um den Finger hatte wickeln können, um zu kriegen, was er wollte.

»Hallo?«, meldete sich eine ihm unbekannte Frauenstimme. Für eine Sekunde glaubte er trotzdem, es mit Renate zu tun zu haben, dass die Leitung irgendwie gestört sei und ihre Stimme deshalb so seltsam klänge. Aber dann übernahmen seine

Raubtierinstinkte die Führung, und als sich kurz darauf herausstellte, dass er es mit einer gewissen Monika Gutbrodt aus Bad Segeberg zu tun hatte, die ihm erzählte, von Renate persönlich das Handy bekommen zu haben, wusste er, dass die Alte ihn verraten hatte. Sie hatte es tatsächlich gewagt, ihm den Rücken zuzukehren, so kurz vor Schluss. Das war gemein, so gemein und mal wieder typisch. Am Ende ließen sie ihn immer alle im Stich, war er sich selbst überlassen. Er hatte keine Freunde, nur Feinde, er war umgeben von böswilligen Menschen, seit seiner Geburt schon. Er konnte tun und lassen, was er wollte, sie standen immer alle gegen ihn, selbst wenn sie ihm manchmal etwas anderes vorgaukelten.

Die Wut kam zurück, seine einzige und beste Vertraute. Sie gesellte sich zu dem Raubtier in ihm, schwang sich auf dessen Rücken und ritt es ohne Sattel. Das hatte sie schon immer so gemacht, ohne diese Kunstfertigkeit wäre er vermutlich niemals so weit gekommen. Sie gab ihm jetzt die richtigen Worte ein, die passenden Antworten, das gute Gefühl, in diesem Spiel nicht die Maus zu sein, sondern die Katze. Ohne die Wut wäre er niemals auf die Idee gekommen, die Einschüchterungsversuche der blöden Bullenschlampe mit den richtigen Erwiderungen zu kontern. »Ich hab mal im FEK gearbeitet, ich kenn mich da aus!«, hatte er behauptet und: »Ich bin auch bewaffnet!« Beides war gelogen, er trug lediglich sein altes Taschenmesser bei sich, aber was machte das schon. Das wussten die ja nicht, die glaubten ihm jetzt und hatten Angst vor ihm. Das hatte er ganz klar aus der Stimme dieser Gutbrodt herausgehört. Polizisten waren doch alles Feiglinge! Die waren nur so lange überlegen, wie sie davon ausgingen, besser bewaffnet zu sein als ihr Gegner. Sobald man ein Gleichgewicht der Kräfte herstellte, gaben die keinen Mucks mehr von sich. Was für eine tolle Idee. Was für ein brillanter Schachzug von ihm! Jetzt würde es quasi ein Spaziergang durch das scheiß FEK werden, und am Ende würde er reich sein. Reich, reich und nochmals reich!

Aufgeplustert wie ein Spatz bei Frost setzte sich Matthias Ramstein wieder in Bewegung. Er umrundete einmal das Hauptgebäude, bis er gefunden hatte, wonach er suchte: einen ebenso belebten wie schlecht bewachten Zugang. Er wählte den Eingang zur Notaufnahme, dort, wo ständig Krankenwagen hielten und mit ihrem Blaulicht und ihrer Eile für Hektik und Unübersichtlichkeit sorgten. Danach folgte er einfach nur noch den Schildern zur Intensivstation und klaute sich unterwegs aus einem Wäschesack einen nicht gar zu schmutzigen Arztkittel. Perfekt. Als nächstes suchte er sich ein Versteck, denn ein richtiger Kater geht erst in der Nacht auf die Jagd.

Achtundzwanzigstes Kapitel

Die schusssichere Weste drückte auf seinen Brustkorb und Rücken wie die Backen eines Schraubstocks. Sie machte ihm das Atmen schwer, obwohl die Korridore des FEK klimatisiert waren im Gegensatz zur Luft draußen, die ihn, als er zusammen mit seiner Kollegin Monika das Kommissariat verließ, getroffen hatte wie eine verschwitzte heiße Faust. Daniel Freiwald mochte seit bald der Hälfte seines Lebens nicht mehr in Kaltsommer mit seiner ewigen Wolke und dem stets miesen Wetter inklusive niedriger Temperaturen leben und die Sonne als solche bereits fest in sein Leben integriert haben, woran er sich jedoch nicht gewöhnen konnte, das war diese Schwüle. Die war zu viel für ihn. Nachts ließ sie ihn nicht schlafen, weil ihm selbst nackt und ohne jede Art von Bettdecke noch zu warm war. Tagsüber vernebelte sie ihm das Denken, bis es zu Aussetzern kam wie dem bei der Befragung Anette Ramsteins und den verschiedenen Arbeitsstationen ihres Sohnes Matthias. Was das anging, mochte Arnstedts Kritik in der Form übertrieben gewesen sein, in der Sache dagegen vollkommen korrekt. Wie er es auch drehte und wendete, er hatte einen Fehler gemacht. Hätten sie vorher gewusst, dass sich der Gesuchte in diesem Gebäude auskannte, hätten sie viel früher und flächendeckender mit dessen Abriegelung und Überwachung beginnen können, weil dann noch Zeit gewesen wäre, ausreichend Leute zu mobilisieren. Jetzt war es selbst dafür zu knapp gewesen zu überprüfen, von wann bis wann und in welchem Bereich der Ramstein im FEK gearbeitet hatte, um ihm dann eventuell den Weg abzuschneiden, weil es wahrscheinlich war, dass er sich auf bekannten Pfaden anschleichen würde. Allerdings lagen sie jetzt schon seit über drei Stunden auf der Lauer, ohne dass auch nur das Geringste passiert wäre; im Nachhinein hätten sie also doch Zeit gehabt, seine Angaben zu überprüfen …

Draußen war es inzwischen dunkel geworden und die Flure der Intensivstation erhellt von jeder zur Verfügung stehenden Leuchte. Aus diversen Zimmern ertönten in regelmäßigen Abständen piepsende Kontrolltöne, das rhythmische Seufzen von Beatmungsmaschinen oder andere lebenserhaltende Laute, die für einen medizinischen Laien wie ihn nicht weiter identifizierbar waren. Ansonsten war es still, still und wie von allen Menschen verlassen. Einzig und allein die beiden Beamten, die gut sichtbar weiter vor Peter Otto Frings' Zimmer standen, durchbrachen das Bild. Sie sahen sich immer wieder nach links und rechts um und flüsterten sich gelegentlich etwas zu, wirkten aber nicht mehr so nervös wie noch vor ein paar Stunden, als sie von der veränderten Lage in Kenntnis gesetzt worden waren. Inzwischen hatte die Routine wieder die Oberhand gewonnen, ihre Nervosität war jetzt nur noch das Feuer, das ihre Wachsamkeit mit Energie versorgte.

Vom Krankenhauspersonal war kaum jemand zu sehen, zumindest auf der Intensivstation. Während auf allen anderen Stationen der Betrieb dem Anschein nach normal weiterlaufen sollte, hatten die Mitarbeiter hier die strikte Anweisung erhalten, ihre eigenen Räumlichkeiten nur zu verlassen, wenn auf ihren Monitoren irgendein Alarm von einem der Patienten gemeldet wurde oder ein unvermeidbarer routinemäßiger Therapiepunkt abgearbeitet werden musste. Dann sollten sie im Laufschritt in das entsprechende Zimmer eilen, erledigen, was immer zu tun war, und im Laufschritt zurück an ihren Platz kehren. Das war in den letzten Stunden sehr häufig passiert, echte Ruhe schien es auf dieser Station niemals zu geben, aber noch immer liefen vornehmlich die Schwestern mit gesenktem Kopf und gehetztem Blick durch die Gänge, als wären sie Sanitäter im Krieg, die trotz Kennzeichnung als Angehörige des Roten Kreuzes ständig befürchten mussten, ebenfalls von einer Kugel getroffen oder einer Granate zerfetzt zu werden. Daniel Freiwald beneidete sie nicht um ihren Job, anders als er waren sie für Situationen wie diese nicht ausgebildet. Doch selbst er spürte, wie ihm die Anspannung die Kehle zuschnüren wollte. Der Tag zog sich nun schon so lange hin, und für ihn war es kein wirklich guter gewesen. Zuletzt hätte er beinahe bei der Klinikleitung versagt, als es darum ging, diese von ihrem geplanten Vorgehen zu unterrichten. Ihm war jede Fähigkeit zu Diplomatie und Einfühlungsvermögen abhandengekommen, sobald sich die Chefetage auch nur ansatzweise unkooperativ gezeigt hatte, was bei der Sachlage naturgemäß schnell der Fall hatte sein müssen. Wenn Monika nicht gewesen wäre, hätten sie richtig viel Zeit mit einer sinnlosen Streiterei vergeudet und es jetzt mit Personal zu tun, dass ihnen vermutlich feindlich und wenig hilfsbereit gegenüberstehen würde. Noch so eine Situation, in der er fast den Kopf verloren hätte, noch ein Punkt auf der langen Liste seiner heutigen Fehler. Die Leitung dieses Einsatzes sollte er eigentlich an sie abgeben, Monika schien ihm ruhiger und mit größerer Übersicht zu handeln.

Wie auf Kommando meldete sich in diesem Moment der Knopf in seinem Ohr zu Wort. Auf diesem Funkkanal konnten sich alle unmittelbar beteiligten Beamten jederzeit mit allen anderen austauschen, weshalb er nur für wirklich wichtige Meldungen benutzt werden durfte oder für Statusmeldungen, die in regelmäßigen Abständen durchgegeben werden mussten.

»Hier Gutbrodt«, hörte er Monikas Stimme, »alles ruhig am westlichen Zugang zum Korridor.«

Daniel mochte sie. Seitdem sie sich am Vormittag zum ersten Mal in Trappenkamp begegnet waren, spürte er in ihrer Gegenwart ein Kribbeln in seinem Bauch, selbst in einem so unpassenden Moment wie diesem und obwohl er wusste, dass sie verheiratet und Mutter zweier Söhne war. Ihre positive Einstellung, ihre kurzen blonden Locken ... Er schüttelte sich und antwortete: »Hier Freiwald. Am östlichen Zugang ebenfalls alles ruhig.«

Nach und nach meldeten die restlichen Beamten, die teilweise in Zivil im gesamten Gebäudekomplex unterwegs waren, ebenfalls nichts Besonderes.

»Irgendwelche Neuigkeiten von Arnstedt bezüglich des anderen Falls oder ob und wann Verstärkung kommt?«, fragte Gutbrodt.

»Nein, nichts«, antwortete Freiwald. »Aber jede Wette, Verstärkung kommt nicht mehr. Da draußen entwickelt sich gerade ein Bandenkrieg mit flüchtigen Mördern. Das hat definitiv Priorität. Die Großfahndung läuft vermutlich schon.«

»Ja«, stimmte die Oberkommissarin zu, »vermutlich. Aber warum muss immer alles gleichzeitig passieren? Ich meine, das Jahr hat dreihundertfünfundsechzig Tage und diese Gegend hier ist nicht gerade der kriminalistische Hotspot des Landes. Wir sind hier doch nicht in einer Großstadt, wo jeden Tag irgendwas los ist. Können die Verbrecher sich da nicht einmal im Jahr zusammensetzen und so eine Art Ablaufplan ausarbeiten? Und im Sommer zur Ferienzeit grundsätzlich Urlaub machen? Das würde uns die Arbeit echt mal erleichtern.«

Da langweilt sich wohl jemand, dachte Freiwald und lächelte. »Du kannst es ihnen ja mal vorschlagen«, sagte er. »Am besten rufen wir die schlimmen Finger und schweren Jungs persönlich zu einem solchen Konvent zusammen, als eine Art Amtshilfe sozusagen. Dann können wir deren zukünftige Taten auch gleich mit unseren Dienstplänen abgleichen.«

Oberkommissar Daniel Freiwald hörte noch mehr Personen als nur Monika über Funk direkt in seine Ohren lachen, was eine Wohltat war, ihm das gute Gefühl gab, ein wenig mehr zurück in seine Rolle als Einsatzleiter gekehrt zu sein. Aber gleich darauf schrillte plötzlich im gesamten Friedrich-Ebert-Krankenhaus der Feueralarm los und löschte jedes entspannte Lachen aus. Er richtete sich in seiner Deckung, dem mit medizinischer Hightech vollgestopften Winkel eines Patientenzimmers, auf und zog und entsicherte seine Waffe. Er wusste, Monika Gutbrodt in ihrem Versteck tat gerade dasselbe. Die beiden Beamten vor Peter Otto Frings' Zimmer sahen kurz und so unauffällig wie möglich zu ihm, er nickte ihnen zu, dann gingen sie, sich trennend, auf die beiden Ausgänge zu.

»Okay«, sprach Oberkommissar Freiwald die magischen Worte und versuchte, sich zu beherrschen, »es geht los. Bleiben Sie besonnen, dann wird es schon nicht schiefgehen.«

Er spürte, wie sein Herzschlag sich beschleunigte.

Neunundzwanzigstes Kapitel

Draußen war es dunkel geworden, als Matthias Ramstein sich wieder aus seinem Versteck hervorwagte. Er hatte die letzten Stunden in einem Abstellraum, der zur Geriatrie gehörte, verbracht – die Krankenhausapotheke wäre ihm lieber gewesen, da wäre ihm die Zeit nicht so lang geworden. Er hatte dort in einem dunklen Winkel zwischen Windeln, Inkontinenzunterlagen und weiteren Dingen gehockt, deren Bezeichnungen er im Zwielicht nicht entziffern konnte und die beim Personal glücklicherweise nicht allzu häufig nachgefragt wurden, und die Stunden mit den süßen Träumen von der Erfüllung seiner Rachefantasien totgeschlagen. Das war das Einzige, was ihn ausreichend ablenken konnte, um nicht sofort den Showdown zu suchen und auch nicht alle fünf Minuten aufstehen und losstürzen zu wollen. Er war hibbelig, wie immer, aber diesmal noch schlimmer, denn was konnte es für eine größere Zumutung geben, als so kurz vor dem Ziel eine Pause einlegen zu müssen! Selbst wenn sie half, eben dieses zu erreichen, sie war bestenfalls einfach nur lästig. Und dass er nicht rauchen konnte, um sich die Zeit zu vertreiben und den Nerven ihr liebstes Beruhigungsmittel zuzuführen, machte die Sache nicht besser. Es gab noch nicht einmal ein Fenster in dieser öden Kammer, aus dem er wie bekloppt nach draußen hätte starren, womit er wenigstens seine Augen hätte beschäftigen können. Allein seine Armbanduhr zeigte ihm an, wie spät es inzwischen geworden war, doch viel zu lange war es auf Teufel komm raus nicht spät genug!

Schließlich setzte er sich selbst einen Countdown, nach dessen Ablauf er sich das Losgehen, das Losziehen in den Endschlag gestatten wollte: halb elf. Das hielt er für ausreichend, denn schon lange vorher hatte das Krankenhaus auf Nachtruhe umgeschaltet, zumindest in diesem Teil und wenn er der Geräuschkulisse Glauben schenken durfte, die erheblich abgenommen hatte. Das Stimmengewirr auf den Korridoren war abgeebbt, das Fußgetrappel ebenfalls, selbst die Anzahl der Alarmsignale, die die Patienten auslösten, um eine Schwester zu sich ans Bett zu rufen. Selbst bis in seine Abstellkammer und sein aufgewühltes, ständig stürmisches Wesen hinein hatte sich die Atmosphäre entspannt. Zeitweilig jedenfalls, gegen seinen wilden Herzschlag war auf lange Sicht jedoch kein Kraut gewachsen. Bald schlug er im Sekundentakt der kleinen Digitalziffern auf seiner Uhr, die er sich dicht vor die Augen hielt, um sie ablesen zu können, bald hatte er diesen überholt, je näher sie der magischen Schwelle kamen – und dabei immer langsamer zu werden schienen. Trotzdem blieb er bis halb elf, wo er war, und war danach mächtig stolz auf sich, auf diese Fähigkeit zur Selbstbeherrschung, die nun wirklich nicht seins war und die deshalb ein gutes Omen für seine Mission sein musste.

Aber kaum zeigte das Display zweiundzwanzig Uhr dreißig an, hielt es ihn nicht mehr auf seinem Platz, und allein seine steif gewordenen Beine hielten Matthias Ramstein davon ab, sofort wir ein Irrer aus der Kammer zu stürmen und sich seinen Weg in Richtung Intensivstation zu bahnen. Das dumpfe Kribbeln in seinen langen Stelzen, als das Blut nur allmählich wieder ordnungsgemäß zu zirkulieren begann, brachte ihn noch rechtzeitig zur Besinnung. Danach, nachdem er sich gestreckt und gereckt und alle seine Glieder hatte knacken lassen, ging er mit geschärften Sinnen zur Tür, legte erst lauschend ein Ohr an das Sperrholz, bevor er sie öffnete und einen raschen Blick nach links und rechts warf. Als er niemanden sah, verlor er keine Zeit mehr, schlüpfte hinaus, versenkte seine zu Fäusten geballten Hände in den Taschen seines Arztkittels, weil er hoffte, so lässig und eben wie ein Arzt auszusehen, und ging los. Er wäre natürlich lieber vorwärts gestürmt, aber das wäre zu auffällig gewesen, und bezähmte sich zu einem eiligen Schritt, als wäre er unterwegs zu einem Notfall, von dem er schon jetzt wusste, dass er ihn spielend meistern würde. Matthias Ramstein, ein cooler, lässiger und pflichtbewusster Arzt, den nichts erschütterte. Wenn nur nicht der Kittel mindestens eine Nummer zu klein für ihn gewesen wäre und an den Schultern und in den Achseln kniff ...

Obwohl das Friedrich-Ebert-Krankenhaus das zentrale Krankenhaus Neumünsters war, zu seinem Einzugsgebiet viele kleinere Ortschaften und Dörfer in einem Umkreis von einigen Kilometern zählte und deshalb für beinahe jede medizinische Fachrichtung eine eigene Station anbot, sodass sich die ganze Einrichtung über mehrere, teils miteinander verbundene Gebäude erstreckte, war es bis zur Intensivstation trotzdem nicht weit und selbige von überschaubarer Größe. Nach nicht einmal fünf Minuten war er da. Fünf Minuten, in denen er keinem der wenigen angerückten Polizisten begegnete und auch nicht mit einer solchen Begegnung gerechnet hätte, weil er diese Gefahr einerseits komplett vergessen hatte über die lange Warterei und er sich andererseits zu sicher in seiner Rolle fühlte, um sich vorstellen zu können, entdeckt und in seinem Kittel durchschaut zu werden. Er spürte auch nirgendwo eine verdächtige Anspannung beim Personal, das ihn kaum jemals wahrzunehmen schien, selbst wenn einmal eine Schwester oder ein Pfleger an ihm vorbeilief. Es wurde ein kurzer Gruß ausgetauscht, und das war`s. Nichts Besonderes soweit, alles okay. Er kam seinem Ziel unaufhaltsam näher.

Und dann stand er vor der letzten Tür zur Intensivstation – erst da fiel ihm auf, dass er keinen Plan hatte, wie er ab jetzt vorgehen wollte. Bis zu diesem Zeitpunkt war er unbewusst davon ausgegangen, dass sich ihm auch hier nichts in den Weg stellen könnte, er nur immer weiter geradeaus zu gehen bräuchte, bis er Peter Otto Frings' Zimmer erreicht hätte. Erst jetzt kam ihm der Gedanke, dass ja auch hier Personal unterwegs war, sehr aufmerksames Personal vermutlich, schließlich lagen hier die kritischen Fälle. Wahrscheinlich überwachten die Krankenschwestervetteln diese mit Argusaugen. Wie sollte er also dafür sorgen, dass die verschwanden? Wie wurde er sie los? Ein Ablenkungsmanöver musste her, ein geniales ...

Das Einzige, was ihm einfiel, um Verwirrung zu stiften, war, Feueralarm auszulösen. Das hatte er in Gott weiß wie vielen Filmen und Serien schon gesehen, und da hatte es immer funktioniert. Warum also nicht auch jetzt und hier? Außerdem hatte er als Raucher ein Feuerzeug bei sich, und mehr brauchte es nicht, um diese Idee in die Tat umzusetzen.

Matthias Ramstein war schon drauf und dran, die Flamme seines Feuerzeugs unter den nächsten Rauchmelder zu halten, als ihm einfiel, dass das doch zu offensichtlich sein könnte. So schwer es ihm auch fiel, er musste wieder einen Schritt zurückgehen, Distanz zwischen sich und dem Ort seines Begehrens bringen, um selbst aus der Schusslinie zu sein, wenn die Panik ausbräche. Sonst kämen die Leute noch auf die Idee, ihn in die Evakuierungsmaßnahmen mit einzubeziehen, und dann rollte er am Ende belegte Krankenhausbetten durch die Flure, anstatt dem Frings an die Gurgel zu gehen. Er war allerdings etwas ratlos, wo und wie er stattdessen den Alarm auslösen sollte. Zum Glück kam ihm dabei der Zufall zur Hilfe. Als er nämlich ziellos ins nächste Treppenhaus lief, um es vielleicht in einem anderen Stockwerk zu versuchen, entdeckte er, dass sich auch dort überall Rauchmelder befanden. Nur waren die Decken hier so hoch, dass er selbst mit ausgestrecktem Arm nicht einmal in die Nähe der Sensoren kam, um ihnen ihr heißersehntes Sirenengeheul zu entlocken. Also durchforstete er erst seine Hosen- und dann seine Kitteltaschen, fand aber nur seine Zigarettenpackung, die noch zu zwei Dritteln gefüllt war. Was soll`s, dachte er sich, stopfte sich die Zigaretten in eine der geräumigen Taschen – in der anderen befand sich sein Taschenmesser –, zündete die

Pappschachtel inklusive Zellophanhülle an und hielt das bald stark qualmende Ding so hoch wie möglich in die Nähe des nächsten Rauchmelders, dabei inständig betend, dass nicht gerade jetzt jemand das Treppenhaus betreten möge. Wieder hatte er Glück. Es kam niemand, dafür schrillte plötzlich der Alarm los, dem sich gleich darauf eine allumfassende Hektik all jener hinzugesellte, die sich gerade erst auf eine hoffentlich ruhige Nachtschicht eingestellt hatten.

Matthias grinste, jetzt lief wieder alles nach Plan.

Er blieb noch ein paar Minuten im Treppenhaus, tat so, als würde er von einem Stockwerk ins nächste eilen, um keinen Verdacht zu erregen, denn jetzt war er natürlich nicht mehr allein. Immer wieder stürmten Leute in weißer Tracht die Stufen rauf und runter, ohne dabei den Qualm, den er soeben noch erzeugt hatte, wirklich zu bemerken. Er hatte zwar den Brennstoff entsorgt, indem er ihn einfach nach unten zum Boden des Treppenhauses hatte fallen lassen, aber die Botschaft für ihn war eine andere: Sie waren blind vor Panik! Er lachte sich ins Fäustchen.

Als er es endgültig nicht mehr aushielt, lief Matthias zurück auf die Intensivstation und verlor diesmal keine Zeit mehr. Er drückte auf den Türöffner und betrat die Station, auf der sich keine Menschenseele mehr zeigte. Breitbeinig wie ein Cowboy auf dem Weg zum Duell marschierte er los, nur noch Augen für sein Opfer habend, die Rechte in der Kitteltasche fest um sein Taschenmesser gekrümmt, als wäre es ein Colt. Er musste dafür nicht einmal einen Blick in die teilweise breite Fensterfronten zum Flur aufweisenden Zimmer werfen, sondern konnte einfach die Namen auf den Schildern neben den Türen lesen. Dass es ihm so einfach gemacht werden würde, hätte er nicht gedacht. Er grinste noch breiter als ohnehin schon.

Und dann, nach höchstens zwanzig Metern, stand da tatsächlich der Name Peter Otto Frings.

Matthias Ramstein hielt sich nicht damit auf, erst noch einen Kontrollblick durch die Scheibe auf sein Opfer zu werfen. Er wollte es jetzt endlich zu Ende bringen! Er schlüpfte durch die offene Tür und trat an das Bett heran, selig, diesem alten Verräter und Betrüger, diesem Drückeberger und Alimentepreller zum ersten und letzten Mal seine gesamte Verachtung ins Gesicht spucken zu können. Er wünschte sich nur noch, er hätte einen echten Colt besessen, damit hätte er die Sache wirklich standesgemäß beenden können.

Erst als er unmittelbar neben dem Bett stand, fiel ihm auf, dass es leer war. Im gleichen Moment hörte er, wie hinter ihm jemand den Raum betrat und eine Männerstimme sagte: »Matthias Ramstein, Sie sind festgenommen!«

Jetzt war es an ihm, Panik zu bekommen.

Dreißigstes Kapitel

Oberkommissar Daniel Freiwald zählte weder Sekunden noch Minuten mehr, sobald der Feueralarm losjaulte und die beiden uniformierten Beamten ihre Wachposten geräumt hatten. Jetzt würde es sehr schnell gehen, das sagte ihm weniger die Erfahrung, denn etwas Ähnliches hatte er in seiner Dienstzeit noch nicht erlebt, als vielmehr sein Bauchgefühl. Einerseits war das gut, so würde die elende Daueranspannung dieses Tages endlich ein Ende haben, andererseits driftete sie nun ihrem Höhepunkt entgegen, dem ultimativen Showdown. Und er trug die Verantwortung. Zum ersten Mal würde er hinterher für das Gelingen oder Misslingen eines solchen Einsatzes geradestehen müssen. Wenn er nur den ganzen Tag über nicht so viele blöde Fehler gemacht hätte! Das war sonst nicht seine Art, das in Verbindung mit Arnstedts harscher, nicht unbedingt angemessener Reaktion darauf hatte dafür gesorgt, dass er sich immer wieder ziemlich mies gefühlt hatte und er sich jetzt selbst unter Druck setzte: Ein weiterer Schnitzer durfte ihm auf gar keinen Fall passieren.

»Freiwald«, knackte plötzlich wie auf Kommando die Stimme des Hauptkommissars in seinem Ohr, »was ist da los bei Ihnen?«

Er schilderte seinem Chef die Situation, nachdem er den Schreck überwunden hatte und endete einzig und allein, um professionell zu wirken, mit den Worten: »Es kann jetzt jeden Moment losgehen, Herr Arnstedt, deshalb sollten wir bis auf weiteres Funkstille bewahren.« Neben dem Hauptkommissar hörten schließlich auch Monika Gutbrodt und alle anderen am Einsatz beteiligten Kollegen mit.

»Okay, einverstanden«, stimmte der Chef von Tungendorf aus zu, sehr gestresst klingend. »Aber vermasseln Sie mir das nicht,

Freiwald, hören Sie? Dieser Tag ist schon scheiße genug verlaufen, was ich da nicht noch gebrauchen kann, ist die Meldung einer Schießerei im Krankenhaus, über die die Presse ganz kirre wird. Arnstedt Ende.«

Manchmal fragte Daniel sich wirklich, ob der Mann Gedanken lesen konnte. Auf jeden Fall hatte er ein Talent dafür, seinen stets salzigen Finger in jede Wunde zu legen, die sich ihm bot. Oder es handelte sich einfach nur um einen großartig ausgeprägten Mangel an Taktgefühl. Wie dem auch sei, Daniel Freiwald, ungemütlich in seinem Versteck eingeklemmt, kam sich vor, als wäre er soeben vor versammelter Mannschaft gemaßregelt worden, inklusive eines Schlages auf den Hinterkopf zum Abschluss. Sollte er darüber wütend sein? Hatte er den Verweis zu recht bekommen, eben weil er heute schon so viel verbockt hatte? Er wusste es nicht, und das wurmte ihn mehr als alles andere.

Er hatte jedoch keine Zeit mehr, weiter darüber nachzudenken, denn plötzlich hörte er durch den hallenden Alarm, wie sich am westlichen Korridorende beide Türflügel mit diesem charakteristischen elektronischen Schwinggeräusch öffneten. Gleich darauf drang das Quietschen von Turnschuhen auf PVC an seine Ohren. Jetzt ging es also wirklich los.

Oberkommissar Daniel Freiwald spürte, wie sein gesamter Organismus von einer neuerlichen Welle Adrenalin überschwemmt wurde. Das war heute schon so oft geschehen und zumeist aus eher negativen Gründen, dass sein Körper jetzt am ehesten noch mit Erschöpfung auf diesen weiteren Anspannungsversuch reagierte, mit Überforderung. Augenblicklich brach ihm der Schweiß aus, was er mit einem Gefühl von Peinlichkeit bemerkte, als ein Zeichen der Schwäche. Außerdem schien ihm alles Blut aus den Extremitäten abzufließen, seine Finger kamen ihm wie kleine bleiche Würstchen vor, die sich kaum bewegen lassen wollten und wie auf die Hände gesteckt wirkten, die nichts anderes mehr waren als leblos kalte Fleischklumpen. Wie er damit seine Waffe halten, geschweige denn vernünftig zielen sollte, war ihm ein Rätsel, das seine Lage nicht leichter machte. Aber er musste seine Waffe jetzt aus dem Holster holen und entsichern, so verlangte es die Vorschrift. Ein Seufzen steckte ihm wie ein Kloß im Hals, der sich nur sehr schwer herunterschlucken ließ.

Nachdem all das wie in einem Film geschehen war, beugte der Oberkommissar sich etwas vor, um in die Richtung zu blicken, aus der Matthias Ramstein kommen musste. Das zumindest konnte er relativ gefahrlos tun, dafür hatte er gesorgt. Als er und Monika ihre Posten auf der Intensivstation bezogen, hatten sie jeweils neben dem Durchgang zu ihrer Deckung einen Wäschewagen so hingestellt, dass er zum einen nicht wie drapiert aussah und zum anderen nicht ganz dicht an der Wand stand, sodass ein Spalt freiblieb, durch den Daniel Freiwald nun den westlichen Teil der Station überblicken konnte, ohne Gefahr zu laufen, selbst sofort erblickt zu werden. Eine Vorsorgemaßnahme, die, wie er jetzt zu seiner Zufriedenheit feststellen durfte, funktionierte, denn er musste sich nur um wenige Zentimeter zur Seite lehnen, um eine beinahe freie Sicht auf den Flur zu bekommen und auf Matthias Ramstein – bei dessen Anblick er Mühe hatte, vor Überraschung und ob der Lächerlichkeit von dessen Erscheinung nicht sofort laut aufzulachen. Der Mann stakste breitbeinig wie ein Revolverheld den Gang entlang, eingezwängt in einen weißen Kittel, der ihm eindeutig zu klein war, und las mit angestrengt zusammengekniffenen Augen die Namen auf den Schildern an den Zimmereingängen. Der Kerl war so konzentriert auf seine Aufgabe, dass er Daniel vermutlich nicht einmal dann bemerkt hätte, wenn dieser ihm selbst aufgeblasen wie ein Billy the Kid oder Wyatt Earp auf dem Weg zum Duell entgegengekommen wäre. Sein Gefahrenbewusstsein scheint nicht besonders ausgeprägt zu sein, erkannte Daniel Freiwald und dachte für einen Moment ernsthaft daran, schon hier auf dem Korridor einen Überraschungsangriff zu versuchen. Er könnte ihn mit dem Wäschewagen über den Haufen fahren, der Typ würde es doch erst bemerken, wenn es zu spät wäre und er nicht mehr ausweichen könnte. Was ihn davon abhielt, war zum einen Monikas Gesicht, das er, aus einer ähnlichen Deckung heraus wie seiner, jetzt genau sehen konnte; sie hatten eine andere Vorgehensweise besprochen, wenn er jetzt einen Alleingang wagte, brachte er sie unter Umständen in Lebensgefahr. Das zweite, was ihn die Idee verwerfen ließ, war eine Beobachtung: Matthias Ramstein hatte beide Hände nicht nur tief in den Taschen des Kittels vergraben, sondern diese dort auch, das war durch den für seine Pranken nicht ausreichend vorhandenen Stoff sehr gut zu sehen, geballt oder besser gesagt: um etwas geballt. Beide Hände wohlgemerkt. Er hatte ja gesagt, er sei bewaffnet, und augenscheinlich war das nicht geblufft. Oberkommissar Daniel Freiwald biss sich auf die Unterlippe und, seine eigene Waffe umklammernd, beherrschte sich.

Er beobachtete, wie Matthias Ramstein Peter Otto Frings' Zimmer erreichte, wie ein grausames Lächeln ganz plötzlich dessen verhärtetes Gesicht aufbrechen ließ und es in eine Hässlichkeit tauchte, die nur beim Menschen, der allein auf Erden zu bösen Taten fähig ist, erscheint, als wäre sie sein wahres Erscheinungsbild. Das Zimmer des Opfers befand sich beinahe genau in der Mitte der Station und war bewusst gewählt worden, weil ein potenzieller Angreifer so den weitesten Weg bis dorthin zurückzulegen hätte und die Möglichkeit, ihn rechtzeitig zu erkennen, am größten wäre. Es besaß eine breite Fensterfront zum Gang, um den Patienten jederzeit und selbst im Vorbeigehen in Augenschein nehmen zu können, und Daniel Freiwald hielt unwillkürlich den Atem an. Er machte sich zum Eingreifen bereit und sah aus dem Augenwinkel, dass seine Segeberger Kollegin es ihm gleichtat, denn sobald Ramstein einen Blick ins Zimmer werfen würde, dürfte sich ihre Situation um hundertachtzig Grad drehen, dann mussten sie mit allem rechnen.

Aber Matthias Ramstein vergeudete keinen Blick durch irgendein Fenster. Ein Ausdruck reinsten Triumphes legte sich über seine Züge, und er betrat ohne zu zögern das Patientenzimmer.

Für die Beamten war das das Beste, was ihnen hatte passieren können. Von allen möglichen Szenarien war dieses das für sie günstigste. Es gab nur diesen einen Zugang zu dem Raum, nicht zwei Auswege wie draußen auf dem Korridor. Dieser Zugang ließ sich leichter abriegeln und versperren, gerade wenn man, so wie sie, zu zweit war. Auf dem Korridor hätte es zu schnell zu einer Eins-gegen-eins-Situation kommen können, die der Ramstein mit roher Gewalt zu leicht zu seinen eigenen Gunsten hätte auflösen können. Jetzt aber saß er in der Falle, und das Allerbeste war, dass er davon nicht das Geringste ahnte. Sie mussten nur schnell sein jetzt.

»Zugänge zur Intensivstation sichern«, zischte er in seinen Sender und kam auf die Beine. »Monika, Zugriff, jetzt!«

Er hörte mehr, als dass er es sah, wie sie zugleich mit ihm aus ihrer Deckung und ihm entgegen kam und auf flinken leisen Sohlen der Mitte der Station zustrebte, ihre Walther P99 im Anschlag. Sie blieb neben dem Türrahmen stehen, er auf der anderen Seite neben dem Fenster. Auf ein Nicken von ihm hin, warfen sie beide einen Blick ins Zimmer. Das dauerte weniger als eine Sekunde und bescherte ihnen eine gemeinsame Verwunderung, denn das, was sie gesehen hatten, konnte unmöglich sein, aber ihr beider Gesichtsausdruck bestätigte, dass sie keiner Täuschung aufgesessen waren: Als wandelte er in einem Traum, näherte sich Matthias Ramstein dem Krankenbett – ohne zu bemerken, dass dieses leer war.

Für den Oberkommissar war das besorgniserregender als alles andere. Wie verrückt war der wirklich? Wie verrückt und damit unberechenbar? Nur mit Mühe konnte er verhindern, dass ihm ein kalter Schauer den Rücken hinablief.

Auch Monika sah ihn fragend an.

Daniel drückte seine Verwunderung durch ein kaum merkliches Kopfschütteln aus.

Was jetzt?, formte sie die nächste Frage mit stummen Lippen

Wir gehen rein!, entschied er.

Sie warteten einen letzten Moment, dann ging er voran.

Monika gab ihm Deckung, während Daniel an der Fensterfront vorbei ins Zimmer stürmte. Er bückte sich nicht einmal mehr großartig, um nicht eventuell in eine Schusslinie zu geraten und von Ramstein, hätte der sich plötzlich umgedreht, wie die Figur in einer Schießbude wahrgenommen zu werden. Er sah nur zu, dass er, die Waffe voran, in das Krankenzimmer gelangte. Ihm dicht auf den Fersen folgte Monika, und das war ein beruhigendes Gefühl.

Das Bett stand ziemlich zentral im Raum, eingerahmt von Maschinentürmen, deren Aufgabe es war, menschliches Leben um jeden Preis zu verlängern. Aber sämtliche Geräte waren ausgeschaltet, weil kein Mensch mehr da war, für den sie lebenserhaltend hätten arbeiten können. Das fiel endlich auch Matthias Ramstein auf, der, die Hände weiterhin tief in den Kitteltaschen vergraben, von links an das Bett herangetreten war. Sein Blick irrlichterte kurz über die stummen Maschinen und blieb dann an dem unberührten Kissen und der sorgfältig zusammengelegten Bettdecke hängen. Daniel, der genau hinter ihm stand, konnte seinen Gesichtsausdruck nicht erkennen, meinte aber ansatzweise, so etwas wie tiefe Verwirrung, das plötzliche Heraufdämmern einer unwillkommenen Erkenntnis bei dem Mann zu erleben. Für einen Moment versteifte sich seine ganze Haltung, nur um gleich darauf so vollkommen in sich zusammenzusinken wie ein Luftballon, aus dem alle Luft entwichen war. Dabei gab Matthias Ramstein ein ersticktes Keuchen von sich. Nur wie er die neue Situation, diesen völlig unerwarteten Lauf der Dinge einordnen sollte, das schien er beim besten Willen nicht zu wissen.

Daniel Freiwald entschied, ihm dabei behilflich zu sein. Er schwitzte kalt, der Griff seiner Walther fühlte sich fremd in den Händen an, in den Fingern schien er kaum mehr Kraft zu haben. Er hatte schon des Öfteren mit seiner Dienstpistole auf Menschen zielen müssen, aber noch nie war es so brenzlig gewesen. Bisher hatte er das als großes Glück empfunden, jetzt kam es ihm vor, als rächte es sich durch einen Mangel an Erfahrung. Die Nerven flatterten ihm. Am liebsten wäre er einfach von hinten an diesen Ramstein herangetreten und hätte ihm eins mit dem Kolben seiner Waffe übergezogen. Dann wäre der Kerl außer Gefecht gesetzt und hätte die liebe Seele Ruh'. Leider funktionierte das so nicht, wenigstens sie als Polizisten mussten gewisse Vorschriften einhalten ...

Er gab sich einen Ruck, schüttelte den ganzen Gedankenballast, der ihn zu lähmen trachtete und Gefahr laufen ließ, dass sie ihren Vorteil durch das Überraschungsmoment verloren, ab und sagte mit glücklicherweise kraftvoller Stimme: »Matthias Ramstein, Sie sind festgenommen!«

Wie von der Tarantel gestochen fuhr der auf den Absätzen herum, dass es nur so quietschte. Sein Gesicht war pure Verwunderung, zeigte ein Unverständnis, das sich jedoch im Bruchteil einer Sekunde in nackte Panik verwandelte. Plötzlich stand vor ihm nicht mehr ein potenzieller Mörder, sondern ein in die Enge gedrängtes Raubtier, das darauf auf tausend verschiedene Arten reagieren konnte. Matthias Ramstein sah genau in den Lauf von Daniel Freiwalds Waffe.

Nur seine Hände blieben weiterhin verborgen in den Kitteltaschen. Durch den Stoff gut sichtbar um irgendwelche Gegenstände geballt.

»Nein!«, ächzte er und sah sich nach einem Fluchtweg um. Für einen Moment schien er ernsthaft in Erwägung zu ziehen, mit einem großen Satz über das Bett zu springen und auf diese Weise zu entkommen – bis er Monika Gutbrodt entdeckte, die mit ihrer Waffe auf ihn zielte.

»Nehmen Sie die Hände ganz langsam aus den Taschen und über den Kopf«, befahl Daniel, nicht aggressiv, aber unmissverständlich bestimmend. »Matthias, ich will Ihre Hände sehen.«

Der reagierte nicht, nur sein Blick wurde immer stierender.

»Matthias, es ist vorbei«, redete Daniel, dem der Schweiß auf der Stirn stand, weiter. Es war so unglaublich anstrengend, die Waffe zu halten, ohne dass sie zitterte. Das hätte das falsche Signal an diesen Kerl gesendet, hätte ihm Oberwasser gegeben. Er musste jetzt unbedingt seine Machtposition verteidigen und ausspielen, sonst würde die Sache hier eskalieren. Wenn nur wenigstens dieser Scheißalarm endlich abgestellt würde, der ging ihm inzwischen tierisch auf die Nerven. Er musste ja fast schreien, um sich verständlich zu machen. »Das ganze Krankenhaus ist umstellt, Matthias«, schrie er infolgedessen beinahe wirklich, »Sie werden das Gebäude nicht als freier Mann verlassen.«

»Du lügst doch, du Arschloch!«, bellte Matthias Ramstein da. »Wenn ihr so viele seid, wo sind die ganzen Bullen denn dann, hä?«

»Mein Kollege hat recht, Matthias«, kam nun auch Monika Gutbrodt ihm zu Hilfe. Der Ramstein kannte ihre Stimme immerhin schon, wenn auch nur via Telefon, aber vielleicht half das Wiedererkennen trotzdem, ihn zu beruhigen. »Die ganze Station ist abgeriegelt, und Sie wissen selbst, dass es nur zwei Ein- und Ausgänge gibt. Um die zu halten, braucht man nicht viele Leute.«

»Du lügst, Schlampe«, fuhr der Unverbesserliche sie sogleich an.

»Herr Ramstein, bitte«, war es nun wieder an Daniel, deeskalierend auf diesen einzuwirken, »machen Sie es nicht noch schlimmer, als es ohnehin schon ist. Wenn Sie sich jetzt ergeben und kooperativ zeigen, kann sich das strafmildernd auswirken. Wird es sich sogar strafmildernd auswirken!«

Aber Matthias Ramstein hatte offensichtlich das Zuhören eingestellt. Ein wahnhaftes Zittern überlief plötzlich seinen gesamten Körper, der sich zusammenzuballen schien wie der Leib einer Schlange kurz vor dem zubeißenden Angriff. Seine Augen wurden zu kleinen Schlitzen, seine Lippen zu weißen, blutleeren Strichen, aus jeder Pore dünstete ihm der gedankenlose Hass, aufgebaut aus ewiger Wut und unendlicher Enttäuschung, der ihn bis an diesen Ort gebracht hatte. Oberkommissar Daniel Freiwald begriff, dass für diesen Mann Aufgeben keine Option war, dass diese Möglichkeit in seiner Vorstellungswelt nicht vorkam. Typen wie er waren grundsätzlich davon überzeugt, immer und überall Erfolg zu haben, fürs Scheitern gar kein Gen zu besitzen. Als wäre er ein Spiegel seines Gegenübers, zog sich auch Daniels Körper instinktiv zusammen, alle Muskeln bis zum Anschlag voll mit Energie, die sich nun jeden Moment explosionsartig entladen wollte.

»Wo ist Frings?«, schrie Matthias Ramstein los. »Was habt ihr mit ihm gemacht? Wo habt ihr ihn versteckt? Ihr könnt mich nicht aufhalten! Ihr nicht! Ich werde ihn finden und ihm seinen alten faltigen Hals umdrehen. Mit meinen eigenen Händen. Und dann werde ich sein Geld nehmen und mich ins Ausland absetzen und endlich das Leben haben, das mir zusteht. Niemand hält mich auf!«

»Herr Ramstein, bitte«, wollte Daniel ihm das Unmögliche seines Vorhabens erklären, »Peter Otto Frings, der Mann, den sie fälschlicherweise für Ihren Vater halten, ist …«

Hinterher war ihm, als wäre er in diesem Moment mit seiner Zunge auf eine Mine getreten.

»Lügner!«, brüllte Matthias Ramstein und wollte sich auf ihn stürzen. Entscheidender war jedoch, dass er dabei gleich beide Hände aus den zu engen Kitteltaschen zog, den Stoff beinahe zerreißend.

Es blieb keine Zeit für eine letzte Warnung. Der Ramstein ließ ihm keine andere Wahl, jetzt galt es nur noch, das eigene Leben zu schützen. Intuitiv hatte Daniel angenommen, dass sein

Gegenüber Rechtshänder sei, und deshalb die ganze Zeit über auf dessen rechte Schulter gezielt. Er wollte ihn ja nicht töten, sondern nur außer Gefecht setzen, es ihm unmöglich machen, selbst einen Schuss abzufeuern, mit der kleinkalibrigen Waffe, die er in seiner Tasche verborgen hielt. Aber dann ging alles so schnell, dass er, kaum hatte er die Kugel abgefeuert, sofort wusste, sie würde fehlgehen. Er hatte die plötzliche, ruckartige Bewegung Ramsteins nicht mit einbezogen in seine Rechnung, das Vorwärtsstürmen und gleichzeitige Hängenbleiben mit den Fäusten in den viel zu engen Taschen! Das ließ Ramstein stocken, beinahe stolpern und so sehr seine Position verändern, dass Daniel Freiwalds Schuss nicht in die Schulter ging, sondern in den Hals. Die Kugel zerfetzte ihm den Kehlkopf, beschädigte Luft- und Speiseröhre und riss auch noch die Halsschlagader an. Plötzlich war da überall Blut.

Und durch die Luft, Matthias Ramstein aus den Händen, flogen für einen Moment ein paar zerquetschte Zigaretten, ein Feuerzeug und ein nicht geöffnetes Taschenmesser.

»Nein!«, schrie Daniel Freiwald und ließ seine Waffe sinken.

Das letzte Kapitel

Es war lange schon vier Uhr durch, fast fünf, als Daniel nach Hause kam. Draußen dämmerte es bereits, der Himmel nahm eine diffuse, trübe Färbung an. Auf dem kurzen Stück Weg vom Kommissariat im Parkcenter einmal quer über die Parkstraße an die Ecke zur Christianstraße, an der er nun seit bald anderthalb Jahren wohnte, warf er einen kurzen Blick nach oben, sich selbst unsicher, ob er von dort Hilfe erwarten mochte oder gar Vergebung. Er blieb sogar für einen Moment mitten auf der nächtlich leeren Straße stehen, um nach oben zu sehen. Aber so, wie die Sterne gerade vor dem herannahenden Morgengrauen verblassten, sah es mit beidem nicht besonders ermutigend aus. Er hatte gestern einen Menschen erschossen. Zum ersten Mal in seinem Leben hatte er einen anderen Menschen getötet. Nicht nur verletzt, sondern mit seiner Dienstwaffe erschossen. Matthias Ramstein war nicht mehr zu retten gewesen und noch an Ort und Stelle und trotz des sofort herbeieilenden Krankenhauspersonals verblutet. Es würde eine Untersuchung des Vorfalls auf der Intensivstation des FEK geben, wegen der er sich wohl keine Sorgen machen müsste, das jedenfalls hatte ihm Monika seitdem mehrfach versichert und später auch Arnstedt, der von seinem eigenen Tatort in Tungendorf angefahren gekommen war. Die Situation sei unübersichtlich und gefährlich gewesen, der verstorbene Täter letztendlich ein unberechenbarer Amokläufer, der alles in seinen Taschen hätte haben können und ganz besonders eine Schusswaffe, schließlich hatte er vorher herumgetönt, bewaffnet zu sein. Hauptkommissar Hans-Peter Arnstedt hatte geradezu väterlich auf ihn eingeredet, ihm wieder und immer wieder gesagt, er solle es nicht so schwer nehmen, vor solchen tragischen Sachen sei man niemals gefeit. Aber ein Trost war Daniel das nicht, weder vor ein paar Stunden noch jetzt auf seinem Heimweg. Amokläufer hin oder her, er hatte vorhin einen Menschen getötet.

Besonders tragisch wurde die Geschichte dadurch, dass es für dieses blutige Finale eigentlich gar keinen Grund mehr gegeben hätte. Wenn nur nicht alles so schnell gegangen wäre und der Ramstein ihnen allen die Möglichkeit zu einem echten Wortwechsel gegeben hätte, dann wäre die Sache anders ausgegangen, da war sich Daniel sicher. Sein Ziel hatte der zu diesem Zeitpunkt längst erreicht, wenn auch weniger direkt als vermutlich erhofft. Peter Otto Frings nämlich, sein Opfer, war am Vorabend an den Folgen eines zweiten Herzinfarkts gestorben, nur wenige Stunden vor seinem Schuss und unmittelbar bevor er aus Sicherheitsgründen hätte verlegt werden sollen. Sie hatten diese Information nicht einmal allein aus ermittlungstaktischen Gründen solange geheim gehalten, sondern weil sie selbst erst recht spät davon in Kenntnis gesetzt worden waren. Trotzdem hatten sie auf eine Planänderung verzichtet, denn einen anderen Weg, Ramstein in die Falle zu locken, hatten sie nicht gesehen. Oder eben einen bequemeren. Nur dieses Ende wäre nicht mehr nötig gewesen, es hätte zumindest die Möglichkeit einer anderen Lösung bestanden. »Machen Sie sich keine Vorwürfe, Daniel«, hörte er Arnstedts Stimme erneut in seinem Ohr, »Sie haben getan, was richtig und notwendig war. Die Schuld liegt ganz allein bei unserem Täter. Der hat sich ohne Not auf diese Reise begeben und vergessen, einen Rückfahrschein zu buchen.« Das war ein typischer Arnstedt-Satz, und dementsprechend gut half er jetzt auch gegen seine innere Pein. Am Ende des Tages war Matthias Ramstein einen sinnlosen Tod gestorben.

Daniel ließ seinen Blick vom Himmel herab zurück auf die Erde und die Anscharkirche sinken, die ihm stumm und schwarz gegenüberstand. Kopfschüttelnd setzte er seinen kurzen Weg nach Hause fort. Aus einer der Platanen hinter ihm ertönte der Ruf eines Kauzes, ansonsten war alles still.

Während er seinen Papierkram zu erledigen hatte und selbst über die Vorgänge auf der Intensivstation befragt wurde, hatte Daniel mitbekommen, wie Monika Renate Frings im Beisein ihrer Tochter und ihres Schwiegersohns beide Nachrichten mitgeteilt hatte, sowohl die vom Tode ihres Mannes als auch die vom Tode seines Attentäters. Völlig überwältigt war die Frau kollabiert. Wahrscheinlich hätte sie schon die Mitteilung über ihren Mann kaum mehr verkraftet, aber beide zusammen waren eindeutig zu viel für sie gewesen. Sie fiel in Ohnmacht, aus der sie nach einem Moment zutiefst benommen wieder aufwachte, um dann in einen hysterischen Weinkrampf zu verfallen, den sie nur dadurch beenden konnte, dass sie sofort ihrer Tochter Gesine die eigene Verwicklung in diese ganze Geschichte gestand. Damit war das seelische Chaos vollkommen, denn das wiederum war zu viel für Gesine Frings-Herbst. Nun brach sie ebenfalls in Tränen aus, die in rasendem Tempo zwischen Leid und Anklage hin- und herpendelten, bis ihre gesamte Energie verbraucht war und sie kraftlos in die Arme ihres Mannes sank, der gar nicht mehr wusste, wie ihm geschah, und selbst ein Bild des Jammers und der Hilflosigkeit abgab. Die Einzige, die währenddessen ununterbrochen Haltung und Stärke bewahrte, war Monika, die hoffentlich wirklich demnächst seine neue Kollegin hier in Neumünster wurde. Sie tröstete, redete gut zu und vermittelte zwischen den drei Familienmitgliedern, neutralisierte Selbstanklagen und Vorwürfe, ließ immer wieder den sich aufs Neue anstauenden Druck ab, bis sie die Familie Frings-Herbst soweit hatte, dass sie sie nach Hause fahren lassen konnte, ohne dort eine weitere Bluttat befürchten zu müssen. Daniel bewunderte sie für diese unglaubliche Geduld und Seelenstärke und hätte ihr das in dem Moment am liebsten auch gesagt, aber sie kam nicht sofort zu ihm, sondern zückte ihr Handy, um eine Person anzurufen, die Kim oder wohl doch eher

Tim hieß und bei der es sich ganz offensichtlich um ihren Ehemann handelte, um mitzuteilen, dass sie nun endlich bald nach Hause käme. Mitten in der Nacht konnte sie ihn deswegen noch anrufen! Daniel versetzte das einen eifersüchtigen Stich, und das einzig Gute daran war, dass ihn dieser kleine Akt der Selbstsucht zumindest für eine Sekunde von den eigenen Schuldgefühlen ablenkte.

Daniel schloss die Haustür auf und betrat das Gebäude, in dem er ganz allein wohnte. Zu dieser frühen Stunde befand sich keine weitere Person in dem Haus, denn selbst die Reinigungskräfte, die in den unteren vier Stockwerken, in der Apotheke, dem Dentallabor und den Büros der Notarkanzlei, regelmäßig ihrer Arbeit nachgingen, kamen erst später. Die einzigen anderen Lebewesen – offiziell jedenfalls, er wollte gar nicht wissen, was sich sonst noch so alles an Getier in einem Gemäuer wie diesem tummelte, selbst in einem so ordentlichen – hier waren seine drei Katzen, die wiederzusehen er kaum noch erwarten konnte. An diesem Tag war so viel passiert, dass es ihm vorkam, als hätte er sie nicht erst gestern Morgen bei Dienstantritt verlassen, sondern vor einer halben Ewigkeit schon. Wenn er sich in seiner jetzigen Lage von irgendwem Trost versprechen konnte, dann von ihnen oder zumindest von seiner Montezuma, dem treuesten und einfühlsamsten Tier auf Erden. Er musste nur an ihre sprechenden Namen denken, und schon wurde ihm leichter ums Herz.

Der Fahrstuhl stand erwartungsgemäß im Erdgeschoss und öffnete seine Tür sofort, als Daniel den Knopf drückte. Er betrat die enge Kabine und hatte schon den Finger nach dem Knopf mit der Vier darauf ausgestreckt, als er in den Spiegel an der Kabinenrückwand sah und darin sein bleiches, aschfahles Gesicht erblickte. Sicherlich sorgte das grelle Neonröhrenlicht da drin dafür, dass er kränklicher aussah, als er in Wirklichkeit war, aber der Anblick war trotzdem erschreckend. Kaum auszuhalten, als stünde ihm die Schuld buchstäblich ins Gesicht geschrieben – als würde jeden Moment ein noch viel schlimmeres Wort apodiktisch wie ein Urteil auf seiner Stirn erscheinen: Mörder.

Daniel beschloss, die Treppe zu nehmen. Den fünften Stock, in dem sich seine Wohnung befand, die einzige im gesamten Gebäude, konnte er ja sowieso nur zu Fuß erreichen, da konnte er auch gleich laufen. Der war nachträglich draufgesetzt worden, um dort eine einzelne Wohnung mit zwei Zimmern einzurichten, als wäre es ein ganz bescheidenes Penthouse.

Leider konnte ihn jetzt nicht einmal dieser kleine Scherz aufheitern, und so nahm er seine Beine in die Hand und sah zu, dass er nach oben kam. Dass er dabei nicht über seine eigenen Füße stolperte, weil er in seiner Hast vergessen hatte, das Licht im Treppenhaus einzuschalten, grenzte glatt an ein Wunder.

Hinter der Tür wartete bereits Montezumas Rache auf ihn, sein liebes Kolik-Kätzchen. Die Tage, in denen sie von unkontrollierbarem Durchfall geplagt wurde, waren zwar seit langem vorbei, aber der Name hatte sich gehalten. Der und ihre unbedingte Anschmiegsamkeit. Außerdem wusste sie immer, wann er heimkam, um ihn gleich beim Eintritt in seine Wohnung lauter schnurrend als eine Nähmaschine zu begrüßen. Und heute konnte Daniel eine Schmuseeinheit mehr als alles andere gebrauchen. Noch ehe er das Sakko oder die Schuhe auszog, griff er nach dem grauschwarz getigerten Tier, hob es sich auf den Arm und vergrub seine Nase in dem seidig weichen Fell. Er seufzte aus tiefster Seele, als er ihren warmen trockenen Geruch einsog. Montezuma genoss die Berührung sichtlich, drückte sich fest an sein Gesicht und begann zugleich, seine Schulter massierend mit dem Milchtritt zu bearbeiten. »War das ein Tag«, murmelte er ihr in den Pelz, während er spürte, wie endlich etwas von der schicksalhaften Last, die er sich aufgeladen hatte, von ihm abfiel. »Ich bin so froh, wieder zu Hause zu sein.«

Er streifte die Schuhe ab, ließ sie im quadratisch-praktisch kleinen Flur liegen und erkundete, mit der Katzendame im

Gepäck, seine Wohnung. Zum einen wollte er sehen, wo sich seine beiden anderen Vierbeiner gerade aufhielten, und kontrollieren, ob Klabauter-Uschi, in deren Genpool irgendetwas durcheinander geraten sein musste, denn völlig untypisch für eine Katze neigte sie entschieden zur Tollpatschigkeit, wieder etwas von seinem Besitz zerstört hatte. In der Küche sah es zwar aus wie auf einem Schlachtfeld, aber das lag an den Futterautomaten – er brauchte für jedes seiner Tiere einen eigenen, ansonsten gäbe es Mord und Totschlag, so beließen sie es bei Mundraub –, um die seine drei kleinen Schweinchen ihr Futter in weitem Umkreis verstreut hatten. Montezuma durfte zwar eigentlich wegen ihres empfindlichen Magens nicht dasselbe fressen wie die anderen beiden, aber das scherte sie wenig, und solange sie noch genug von dem für sie vorgesehenen Futter vertilgte, war es okay. Okay war auch, dass sonst nichts zersplittert oder umgekippt herumlag, kein Glas, kein Salz- oder Pfefferstreuer, nichts. Wenn die Klabauterin wieder auf Erkundungstour gewesen war, dann jedenfalls nicht hier.

Er fand das rotbraune Tier schließlich im Wohnzimmer, friedlich schlafend auf der Couch – ohne die üblichen Staubflusen im Fell. Wahrscheinlich war es selbst ihr heute zu warm für eine Expedition hinter, über und auf Schränke gewesen. Daniel ging zu ihr, setzte sich schwerfällig neben sie, was sie für einen Moment panisch aufschrecken ließ, bis sie seine Hand über ihren Kopf und Rücken streicheln spürte und sich, leise mauzend, wieder beruhigte. »Na, du«, begrüßte er sie, »hast du meine Einrichtung ausnahmsweise mal heil gelassen?«

Wie lange er so sitzen blieb, die eine Katze im Schoß, die andere neben sich auf dem Polster, wusste er nicht. Er schloss zwischendurch mal kurz die müden Augen, und als er sie wieder öffnete, von Bildern in einem grellen Weiß und noch grelleren Rot verscheucht, schien es ihm draußen bedeutend heller geworden zu sein. Er setzte Montezuma sanft neben Uschi ab und trat hinaus auf den Balkon, der seine Wohnung auf drei Seiten umgab und der wesentliche Grund gewesen war, warum er sich für diese entschieden hatte, als er damals aus Kiel hergezogen war.

Im Osten schickte sich gerade die Sonne an aufzugehen. Der Himmel verfärbte sich zu einem samtenen Blau, das mit Gold übergossen wurde. Es war so friedlich und wunderschön ... Er trat an die Brüstung, sah sich das majestätische Schauspiel an, und als er sich umdrehte, entdeckte er auf einem der beiden Gartenstühle, die um einen entsprechenden Gartenstich standen, seinen schlafenden Kater. Der schöne Hugo hatte wie üblich keinerlei Notiz von ihm genommen oder sich zumindest nicht bemüßigt gefühlt anzuzeigen, dass er Daniels Anwesenheit zur Kenntnis genommen hätte. Er lag zusammengerollt zu seiner typischen Rührmichnichtan-Kugel und wartete darauf, dass ihm diese Ehre zuteilwurde. Daniel ließ sich nicht lange bitten, sondern auf sein Knie herab und begrüßte den pechschwarzen, hochbeinigen und definitiv schönsten aller Kater, der ihm jemals untergekommen war, während er ihm sanft das Fell kraulte: »Hugo, mein Herr, der Dosenöffner ist zurück.« Der Angesprochene quittierte die Huldigung durch ein minimales Entrollen seines schlanken Leibes, um mehr Streichelfläche zu bieten. »Und du kannst dir gar nicht vorstellen, wie gern ich erstmal nichts anderes mehr tun möchte, als für dich das Futter zuzubereiten.« Der schöne Hugo schnurrte einmal und rollte sich wieder fest zusammen. Daniel lachte kurz auf.

Montezumas Rache war inzwischen wieder herbeigeeilt, mit neuerwachtem Schmusebedürfnis. Sie rieb sich an seinem Bein und verlangte maunzend, erneut auf den Arm genommen zu werden. Daniel tat ihr den Gefallen, sah noch einmal zum Sonnenaufgang hin, der nun unmittelbar bevorstand, und ging mit der Katze zurück ins Wohnzimmer. Für einen Moment blieb er unschlüssig stehen, dann ging er weiter in die Küche, um zu sehen, ob er Hunger hätte, getreu dem Motto: Der Appetit kommt beim Essen. Dem war jedoch nicht so, von Geruch und Anblick der wenigen Lebensmittel in seinem Kühlschrank wurde ihm eher übel. Aber was sollte er stattdessen tun?

»Du gehörst ins Bett«, beantwortete er sich die Frage selbst – und schrak davor zurück. Ja, er war müde, hundemüde sogar, aber allein die Vorstellung, sich hinzulegen, die Augen zu schließen und sich wehrlos den Bildern in seinem Kopf zu ergeben, ließ ihn erschaudern. Wenn es irgendeine Möglichkeit gegeben hätte, diesen Teil des Verarbeitungsprozesses zu überspringen, er hätte sie wahrgenommen. »Lieber verkaufe ich dem Teufel meine Seele, als mich dem auszusetzen«, flüsterte er und schüttelte sich, als sich sein ganzer Körper unter einer Gänsehaut zusammenzog.

»Ich sollte jemanden anrufen«, sagte er sich als nächstes und verwarf den Gedanken gleich wieder. Um diese Uhrzeit konnte er niemanden mit so einer Geschichte belästigen. Wen denn auch? Seine Mutter oder seine Schwester vielleicht? So nahe standen sie sich nicht. Für seinen Vater galt dasselbe, und er war nicht der Typ für ganz enge Freundschaften. Er hatte Freunde, die besten noch aus der Ausbildungszeit. Bei denen hätte er sich vermutlich sogar melden können, denn die würden zumindest ansatzweise nachvollziehen können, was er gerade durchmachte. Er rief sie trotzdem nicht an, er hätte doch eh keinen Satz gerade herausbekommen.

Monika, ja, die hätte ihn sofort verstanden. Monika, seine hoffentlich bald neue Kollegin, mit der er zusammenarbeiten konnte, als kannten sie sich schon seit Jahren, als bildeten sie ein eingeschworenes Team. Nur die war ja leider verheiratet. Leider für ihn. Nicht dass er ihr dieses Glück nicht gönnte, er war nur ein wenig neidisch darauf, dass sie jemanden hatte, mit dem sie in dieser Situation und selbst zu dieser Uhrzeit über einen solchen Vorfall reden konnte. Im Gegensatz zu ihm war sie nicht allein, und ob er es wollte oder nicht, sofort setzte das Kopfkino ein, spulte sich vor seinem geistigen Auge ein Film ab, in dem Daniel und Monika erst gute Kollegen waren, sich über die Arbeit immer näherkamen, beinahe zwangsläufig eine Affäre begannen und sie sich schließlich von ihrem Mann scheiden ließ und Daniel heiratete …

»Reiß dich zusammen, Mann, und geh ins Bett!«

Montezuma sah ihn aus großen Augen fragend an. Sie spürte sicherlich seine Erregung und schnurrte zu seiner Besänftigung wieder etwas lauter. Der Oberkommissar musste unwillkürlich über sich selbst lachen. Das tat gut, brachte zumindest etwas Erleichterung.

»Wollen wir zu Bett gehen, Monti?«, fragte er das Tier auf seinem Arm. Monti hatte nichts dagegen.

Die Sonne hatte längst in voller Breite die Horizontlinie überschritten, als Daniel endlich ins Bett stieg und sich das dünne Laken, das er bei diesen tropischen Temperaturen anstatt seiner Daunendecke benutzte, bis zum Hals über die nackte Brust zog. Montezumas Rache ließ nicht lange auf sich warten und ließ sich sofort auf seinem Brustkorb nieder. Das liebte sie, denn so konnte sie jederzeit gestreichelt werden, und nicht einmal die große Hitze, die die Nacht nicht aus den Räumen hatte vertreiben können, hielt sie davon ab. Daniel schüttelte schicksalsergeben den Kopf. »Muss das denn wirklich sein, Monti?«, fragte er und tat, wie ihm stumm geheißen. Er fuhr ihr mit beiden Händen gleichmäßig von vorne nach hinten über das Fell und hoffte, dass es auch ihn mit der Zeit beruhigte. In seinem Kopf nämlich, gleich hinter der Stirn, das spürte er, lauerten noch immer die bösen Bilder, um ihn zu foltern, sobald er eingeschlafen wäre. Deshalb wollte er nicht einschlafen, aller Müdigkeit und Erschöpfung zum Trotz. Ich habe einen Menschen getötet, hallte ihm die Selbstanklage längst wieder durch den Verstand.

So blieb Daniel wach liegen bis ungefähr halb acht. Da es ein Feriensamstag war, gab es so gut wie keine morgendliche Rushhour, nur gelegentlich fuhr ein Auto vorbei, während Passanten oder Schüler, die etwa zur Klaus-Groth-Schule ein Stückchen die

Parkstraße hinunter gingen, ganz ausblieben. Er selbst hätte auch keinen Dienst gehabt, war sich aber ziemlich sicher, im Verlauf des Tages aufs Kommissariat zu müssen wegen der Untersuchung des Vorfalls im Krankenhaus gestern. »Ist vielleicht auch das Beste«, sagte er sich, »alles ist heute besser, als untätig zu Hause rumzusitzen.«

In diesem Moment klingelte sein Handy. Daniel erschrak dermaßen, dass selbst Montezuma aus dem Bett flüchtete. Wie ein Ertrinkender nach dem Rettungsring griff er nach seinem Mobiltelefon und rief, gar nicht erst auf dem Display nach dem Anrufer schauend: »Ja?«

»Daniel, hier Arnstedt.«

»Oh«, entfuhr es ihm unwillkürlich, er hatte im letzten Moment auf eine andere Person gehofft. Er riss sich zusammen und antwortete: »Guten Morgen.«

»Guten Morgen«, erwiderte der Hauptkommissar mit so etwas wie echter Anteilnahme in der Stimme, »ich wollte mal hören, wie es Ihnen geht.«

»Gut, gut«, kam es von Daniel automatisch.

»Ich weiß, wie schwierig es ist, so eine Geschichte verdauen zu müssen.«

»Ach, das geht schon.«

Der Alte schien es besser zu wissen. »Ich wollte Ihnen nur sagen«, sagte er, »dass ich Sie erst Montag zurück im Büro erwarte.«

»Was? Aber wieso?«

»Nehmen Sie sich Zeit«, ging der Chef nicht auf seinen alarmierten Tonfall ein, »gönnen Sie sich Ruhe. Wenn Sie jemanden zum Reden brauchen, dann rufen Sie mich gerne an. Oder Sie wenden sich an unseren psychologischen Dienst, das sind schließlich die Fachleute für so was. Mit denen sollten Sie sich sowieso die Tage in Verbindung setzen, allein schon pro forma, verstehen Sie, Daniel?«

»Ja, aber brauchen Sie mich denn nicht?« Plötzlich stand Daniel der Schweiß auf der Stirn, und er kam nicht von der übermäßigen Wärme im Zimmer.

»Wobei?«

»Na, bei dem Tungendorf-Fall? Bei unserem Mafia-Rocker-Krieg? Das muss doch eine Heidenarbeit sein!«

»Beruhigen Sie sich, Daniel, das geht schon. Und außerdem wird da noch genug Arbeit auf Sie warten, wenn Sie am Montag wieder zurück ins Büro kommen. Wer weiß, was sich da bis Montag noch alles ereignet haben wird.« Der Hauptkommissar lachte bitter.

Daniel ergriff den Strohhalm. »Aber wenn was passiert, rufen Sie mich sofort an, ja?« Das war keine Bitte.

»Ich halte Sie auf dem Laufenden«, versprach der leitende Beamte. »Aber ich habe ja noch immer die Unterstützung der Kommissarin Gutbrodt. Wegen der akuten Personalnot bleibt sie gleich noch ein paar Tage länger an uns ausgeliehen, obwohl der ursprüngliche Fall ja abgeschlossen ist.«

»Monika, ja ...« Daniel seufzte. »Sie ist eine gute Beamtin, oder? Wie können uns glücklich schätzen, wenn sie zu uns stößt.«

Hans-Peter Arnstedt an seinem Ende der Verbindung schien ein Schmunzeln zu unterdrücken. »Ja, das könnten wie wirklich«, stimmte er zu.

Eine Pause entstand, Daniel fühlte sich in einer thematischen Sackgasse steckend, sein Vorgesetzter hingegen hatte gesagt, was er hatte sagen wollen.

»Hören Sie, Daniel«, fuhr er schließlich fort, »ich muss jetzt los zur Arbeit.«

»Ja, okay.«

»Ich wollte nur hören, wie es Ihnen geht, und Ihnen sagen, dass Sie mich jederzeit anrufen können, wenn Ihnen danach ist. Oder den psychologischen Dienst, sollte Ihnen das lieber sein.«

»Ja, danke. Nett von Ihnen.«

»Gut, okay.« Der Hauptkommissar zögerte. »Kann ich sonst noch was für Sie tun, Daniel?«

In dessen Hirn arbeitete es fieberhaft. Es tat so gut, mit jemandem zu sprechen, abgelenkt zu sein. »Nein, nicht dass ich wüsste«, begann er bereits, als plötzlich doch noch ein Gesicht vor seinem geistigen Auge auftauchte und er völlig unvermittelt fragte: »Weiß Frau Ramstein schon vom Tod ihres Sohnes? Ich mein', sie war ja schon wieder zu Hause, als wir aus dem Krankenhaus zurückkamen.«

»Ja, ich habe sie persönlich informiert«, erzählte Arnstedt in gemessenem Tonfall. »Ich bin noch in der Nacht bei ihr vorbeigefahren und habe ihr die traurige Botschaft überbracht.«

»Wie hat sie reagiert?«

»Den Umständen entsprechend gefasst.«

»Hat sie es erwartet?«

»Nein.« Arnstedts Stimme klang plötzlich wieder entschiedener, väterlich streng, könnte man sagen. »Hören Sie, Daniel, quälen Sie sich nicht mit solchen Gedanken. Nicht Sie haben das Leid über diese Familie gebracht, sondern allein Matthias Ramstein. Es war seine Entscheidung, zum Mörder zu werden, niemand hat ihn dazu gezwungen. Er mag sich durch seine Lebensumstände dazu gezwungen gefühlt haben, aber das ist ein Irrtum, das spricht ihn nicht frei. Von gar nichts. Am Ende war es seine Wahl, gewalttätig zu werden und sich mit Gewalt zu holen, nicht was ihm zustand, sondern was er unbedingt haben wollte. Er war über die Maßen gierig und wäre es auch dann gewesen, wenn er alles in der Welt gehabt hätte, wovon er träumte. Er wäre niemals zufrieden gewesen und hätte sich immer als benachteiligt empfunden, das war sein ganzes Lebensprinzip.«

»Aber nicht jeder wird deswegen gleich zum Mörder«, wagte Daniel einen Widerspruch und endete sogleich mit der zweiten Hälfte des Satzes: »Oder macht einen anderen dazu ...«

Hans-Peter Arnstedt wartete, bis sich die Schwere dieser Worte etwas verflüchtigt hatte, bevor er antwortete: »Nicht jeder, ja, aber mancher eben schon. Noch einmal, Daniel, es ist nicht Ihre Schuld! Ich weiß, das ist jetzt noch schwer zu begreifen für Sie, aber glauben Sie mir, das werden Sie noch. Bald sogar schon.«

»Ja? Wann denn?«

»Sobald Sie in den regulären Dienst zurückgekehrt sind und der Alltag Sie mit neuer Arbeit, neuen Fällen und neuen Tätern und Opfern eingedeckt haben wird.«

Daniel schnaubte resignierend. »Wenn Sie das sagen, Herr Arnstedt.«

»Ja, das sage ich.«

»Ihr Wort in Gottes Ohr.«

»Hören Sie auf rumzublödeln. Ich muss zum Dienst.«

Beide lachten plötzlich auf.

»Okay«, meinte Daniel, trotz allem jetzt etwas leichter ums Herz, »viel Spaß dabei.«

Ein missmutiges Grunzen war die einzige Antwort darauf.

»Und danke für den Anruf.«

»Gern, gehört schließlich zum Job des Chefs.«

Daniel stöhnte theatralisch auf. »Bis Montag«, sagte er.

»Bis Montag, frisch und munter.«

Sie legten gleichzeitig auf.

BIOGRAPHISCHES

THOMAS PREGEL

© Foto: Wolfgang Pregel

Thomas Pregel
wurde 1977 in Bad Segeberg, Schleswig-Holstein, geboren und wuchs in einem kleinen Dorf in Holstein auf. Nach seinem Abitur auf der Klaus-Groth-Schule in Neumünster und dem Zivildienst in Bordesholm ging er zum Studium nach Berlin, wo er auch heute als freier Lektor und Schriftsteller lebt. Einen wesentlichen Schwerpunkt seines schriftstellerischen Schaffens bildet weiterhin seine alte Heimat rund um die Städte Neumünster, Plön und Bad Segeberg. Die ist das Herzland sowohl seiner Holsteiner Trilogie als auch seiner Krimireihe rund um das Kommissar-Trio Arnstedt, Freiwald und Gutbrodt.
www.thomaspregel.de

Veröffentlichungen im Größenwahn Verlag:

›Die unsicherste aller Tageszeiten‹, Roman, September 2013
›Liebe und andere Schmerzen - 16 Herzschläge‹
Anthologie, vertreten mit der Kurzgeschichte
›Dampfbadlotterie‹, Juni 2013
als e-Book erschienen unter den Titel:
›Berliner Leidenschaft‹, November 2016
›Gleich, Liebes, gleich ist das Essen fertig ...‹
Anthologie, vertreten mit der Kurzgeschichte
›Der Zwieback-Trick‹, Juli 2014
als e-Book erschienen unter den Titel:
›Wo bleibt der Sex?‹, Februar 2017
›Hartznovelle‹, August 2014
›Griechische Einladung in die Politik‹
Anthologie, vertreten mit der Kurzgeschichte
›Blitze über den Berg Athos‹, Januar 2015
›Heartbeatclub‹
Anthologie, vertreten mit der Kurzgeschichte
›Jeder tanzt für sich allein‹, Juni 2015
als e-Book erschienen unter den Titel:
›Das Geheimnis der Tänzer‹, Oktober 2017
›Der ertrunkene See‹, Roman, Juni 2015
›Kaltsommer‹, Roman, Holsteiner Trilogie I, Juni 2016
›Abschied von Kaltsommer‹, Roman, Holsteiner Trilogie II, Juli 2018
›Schauergeschichten für ängstliche Männer‹, Erzählungen, Juli 2017
›Angriff der Maismenschen‹, Dystopische Novelle, März 2018

Thomas Pregel beim Größenwahn Verlag

HOLSTEINER TRILOGIE

Kaltsommer
Roman
ISBN: 978-3-95771-083-3
eISBN: 978-3-95771-084-0

Tief in Holstein liegt das beschauliche Dorf Kaltsommer. An diesem nasskalten Sommermorgen kommen unerwartet Beamte der Mordkommission Neumünster, denn Annelie Faller, die Matriarchin des Faller-Clans, der die ortsansässige Schlachterei betreibt, ist brutal ermordet worden. Für Hauptkommissar Hans-Peter Arnstedt und seinen neuen Partner und Kollegen, Oberkommissar Daniel Freiwald, der aus Kaltsommer stammt, steht schnell die Familie der Toten im Fokus der Ermittlungen.

Abschied von Kaltsommer
Roman
ISBN: 978-3-95771-226-4
eISBN: 978-3-95771-227-1

In Berlin genießt Christian sein Studentenleben als schwuler Single. Trotzdem zieht es ihn immer wieder in seine geliebte Heimat Kaltsommer, bis plötzlich ihn unerklärliche Schmerzen plagen, bei denen selbst die Spezialisten rat- und sprachlos scheinen. Schließlich die Diagnose: ein Hirntumor – gutartig zwar, aber trotzdem ein Tumor –, hervorgerufen von durcheinandergeratenen Sexualhormonen. Damit konfrontiert, stellt Christian nicht nur sein bisheriges Liebesleben, sondern auch sein gesamtes Erwachsenwerden infrage. Und nur einer ist in der Lage ihm zu helfen: Er selbst.

Thomas Pregel, der in Holstein geboren und aufgewachsen ist, kennt sich bestens mit den Gegebenheiten, Gewohnheiten und Bräuchen seiner Heimat aus. Die ganz eigene Mentalität der Norddeutschen, ihr Hang zum Wortkargen und Spröden etwa, findet in den wie abgeschottet lebenden Bewohnern von Kaltsommer ihre Zuspitzung und im Eigensinn der Familie Faller ihre fatale Krönung.

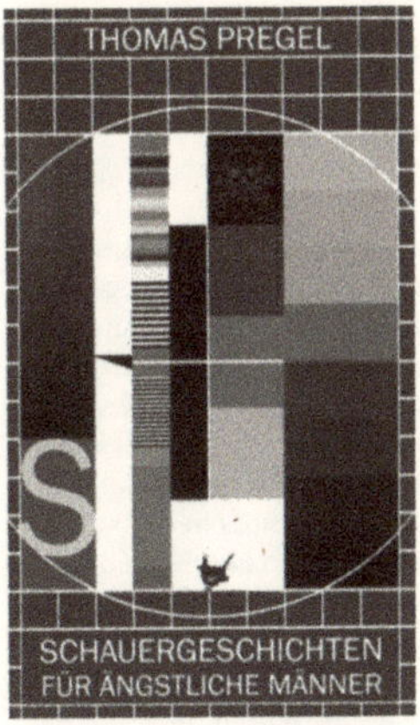

Thomas Pregel
Schauergeschichten für ängstliche Männer
ISBN: 978-3-95771-168-7
eISBN: 978-3-95771-169-4

In seinen acht »Schauergeschichten für ängstliche Männer« zeichnet Thomas Pregel mit bösem Schalk die gesellschaftliche Entwicklung unsere Zeit auf. In diesem gewagten Buch widmet er sich den alleinstehenden Männern. Verwitwet, heimgesucht, verbittert, verarmt, arbeitslos und von der Gesellschaft verachtet – anderen geht es immer besser als ihnen selbst, der Staat bevorzugt immer nur die anderen. Womit haben sie das verdient?

Eine gelungene, überspitzte Antwort auf das Treiben von Rechtradikalen und Nationalisten, den letzten Wohlfühl-zonen jenseits des Genderwahns für echte Männer, wie es scheint.

Angriff der Maismenschen
Dystopische Novelle
ISBN: 978-3-95771-208-0
eISBN: 978-3-95771-209-7

In naher Zukunft: Eine Firma produziert genmanipulierten Mais, der besonders ertragreich und widerstandsfähig sein soll. Die Testfelder bei Schönböken in Holstein versprechen gute Ergebnisse, wären da in letzter Zeit nicht diese ungewöhnlichen Berichte von sexuellen Übergriffen und Vergewaltigungen. Die Firma ist alarmiert und schickt zwei Geningenieure nach Norddeutschland, um die Ereignisse zu untersuchen. Lukas Himmelmann und Hans Solheim finden die Testfelder in voller Blüte vor, obwohl die Maisblüte längst vorbei sein sollte. Und das ist nicht die einzige merkwürdige Aktivität, die sie entdecken. Frauen verschwinden und Männer beginnen sich zu verändern – besonders hinsichtlich ihrer sexuellen Interessen. Dies soll den zwei glücklich verheirateten Familienvätern mittleren Alters zum Verhängnis werden.

»Eine sexuell und satirisch stark überzeichnete Utopie«
Jürgen Seefeldt
Lektoratsdienst - EKZ Bibliotheksservice

Der ertrunkene See
Roman
ISBN: 978-3-95771-059-8
eISBN: 978-3-95771-060-4

Das Bucheichental ist eine idyllische, von einem gemächlich fließenden Fluss durchzogene Gegend, abgelegen und zutiefst rückständig. Es liegt inmitten grünbewaldeter Berge, wo die Natur ursprünglich ist und das Leben manchmal hart. Nur wenige Familien - Bauern und Hirten - leben dort als Selbstversorger seit Generationen. Doch jetzt kehren plötzlich die Fischerskinder, die bereits in der »zivilisierten«, hektischen Welt Wurzeln geschlagen haben, heim, und sie bringen schlechte Nachrichten: Den Bewohnern droht die Umsiedelung, das gesamte Tal soll in einem riesigen Stausee versenkt werden. Für die Bucheichentaler kommt das Aufgeben ihrer Heimat nicht infrage. So kommt es zum Gefecht: ein Kampf Davids gegen Goliath.

Kandidat für den Hotlist-Preis 2015

»Was Pregel aus dieser Ausgangssituation erzählertechnisch macht ist grandios.«
Roberto Manteufel / Siegessäule

»Wunderschön und gleichzeitig ernüchternd geschrieben. Was braucht der Mensch zum Glücklichsein? Empfohlen.«
Christin Moll
Lektoratsdienst - EKZ Bibliotheksservice

Edit Engelmann (Hrsg.)
Griechische Einladung in die Politik
Erzählungen, Geheimnisse und Rezepte
ISBN: 978-3-95771-025-3
eISBN: 978-3-95771-026-0

Geschichten, Erzählungen und Gedichte, von Alexander dem Großen, dem Beginn der Demokratie in Athen über Melina Mercouris Idee der Kulturhauptstädte Europas bis hin zur Finanzkrise – die Themen sind vielfältig, genau wie die köstlichen Gerichte, die dazwischen serviert werden.

Die unsicherste aller Tageszeiten
Roman
ISBN: 978-3-942223-28-7
eISBN: 978-3-942223-35-5

Es ist kalt, früh am Morgen und der berühmte ›Torture porn-origins‹-Maler flieht aus Berlin. Er hat Angst vor den Folgen seiner Taten, nicht nur der aus der letzten Nacht: Süchtig nach schmutzigem, anonymem und ungeschütztem Sex mit Männern. Hat er jemanden getötet? Gewissenbisse jagen ihn. Er hofft, auf der Insel Föhr, wo er ein Refugium für seine schmerzende Seele zu finden weiß, Entscheidungen für die Zukunft treffen zu können. Die Vergangenheit rast erbarmungslos durch sein Gedächtnis, genau wie der Zug, in dem er sich befindet, die Stationen sind von kurzer Dauer, zu kurz, um sich die schreckliche Wahrheit einzugestehen: Wie konnte sich sein Leben nur so entwickeln?

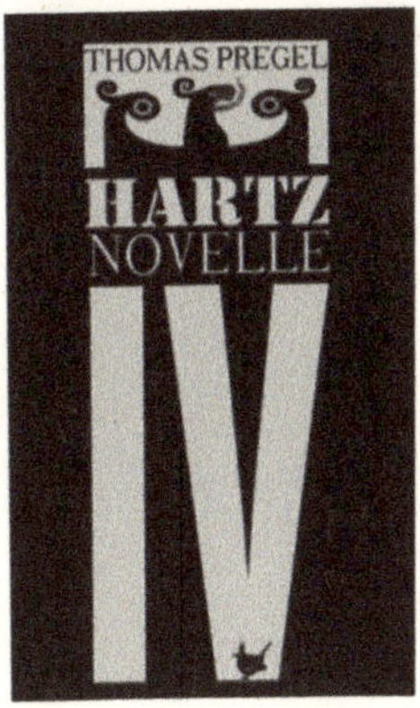

Hartznovelle
ISBN: 978-3-942223-90-4
eISBN: 978-3-942223-91-1

Emser Eck, Berlin-Neukölln, Dienstagabend. Heiko, Katharina und Sebastian treffen sich, wie schon seit Langem, auf ein Glas Bier. Alle sind Mitte 30, Hartz IV-Empfänger, doch bei jedem hängt zu Hause ein Magister- oder Promotionsabschluss an der Wand und sie sind zutiefst deprimiert. Denn wer in diese Hartz-IV-Kneipe kommt, interessiert sich weder für das Wetter noch für den Wechsel der Jahreszeiten, sondern scheinbar nur noch für das Versaufen der Zeit. Am Anfang sollte das noch ein Scherz sein, eine Art Milieustudie mit Alkoholgenuss: Mal sehen, ob es bei diesen Leuten da unten wirklich so zugeht, wie man hört. Und heute gehören sie fast schon dazu. Was machen Arbeitslose, wenn der Markt keine passende Arbeit für sie bietet? Wie werden sie von den Behörden behandelt? Welche Gedanken beschäftigen sie und vor allem: Welche Wünsche können Wirklichkeit werden?

Jannis Plastargias (Hrsg.)
Liebe und andere Schmerzen
16 Herzschläge
ISBN: 978-3-942223-23-2
eISBN: 978-3-942223-42-3

Ein Hoch auf die Liebe, die kein Geschlecht kennt, alles glaubt, alles erträgt, über allem und allen steht und ohne Wunden, Narben oder Kratzer nicht als echtes Gefühl gelten kann. 16 Herzschläge pochen in diesem Buch. Kannst du sie fühlen?

Jannis Plastargias (Hrsg.)
Gleich, Liebes, gleich ist das Essen fertig
18 erotische Rezepte
ISBN: 978-3-942223-80-5
eISBN: 978-3-942223-81-2

Ausgesuchte Geschichten, die sinnlich, frivol, überraschend, aber auch traurig sind, Erzählungen über Menschen, die versuchen, mit erotischen Rezepten den Partner zu verführen – oder ihn zu töten, auf jeden Fall ihr kulinarisches Handwerk beherrschen und meistens in der Küche zu finden sind.

Jannis Plastargias (Hrsg.)
HEARTBEATCLUB
17 heiße Rhythmen
ISBN: 978-3-95771-045-1
eISBN: 978-3-95771-046-8

Emotion, Herz und Rhythmus pulsieren hier, aber auch immer mal wieder ein kleiner, stechender Schmerz, eine Verunsicherung, ein Grund, über unsere Gesellschaft nachzudenken.

Aus der Reihe Appetit (e-books)

Thomas Pregel
Wo bleibt der Sex?
Eine Geschichte über Krümel im Bett
Kurzgeschichte
eISBN: 978-3-95771-124-3

Kennen Sie das Gefühl? Sie haben mit viel Liebe gekocht und freuen sich auf einen sinnlichen Abend mit ihrem Partner, doch er hat kein Interesse an Ihnen? Wieder schläft er vor dem Fernseher ein. Wo bleibt hier der Sex? Es ist Zeit was zu ändern!
Eine schöne Beratungsgeschichte für Betroffene, die Sehnsucht nach Liebe und Sex haben.

Thomas Pregel
Berliner Leidenschaft
Eine Geschichte über die Suche nach Beglückung
Kurzgeschichte
eISBN: 978-3-95771-122-9

Wie hängen Glück und Sex zusammen? Und wie kann man sein Glück beeinflussen?
»Jeder sucht etwas anderes und jeder sucht auf einem anderen Weg danach. Vom Ort hängt das weniger ab als vom Willen. Wer immer wartet, ob er vielleicht nicht noch was Besseres abbekommt, wird nie fündig werden.« Thomas Pregel

Thomas Pregel
Das Geheimnis der Tänzer
Eine Geschichte für einsame Partygänger
Kurzgeschichte
eISBN: 978-3-95771-197-7

»Er schloss die Augen und gab sich der Musik hin. Es folgten ein paar weitere Stücke dieser Art, manche kannte er, andere nicht, doch er tanzte gottvergessen zu allen.«
Eine einfühlsame Geschichte über Freundschaft, Selbstfindung und Musikgeschmack.